庫

ゼロの血統

九六戦の騎士

夏見正隆

徳間書店

目次

欧州列強と並び、日本人が大陸へ移り住むようになった二十世紀の初め——

日本に留学した孫文《そんぶん》は、中国大陸に民主主義国家を建設しようと清朝《しんちょう》を倒して辛《しん》亥《がい》革命を成功させ、国民党を結成したが、志《こころざし》半ばで病に倒れた。

代わって国民党を支配したのは蔣介石《しょうかいせき》であった。蔣介石率いる国民党は革命軍を名乗り、日本を相手に戦争を仕掛けて来た。最初の戦いで『日本軍を掃討する』として黄河の大堤防を爆破、大洪水を起こして同胞一〇〇万人を溺死させた（日本軍に損害はなかった）。

人々は蔣介石の所業に恐怖した。

一方、日露戦争の敗北でいったんは満州から手を引いたロシアは、革命によってソビエト社会主義共和国連邦（ソ連）となり、モスクワで開いた世界共産党大会（第七回コミンテルン総会）において『共産主義によって地球を支配する』という大方針を決議した。日本を含む全世界で、共産党は武力革命の準備に入った。

太平洋ではアメリカ合衆国がハワイ王国を併合し、フィリピンを植民地化して、次に中国大陸へ手を伸ばそうとしていた。

プロローグ

●1934（昭和9）年
北海道　北西部・天塩《てしお》海岸　苫前《とままえ》高等小学校

「未来を予知する一番の方法は、未来をつくることである」

少女が低めのはっきりした声で、手にした本を読んで見せたので龍之介《りゅうのすけ》は思わずその横顔を見た。

「――それ、何の本？」

「ためになる本」

「――――」

それ、何の本――？　鏡《かがみ》龍之介が、初めて女子と交わした言葉だった。

それまで女子とまともに話したことはなかった。

いきなり、何だろう。

龍之介は驚いていた。

十三歳から通っている高等小学校の教室。午後の課業が始まる前の休み時間。弁当を食べ終えると、いつものように窓の側に立って、龍之介は空を見上げていた。真昼の空に白い星は見えないか——と捜していた。

その少女はふいにやって来ると、窓辺の龍之介の横にスッと並び、茶色の表紙の本を開くとその一節を声に出して読んだのだ。

龍之介はどきりとした。

同じクラスではない。しかし、この子は——

「鏡君」

本から目を上げると、横顔のまま少女は言った。

「鏡君、わたしのこと見たでしょ」

「え」

龍之介は、一瞬呼吸が止まる。

俺の名前を知っているのか。

自分は、少女の名を知らない。でも白い横顔——眉《まゆ》が濃くて意志が強そうだ——その顔に見覚えはある。廊下や、図書室で何度も見かけた。そして、山中のあの場所でも……

潤《うる》むような黒い瞳がちらと、龍之介を見てすぐ外の景色へ向く。

「あそこで、あの晩」

「————」

女子と話したことがない上、いきなりそんなことを言われ、龍之介は絶句する。

この少女は。

あの時、気づいていたのか……。

いや――

「お、俺は」口ごもりながら、龍之介はやっと応えた。「あれは――俺は、わざとじゃない」

「知ってる」

フフ、と少女は横顔のまま含み笑い（龍之介にはそう見えた）をした。

「今夜、ひみつの泉に来て」

外に視線を向けたまま、つぶやくように少女は言う。

そばで見ると少し厚めの唇。

「八時に」

「――え」

「あなたに大事な話があるの」

「――ひ、ひみつの……って」

小声で訊《き》き返そうとするが。

少女の横顔は、すぐに横からいなくなった。長いまっすぐな黒髪を翻《ひるがえ》すようにして、行ってしまう。龍之介は振り向いて目で追うことが、なぜか出来なかった。たった今、桜色の唇からこぼれて聞こえた言葉だけが脳に反響した。

（…………）

ひみつの泉――って……あの『猿《さる》の温泉』のことか……？

鏡龍之介は、今年で十四歳。猟師《りょうし》の子だ。

物心ついた頃には、すでに母はなく、父と二人、海にせり出すような山の中腹に建てた小屋で暮らしていた。猟師の家の生活は集落から孤立していて、幼い頃は歳《とし》の近い子供と遊ぶことがなかった。山道を一時間かけて下って海岸の村にある尋常小学校へ通うようになると、友達は出来たが、遊ぶのは男子とだけだ。女子と口はきかない。それが普通だった。

尋常《じんじょう》小学校を六年かけて卒業すると、勉強の出来る者、家に余裕のある者だけが高等小学校へ進む。龍之介は、自分は尋常小を終えたら父について本格的に猟師の修業に入るものと思っていたが、その父が「高等小へ行け」と言う。

「高等小へ行け、龍之介」

「高等小？」

「勉強は必要だ」

父は言葉少ない。それで進学は決まった。

高等小学校は、尋常小のある海岸の村からさらに海沿いに南へ三十分も歩いた隣の漁師町にあった。通うのは苦にならない。日常の家業の手伝いで足腰は鍛《きた》えていた。しかし高等小学校には、近在のさまざまな村から勉強の出来る子、裕福な家の子が集まっていて、龍之介にとって居心地のいい場所ではなかった。授業にはついて行けたが、会話について行けない気がして、通学距離が長いことを口実に、放課後の部活動にも加わらずさっさと帰る毎日だった。

だから、黒髪を長く垂《た》らしたその少女が休み時間に近寄って来て、窓から外を見ている龍之介の横で、きっかけを作るように本の一文を読み上げて見せた時はどきりとした。

昼休みは、男子も女子も校庭へ遊びに出る。教室の中は静かだ。

短い夏が去り、山間部には雪が降り始めて、間もなく高等小の窓から見渡せる海にも、流氷がやって来る。教室の窓を開けていられるのも今日あたりが最後か——そんなことを考えている矢先だった。

(——驚いたな……)

やっとのことで振り向くと。もう閑散《かんさん》とした教室に、少女の姿はなかった。

潮騒《しおさい》と、校庭で遊ぶ生徒たちの歓声だけだ。

隣のクラスの子か……？　どこかで見たと思ったんだ。あの晩も……

思い出そうとすると
「あの、鏡君」

別の声に、横から呼ばれた。

いつの間にか同級の女子の一人が、左横から龍之介を見上げていた。

小柄な子だ。

「鏡君、いま瑛実《えいみ》と話してたでしょ」

「え」

「びっくりしちゃった。鏡君、女子と話してくれるんだ――って」

「え？」

「鏡君、女子としゃべらないし。いつも授業終わると、部活もせずに帰ってしまうでしょう。話しかけるきっかけ、ないし」

「――――」

「女嫌いなのかって、思ってた」

「そういう」

そういうわけでは――

村や町で育った連中は、近所に友達がたくさんいて、いつも仲間と行動して、賑《にぎ》やかにやっている。自分はその中へ入ってどうしたらいいのか、分からない。気後《きおく》れして、冗談も言えないし、別に『話さなくてもいいや』と思って口をきかないだけだった。

「いつも外見てるね、休み時間」

自分のことを説明しようか、と口ごもる龍之介に、女子生徒は訊《き》いて来た。

「じっと動かないで、何を見てるのかしらって思った」

「星、見てるんだ」

「星？」

「父さんに言われたんだ」龍之介は話した。「猟師は眼が生命《いのち》だ。視力を鍛えろ。昼間の空に星が見えるようになったら一人前だ」

「見えるの」

「見えないよ」

龍之介は頭《かぶり》を振る。

女の子と、自分が話をしている。

奇妙な感じだ。なぜか体の芯《しん》が嬉しい感じになる。こんな感じは初めてだ。

初めて、か——

あの晩の体験も、初めてだった。

最近、そんなことばかり続く……。

「瑛実は、変わってるでしょ」

ふいに会話を切り替えるように、女子生徒は言った。

「あの子、きれいだけど」

「え」

「二組の瑛実、爪浜《つめはま》の集落なのよ。あそこ、漁師の浜だけど、夜みんなで集まって本ばかり読んでるって――ちょっと変わった人たちばかりだって」

この海岸沿いに、いくつかある村や集落のうち、一番北の外れにある漁師浜の名を女子生徒は口にした。

爪浜――知っている。

龍之介の住む小屋から、山頂へ向けて少し上ると、海岸の様子が眼下にぐるりと見渡せる。爪浜と呼ばれる集落は、そこからちょうど眼の下の位置だ。三十軒ばかりの家が入り江に寄り集まり、風の強い日には白い潮のしぶきを浴びている。浜に置かれた小舟の様子まで見ることが出来た。

そうか、あそこに住んでいるんだ。

だから、猿の温泉にも――

あの少女は、瑛実というのか。

「だからね」

続けて女子生徒が何か言おうとした時。

カラン、カランと手鐘の音が廊下から聞こえて来た。

「あ、授業始まる」女子生徒は廊下の方を振り向いて、眉根《まゆね》を寄せた。「修身《しゅうしん》の川村《かわむら》先生こわいから。行くね」


なんだか最近、周囲が変わって行く――

席について、思った。

（あのことが、きっかけだったかな）

数日前の夜のことを、思った。龍之介は、それまでに出来なかったことを一つした。

それをきっかけにか。

自分の周囲で、次々にいろいろなものが変わり始めていた。

もうすぐ、俺も十五か……。

「――聖徳太子は、十七条の憲法を制定した。国の精神とも言うべき憲法なるものを考えて制定したのは、ヨーロッパ社会よりも実に千年早い」

教壇からの声をぼうっと聞きながら、龍之介は思った。

●苫前高等小学校　校庭

「おい」

放課後。

確かに、周囲は変わっていた。これまで接触もつきあいもほとんど無かった漁師町の男子グループが、帰ろうとする龍之介を呼び止めたのだ。

「おい待て、山猿」

太い声がしたかと思うと。大柄な体軀《たいく》の群れがざざざっ、と土埃《つちぼこり》を立てて追いつき、校門の手前で龍之介を取り囲んだ。

「――？」

何だ、この連中――

龍之介は足を止めた。驚きはしない。男子生徒たちはどたどたと足音が大きい。取り囲まれることは、その前に分かっていた。ただ理由が分からない。

「お前、さっき瑛実と何を話してたっ」

取り囲んだ群れの中で、正面に立ちはだかるようにした巨体が、ずぃと見下ろすように睨《にら》みつけて来た。漁師のせがれか、盛り上がるような肩。

「――――」

龍之介は眉をひそめる。

取り囲んだ連中は、五人。左に二人、右に二人。そして中央の一人――

「お前、勝部《かつべ》さんが、訊いてんだよ」

「お前、聞こえねえのか」

左右で、大柄な少年たちが怒鳴りつけた。

威嚇《いかく》するつもりか。

まるで犬が吠《ほ》えているようだ。

「別に」

龍之介は、にじり寄られても下がらなかった。

「気に入らなくていい」

「誰に向かって口をきいてるっ」

巨軀の少年は、腕まくりをした。その両腕を広げ、今にも頭上から覆《おお》いかぶさろうとした。

「腕の二本もへし折られるぞ、ごるぁっ」

だが
（小さいな、こいつ――）

龍之介はただ、そう思った。

数日前の晩に見たものが、またちらと蘇《よみがえ》った。目の前を覆うばかりに被《かぶ》さって来る巨大な真っ黒い怪物――

あの恐怖に比べたら、笑ってしまうほど小さい。

「わ、笑ったなっ」

「この山猿っ」

五人は周囲から、一斉に摑《つか》みかかろうとした。

龍之介は中背で、大きくはない。身体《からだ》も細い。『猿』という表現も似合わない、浅黒い肌に切れ長の目。大柄な少年たちに取り囲まれた様子は、大型犬の群れに襲われる一匹の黒猫のようだ。

しかし
「堂本《どうもと》先生が来るぞっ」

どこかから割り込んだ叫び声が、五人の動きを止めた。

「やばいぞ、精神注入棒持ってるぞ」

反応は速かった。「ちっ」「覚えとけ」舌うちの音をさせ、大柄な群れは現われた時と同様、どたどたと地面を鳴らして駆け去って行った。

「鏡、大丈夫か」

代わって現われたのは、白いたっぷりしたユニフォーム姿の少年だった。

この少年が『教師が来る』と叫んだのか。同じクラスの長身の少年だ。名は長沼《ながぬま》と言ったか、あまり話したことはない。

「凄《すご》いな、鏡」

「？」

龍之介は見返した。

長沼は、円みのある木製の棒を手にしていた。知っている、バットというものだ。白いユニフォームは野球部のものだった。

「あいつらが逃げなかったら、加勢するつもりで来たんだが。凄いな鏡」

「え」

「お前、二組の勝部の一党を前に、一歩もひるんでいなかったじゃないか」

長沼は感心したようにうなずく。

「逆らって半殺しにされたやつも、たくさんいるんだ。五人いっぺんにかかって来られたら、どうするつもりだった？」

「――何とか」

龍之介は、思い出すようにして言った。

「何とかして、逃げたさ」

「凄い冷静さだな。さすがだ」

長沼は、また感心したようにうなずく。

その仕草が大げさなので、龍之介はまた笑いそうになったが。

次の瞬間野球部の少年は、バットを差し出した。

「さすがだな。さすがついでに、頼みがあるんだ。加勢してくれ」

「え」

加勢……？

「今、留萌《るもい》の中学と練習試合が始まったところだ」長沼は差し出したバットの先を、校庭の一方へ向けた。バックネットが見える。「絶対に負けられないんだ。頼む」

「野球なんて」

「この間、体育の時間にやっただろう」

「――」

「見てたぞ。お前、鋭いスイングで場外へかっ飛ばしたじゃないか」

「――」

「家が遠くて、部活が出来ないのは分かるが。鏡、一打席でもいいんだ。中学のやつらの鼻をあかしてやりたいんだ」

カキンッ

こんなに遅い、止まっているような球を棒で打ち返すのが、何が難しいんだ――

龍之介はバットを振り抜きながら思ったが。それでも手に残る手ごたえは、全身の運動神経に快かった。冬近い青空に、ボールが吸い込まれて行く。

「やった」
「やったぞっ」
「場外だ」
「凄いぞ鏡っ」
「――――」

はやし立てられるのが、嬉しいけれど凄く恥ずかしかった。龍之介はどうしたらいいのか分からず、手にしたバットを放ると布製の鞄《かばん》を取った。

「おい、ベースを回るんだよ、ベース」

呼び止められたが、そのまま小走りにグラウンドを後にした。

――『ひみつの泉に来て』

家に帰ろう、と思った。

第Ⅰ章　羆《ひぐま》

1

●苫前高等小学校　校門

布製鞄の帯を肩に、龍之介が校門を出ようとすると。

ふいに背後で歓声が沸き起こった。

（――？）

また誰かが、打球を飛ばしたのか。

構わず行こうとすると、頭上のどこかに『気配』を感じた。

何だ――？

立ち止まった。耳に、蚊《か》の鳴くようなブーンという唸《うな》り。でも虫じゃない、空のどこからだ――

振り仰ぐと。さっき自分が打球を飛ばした青空の一角に、ぽつんと遠く、小さな橙《だいだい》色の物体が浮いて見えた。

「……？」

何だろう。

飛行機だ飛行機だっ、と誰かが叫んだ。それをきっかけに、運動場で野球の試合をしていた少年たちもゲームを放り出し、皆で南側の空を指さした。

「飛行機だ、こっちへ来るぞ」

飛行機……？

それは、二枚の羽根を上下に重ねて、その間に細い胴体を挟《はさ》みこんだような形状をしていた。機体の頭部には、銀色の発動機があって、目に見えないほどの疾《はや》さで何かが回転している――キラキラと光っている。龍之介の視力は、周囲の少年たちよりも先に、空から近づいて来る物体の姿をとらえていた。

こっちへ来る。

みるみる、近づいて来る。鳥よりもずっと速い。

ブォオオオッ
高いところから、この校庭を目がけて急降下して来る……!?　橙色の機体は龍之介の額にぶつけるくらい迫って来ると、見ている龍之介の真上で引き起こした。

ブォッ
「うっ」

風圧と、爆音を叩《たた》きつけて橙色の機体は引き起こし、急降下で得たスピードを使って、校庭の真上で急上昇に移った。

「す、凄《すげ》ぇっ」

周囲の少年たちが歓声を上げる中。

(海軍……?)

龍之介は、橙色の機体側面に『大日本帝国海軍』と小さな文字が描きこまれているのを読み取っていた。頭上を通過する一瞬、見えたのだ。

あっという間に機体は遥《はる》か青空の高みへ昇って行き、背面になる瞬間キラッと光ると、今度は宙返りに入る。白いマフラーを首に巻いた搭乗者の姿が、一瞬だが目に入った。

「あれは、山賀《やまが》さんだっ」

誰かが叫んだ。

「山賀さんの郷土訪問飛行だ!」

同時に校舎から、堂本という大柄な教師が駆け出て来ると、大きな日の丸の国旗を空に向かって振り始めた。

橙色の複葉機は、さらに宙返りを二回繰り返すと、現われた時と同じ南の空へたちまち飛び去って行った。

（――――）

龍之介は、飛行機というものを生まれて初めて目にした。

飛行機。あれがそうなのか……。頭上を通り過ぎた瞬間、ものすごい疾《はや》さだった。それに雷鳴のような爆音――

「凄ぇなぁ、凄ぇなぁっ」

近くで、野太い声が興奮していた。

「この学校から、おとし予科練に入った人がいるんだ。凄ぇなぁ」

見ると、あの勝部という大男だ。橙色の機体が飛び去った空を見上げ、拳《こぶし》を握り締めるようにしている。

大げさな興奮ぶりに、龍之介は笑ってしまいそうになった。

「あっ、この野郎」

気配に気づいたか、大男はこちらを振り向いた。鼻息を荒げると掴みかかって来た。

「この山猿、さっきから小馬鹿にしやがって――！」

襲って来た。校庭の土を蹴《け》り、いきなり殴りかかって来た。間合い数メートル、左斜め頭上から拳がやって来る――

（……！）

だが龍之介には、拳の動きが見えた。顔を右に振って、かわした。数センチの間隙《かんげき》で拳が唸《うな》りを上げ頬《ほお》の横を通る。そのまま身体を右へ倒しつつ、すれ違いざま脚を投げ出すようにして大男に足払いをかけた。

「あぅおっ!?」

突進して来た大男は、蹴つまづいて跳び込み前転のように土の上へ転がった。

ずざざっ

「か、勝部さん」

「勝部さんっ」

取り巻きの連中か、顔を知らない男子生徒たちが慌てて駆け集まる。皆、飛行機の見物で頭上に気を取られていたのか。

龍之介が飛び起きると、勝部も飛び起きた。頭が土ぼこりで、茶色くなっている。

「くぉの野郎っ」

さっきから、言いがかりをつけて来て。こいつは何者なのか。

龍之介も、やむを得ず対峙《たいじ》して構えた。

体重で倍するような大男。勝部という名は——そうか、聞いたことがある。二年二組の生徒で、大きな網元《あみもと》の家の長男だという。漁師の息子たちを手下のように使っている。網元の長男というだけでなく、腕力でも敵《かな》うものがないという。

ずざっ

土を蹴って、大男は龍之介に向けダッシュした。間合い、また数メートル。どうしても俺を叩き伏せようと言うのか。今度は両腕を広げて来る、跳びかかって押し倒すつもりか

……!?

(――遅い)

猪《いのしし》や鹿《しか》の動きを見慣れた目には、勝部の動きは活動写真のスロー・モーションだった。みぞおちの動きが見える。あそこがあいつの身体の重心――重心を突けば素手でも獣は倒せる。父さんが言っていた、人間も同じのはず――

だが

「勝部君、待って」

凛《りん》とした声が横でするとと。

大男は「うっ」とうめき、龍之介に跳びかかる一メートル手前でのけぞるように突進を止めた。ずざざ、とまた土埃。

龍之介は、右の拳を引いた姿勢のまま、目を見開いた。

「くっ」

土埃に、顔をしかめた。

何が起きたのだ。

「勝部君。また暴力を振るっているの」

いつの間にか、横に少女が立っていた。

歩み寄って来ると、長い黒髪の頭を振った。

「いけないわ」

すると
「う、ぐ……」

勝部は、自分よりも頭一つ小さい少女の横顔に見上げられ、困ったように口ごもる。

瑛実か。

ほっそりした身体つきの、少女の白い横顔が大男を見据《みす》えている。それだけで、なぜか
勝部は動けなくなってしまう。

「い、いや俺は、こいつがお前に手を出そうとしやがるから」

「勝部君」

少女は、凛とした声で言った。

「気にいらない人が出る度に殴りつけていたら、そのうちみんな粛清《しゅくせい》しなければならなくなるわ」

周囲で、取り巻く少年たちが「おい、しゅくせいって何だ?」「わかんねぇよ」とひそ

ひそ言い合う。

「だ、だけどよ、こいつ馬鹿にしたみたいに俺を――」

「勝部君」

「は、はい」

「暴力は、やめて」

それだけ言い切ると、少女は黒髪を翻して、面食らった様子の勝部の前を立ち去った。

騒ぎを見て集まった男子生徒たちが、息を呑《の》むように見送る。「凄ぇ」「勝部に指図したぜ?」ひそひそとした声。「二組の瑛実だろ」「気ぃ強そうだな」「きれいだけど」

(――――)

龍之介も、その様子に目を奪われていた。

皆に見送られる瑛実は、横を通り過ぎる瞬間、ちらと龍之介を見た。

「八時」

「――え」

「八時よ。大事な話なの」

桜色の唇が、周囲に聞こえないほど小さく短く告げると、行ってしまう。

●苫前町　市場前

いったい、どうなっているんだ。

龍之介は思った。

いいや――面倒にならないうち、さっさと帰ってしまおう。

早足でその場を後にした。

校門を出ると、潮の匂いと、波の音がした。

浜にずらりと舟を引き揚げた海岸が、目の前に広がった。苫前は漁師町だ。ニシンがたくさん獲《と》れるという。

海岸沿いに街道が走っている。南へ行くと、もっと大きな漁港のある留萌の町がある。さらに南へ下れば大都市の小樽《おたる》だ。

龍之介の家へは、それとは反対に、道を海岸に沿って北へ向かって歩く。

浜を背にして市場があり、魚の仲買の店や、雑貨商の小屋がずらり並んでいた。

「海軍の郷土訪問飛行が来たな」

「山賀んとこの息子だろ。おととし予科練さ入った」

さっきのことを、噂《うわさ》しているのか。

雑貨商の店先で、大人たちが煙草《たばこ》をくわえて雑談している。

「親は自慢しとるだろ」

「いやいや。一番出来のいい息子を国に取られたって、嘆いとる」

「乱暴者がおらんようになって、周りの連中はほっとしとる」

潮に茶色くやけた、しわくちゃの顔をした漁師たちが笑い合った。

「海軍ときたら、毎年、あんな感じだ。予科練の試験が近づくとああして練習生に郷土訪問飛行をさせよる。すると子どもらは熱に浮かされたように、みぃんな受けに行く」

「そして一番いい玉がさらわれる」

「まったくだ。家においときゃ、いい漁師や船頭になるのに。ああして飛行機さ乗せて、雀《すずめ》の涙ほどの俸給《ほうきゅう》で国のために戦わせて、殺しちまうんだ。親にとっては迷惑以外の何物でもねえ」

「お前んとこは心配ねえだろ」

「そりゃそうだ」

ははは、とまた笑い声が立った。

笑い合う漁師たちの一人が、浜から見える沖を指した。

「おお、見ろ、小樽の会社の工船が行くぞ」

工船。

龍之介も、立ち止って沖の方を見た。

水平線を、逆光を浴びて黒いシルエットとなった大型船が、北の方へ進んでいく。家の前の崖《がけ》からも時折、沖に見かける船影だ。煙を吐いている。速度を出しているのか、白波を蹴立《けた》てている。

「あんなに石炭さ焚《た》いて、えらい景気だな」

「カニ獲《と》って、船の上で缶詰さこしらえるんだろ」

「ロシアに勝ってから、カムチャッカで漁が出来るようになったからな」

「今はロシアって言わんのだろ」

その会話を聞きつけたように、雑貨店の主人が出て来ると、漁師たちに店の陳列棚を指した。

「あんたたち、ニシンが大漁で景気がいいなら、カニ缶を買わんかね」

赤と金色の包み紙を巻かれた缶詰が、ぴかぴかと山積みにされている。

カニの缶詰か。

龍之介は思った。

あれは、うまいのか……？

だが
「あぁ、いらんいらん」

漁師の一人が、とんでもないと言うふうに頭を振った。

「そんただ高《たけ》ぇカニの缶詰、誰が買うんだ」

「そうだ、そうだ」

「正月以外に、買う奴はおらんだろ」

「それがな、いま支那《しな》で飛ぶように売れとるらしい」主人は言った。「支那の金持ちが買うんだ。今や経済は『日支協調』だ。日本の会社がどんどん進出しとる。これからは商売を伸ばすなら支那だよ」

「――――」

会話を背に、龍之介はまた歩き出す。

浜と岩場が交互に展開する中、海沿いをうねりながら街道は北へ向かった。

いつの間にか、水平線にカニ工船の姿も消えていた。

●青見別村《あおみべつ》

三十分も歩いて、青見別の村に着く。苫前よりは小さな漁村だ。

駐在所のある四つ辻を、海を背にして折れると、ここからが山道だ。

見上げると、海にせり出すような切り立った小山がある。手塩《てしお》山系につながる山の一つだという。龍之介の棲《す》み家でもある。

（——爪浜は、あっちか……）

四つ辻の一方を見やって、ふと足を止めた。

——『ひみつの泉に来て』

（——————）

声が蘇った。

あの少女——瑛実は、もうこの道を通って、帰ったのだろうか。

いや、きっとまだだ。俺の方が歩くのは速いはずだから……。

待っていたら、後ろから来るだろうか……？

　歩いて来た街道を、振り返って見ようとすると
「こら、何をきょろきょろしとる」
　いきなり、背中から呼ばれた。
　龍之介はどきりとした。
　振り向くと、中年の男が立っている。口ひげ。紺《こん》に金モールの制服。腰にはサーベル。
村に駐在する警察官（巡査）だ。
「龍之介、きょろきょろ何を見とる。お前らしくない」
「え、あ」
　なぜだか、凄く恥ずかしいところを見られた気がした。
　口ごもっていると
「まぁ、ちょうどいい。お前に頼みがある」
　駐在は山田《やまだ》といって四十代の初めで、龍之介の父・銀史郎《ぎんしろう》よりも少し年かさだった。
　顔なじみだ。山の中腹にある鏡家の小屋へ、時折その姿を見せる。だいたいが『近在の
どこそこの村で羆《ひぐま》が出たので駆除してほしい』という依頼だった。その度に、父は銃を手
に小屋を留守にして、数日帰らなかった。
　依頼に来ることもあったし、謝礼だと酒を手にして来ることもあった。大声で冗談を言
う明るい男だった。

その駐在が険《けわ》しい顔で、大きめの茶色い封筒を龍之介に差し出した。

「龍之介。これを、銀史郎おやじに渡してほしい。本当は俺が直接行って渡すべきなのだが、これから凄く忙しい。お前が届けてくれると助かる」

「――いいよ」

また『羆を倒してくれ』という依頼だろうか。

父さんが、何日か出かけることになるのかな――

「頼むぞ」

駐在は龍之介の両肩を摑むと、力を入れて揺さぶるようにした。

「確かに、届けるのだぞ」

駐在の手の力は、何だか『女子にうつつを抜かすな』と言っているようだった。

龍之介は受け取った封筒を鞄《かばん》にしまうと、帯を肩にかけ直し、早足で歩いた。

山道に入った。

ざわざわざわ
海からの風に、頭上で木の葉が鳴る。

登るにつれ、落ち葉が増えて周囲が黄色くなっていく。無数の葉が舞いおちる、樹木のトンネルのような中を登った。

いろいろなことがあった日だ——

そう思った。

鞄の帯を握る手に、まだバットを振り抜いた時の感触がある。野球は、面白いかも知れない——

猟師の生活は孤独だ。

龍之介は、団体で何かをした、という経験がない。

(仲間が出来て、一緒に頑張《がんば》ったり喜んだりするのは、ひょっとして凄く楽しいんじゃないかな……)

野球部へ入りたいと言えば、長沼はきっと歓迎してくれるだろう。

でも難しい……帰るのが遅くなったら、家で父さんの手伝いが出来なくなる。

ざわっ

(——!?)

ふいに前方の茂みが動き、龍之介は反射的に足を止めた。気配を消すように、身体のすべての動きも、息も止める。獲物が現われた瞬間、そうする習慣になっている。

鹿だ。

夕方の斜めの木漏《こも》れ日。その中に、流れるような形の頭部があった。雌《めす》の鹿だ——一頭の若い雌鹿が、茂みの中から頭を出していた。

潤むような黒い目。草を食《は》んでいたのか。鹿は口を動かすと、静かに頭部をめぐらせ、また茂みの中へ消えた。

「――」

まるで、あの鹿のようだったな――

気づくと龍之介は、瑛実の立ち姿を思い浮かべているのだった。凜とした立ち姿。校庭で見せた横顔。

（――あぁ、いかん）

龍之介は頭を振る。

あの少女の、白い裸身が目に浮かぶ。

「み、見ちまったのは」思わずつぶやいていた。「あれはわざとじゃない」

でもその光景は、頭の中に蘇った。

数日前の晩のこと。

足を止めたまま、思い出していた。

それは龍之介が、初めて羆を撃ち殺した晩のことだ。

例によって、山田巡査から『近くの沢にクマが出る』という知らせがあり、父が何日かかけてその羆の行動経路を調べていた。「調べがついた。来い」そう言って父は、龍之介を猟へ連れ出した。ちょうど学校は休みだった。

龍之介は物心ついた時から重い猟銃を担《かつ》がされ、父について山中を歩いていたが、羆撃ちに連れて行ってもらえるようになったのは最近だ。理由はすぐに分かった。小さいと、恐怖に耐えられない。


（――――）


思い出すと、今でも背筋が震《ふる》える。

羆を撃つ時、猟師は追いかけては撃たない。後ろから距離を取って射撃しても、弾丸は巨体に食い込むだけで、致命傷は与えられない。かえって手負《てお》いにして怒らせ、暴れさせるだけだ。羆撃ちでは、まず猟師は標的のクマの縄張りと行動経路を綿密《めんみつ》に調べる。足跡や糞《ふん》を追い、クマの縄張り――必ず通る道筋と、行動の習慣を読み取るのだ。そして行動経路の中に待ちぶせの場所を決め、銃を抱えて待つ。一日中、時には数日にわたって待つ。羆が現われると猟師は動かず、みずからを相手の『餌《えさ》』として晒《さら》し、襲って来させる。そして真正面・至近距離に近づくまで引きつけ、一発で頭部の眉間《みけん》を撃ち抜いて絶命させるのだ。大物は体重五〇〇キログラムを超す。猟銃で巨大な羆を倒す方法は、それしかないのだという。

高等小学校に上がってから、龍之介は『第二射手』として父の横につくようになった。真正面に襲って来る羆を、もしも父が撃ち損じたら、すかさず二の矢としてクマの眉間を撃ち抜けというのだ。もっとも父が撃ち損じることはなくて、それは龍之介に度胸をつけさせるための修業なのだとすぐに分かった。

射撃は間合い五メートル、いやそれ以内だ。クマの頭部が自分の視野一杯に近づくまで引き金を引いてはならん。

もうクマの巨大な前肢が自分の顔を打つ——と思うくらい引きつけても、実際にはまだ五メートルくらい距離はあって、ぶつかるくらいでちょうどいいのだ、と父は言う。

羆が自分を食い殺そうと、真正面から突進して来れば、怖い。今にも潰《つぶ》される——逃げ出すか、早く撃ってしまいたくなる。それをこらえ、視野一杯になる瞬間を待つ。そうしなければやられてしまう。

最初の羆撃ちでは、龍之介は目の前に覆いかぶさる巨体に驚き、反射的に手にした銃を撃とうとした。「待て」父の手が横から龍之介を止め、冷静に数秒を待って、銃声が轟《とどろ》いた。

雷鳴のような衝撃音とともに、眼前で黒い巨体がもんどりうって倒れた時、龍之介はただ目を見開いて震えているだけだった。

「龍之介。お前の反応は普通だ。怖《こわ》くても恥《は》じることはない」

倒したクマを解体しながら、上背のある父はこう言った。

「人間の脳は、危険に直面すると二つの行動しか出来なくなる。闘うか、逃げ出すかだ。

それしか出来なくなる。脳の本能だ」

「脳の——本能？」

「そうだ。大昔から人間はそうしてきた。誰も本能からは逃れられない。だがそこで冷静になれる方法が、ただ一つある。父さんはそれをしているだけだ」

父・銀史郎は、自分は勇敢なのではない、脳をだましているだけだ、と言う。

「それは〈質問〉だ。自分自身に〈質問〉をしろ。脳は質問をされると、答えを出そうとして恐怖を一瞬忘れる。あそこだ、あそこに当てるにはどうする——⁉　この問いを繰り出し続けろ。クマが五メートルに迫るまで繰り返すのだ」

それから五回、羆撃ちの機会があり、龍之介は父の横について『教え』を実行しようとした。あそこに——迫って来るクマの眉間に弾丸を命中させるには、どうする。銃を構え狙《ねら》ったまま、その問いを脳に繰り返す。撃つか逃げるか、どちらかに走りたくなるのを、そうやってこらえるのに努めた。

（あの晩は）

六回目の羆撃ちだった。

沢に出る、と知らされた羆は、父と二人で待ちぶせる渓流《けいりゅう》の向こうに現われた。朝から一日、そこで待っていた。父はわざと風上の位置を選んでいた。羆に自分たちを『餌』として感づかせるためだ。両側は樹木の生《お》い茂った急斜面。V字型の狭《せま》い谷のようになった地形の底だ。冬眠前で餌を貪欲《どんよく》にあさっていたクマはすぐに気づき、まっすぐに向かって来た。

大きい。龍之介は目を見開いた。何だこいつは、これまでで一番大きいぞ——黒い巨体

の中で無数の筋肉が動き、もくもくと上下に揺れながら渓流の石を蹴《け》り、突進して来る。

地響き。銃を構える腕が揺さぶられ、照星《しょうせい》がぶれる。たちまち視野一杯に。

（でかい——こいつは怪物か!?）

それまでの猟では、二番射手である龍之介が引き金を引くことはなく、すべて父の銃が

間合い五メートルでクマの眉間を捉《とら》え、弾《はじ》き跳《と》ばすようにして巨体の突進を止めていた。

今度も同じ間合い。だが父の銃が火を噴くのと同時に、あまりの体重でか、クマは足下の

灌木《かんぼく》を踏み抜いて一瞬、こけた。銃弾は直線状にクマの耳をかすめて向こうへ抜けた。

外《はず》した……!?

「龍之介、撃てっ」

父の叫び。

勢いの止まらぬ黒い巨体は、覆いかぶさるように目の前に迫る。

（——くっ）

ほとんど真上を撃つ感じだった。龍之介はのけぞりながら、頭上から襲いかかる羆の顎《あご》

を狙い、引き金を引いた。ガンッ、という反動と共に銃弾は跳び出し、一本の細い槍《やり》のよ

うに羆の喉元《のどもと》から脳天を刺《さ》し貫《つらぬ》いて頭上へ抜けた。

クマの前脚が龍之介の額をかすめて空振りし、巨体は颶風《ぐふう》をともなって龍之介の右横を通過すると、渓流の砂利《じゃり》の上に転倒した。

ドズンッ
地響《じひび》きで龍之介は宙に放り上げられた。

「うわっ」


「よくやった」

父は、銃を握り締《し》め肩で息をする龍之介を、どやしつけるように誉《ほ》めた。

「よく、目を離さなかった龍之介」

すぐにその場で解体が始まった。

羆は巨大なので、担《かつ》いだり引きずったりして持ち帰ることは出来ない。猟師は羆を倒すと、その場で山刀を用いて解体をする。手早く利用出来る部位だけを切り出し、里へ持ち帰るのだ。

父はまずクマの腹部を裂いて開き、湯気の立つ中から万能薬として貴重な胆嚢《たんのう》を取り出すと、丁寧《ていねい》に油紙でくるんだ。続いて美味で精力がつく心臓、そして肉。

肉は、父子二人で担げる分だけを切り出した。それだけでも小屋の軒先《のきさき》に吊《つる》して干肉《ほしにく》にすれば、向こう数週間は蛋白源《たんぱくげん》に困らない。担ぎ切れない分は、森の小動物たちへの恵みとして残していくことにした。最後に布で手を拭《ふ》いて、羆の死骸《しがい》に手を合わせた。

「母さんの墓へ寄って帰ろう。通り道だ」

解体の終わる頃には、あたりはすっかり暗くなっていたが、代わりに満月が昇った。沢から小屋へ戻る途中の峠《とうげ》に、山道の見晴らしの良い場所を選んで小さな石の墓碑《ぼひ》が立ててあった。父と並んで、龍之介はまた手を合わせた。

「母さんは、どんな人だったの」

「お前は、母さんの顔を知らないからな」

銀史郎は小さな墓碑を指した。

「この下に、骨はない。これはただの墓だ。写真はあったのだが、なくしてしまった」

「――――」

「龍之介。熊の胆《きも》を目当てに、今夜あたり商人が来る。私は先に帰っている。お前は、猿の温泉に寄って来るといい」

父はそれだけ言うと、先に峠道を行く。

龍之介は、父の言葉をありがたいと感じた。初めて羆を撃って倒した。凄じい緊張と、解体作業の力仕事で身体のあちこちが痛かった。血まみれでもあった。天然の大きな風呂につかって身体を伸ばしたら、どんなに心地よいだろう――

自分の猟銃と、布でくるんだ肉の塊を背に、龍之介は独りで峠から脇道へ入った。森の奥へ続く獣道だった。満月の光線が斜めに差し込み、森の中もうっすらと明るい。

俺の母さんは、どんな人だったのだろう。

下生《したば》えをかき分け、独りで歩きながら龍之介は思った。

母さんの骨がここにはない、というのは、どこか別の場所に埋葬《まいそう》されているということだろうか。

どこなのだろう。龍之介には母親の記憶が、微《かす》かにしかない。手の感触。顔はほとんど覚えていない。


(――――)


ごく小さい頃、自分は都会で暮らしていたような記憶がある。自動車が走っている街で母親に手を引かれ歩いていた。断片のような記憶が、微かにある。

父・銀史郎はあまり昔のことを話してくれない。

小屋では、父は夜には龍之介に『温習《おんしゅう》』をさせた。高等小で習う算術の教科書を復習し終ると、茶色くなった古いテキストを出して来て、説明してやらせた。

「これは三角関数というものだ。猟で射撃の役に立つ」

英語のテキストもあった。結構、厳しく勉強させられた。お陰で龍之介は、高等小では学年で十位に入るくらい、成績は良かった。

（今度、父さんに昔のことをもっと訊いてみよう。母さんのことも……。勉強中に余計なことを話すと、叱《しか》られるけど）

森の奥が、うっすら白く光っている。湯気だ。猿の温泉と呼んでいるのは、山中の森の奥に自然に湧《わ》き出ている温泉――天然の露天風呂のことだった。木々に囲まれる池ひとつが、一年中いつでも湯気を上げる熱い風呂なのだった。硫黄《いおう》の匂いが鼻をつく。

父と龍之介が、ここを〈猿の温泉〉と呼ぶのは、実際に猿が湯につかっているのを見たからだが、時には鹿が来ていることもあった。怪我《けが》をした時に、ここの湯につかると傷が癒《い》えるということを、知っているのかもしれなかった。人間では、父子のほかには下の村から山菜採りの村人が、たまに来るくらいだ。

龍之介は、温泉を囲む大木の一つの根本に荷を下ろし、着ていた服を脱いだ。もう時刻は八時を廻《まわ》るだろう。明日は学校がある、さっとつかって帰ろう――そう思った。

（――鹿……？）

湯気の向こうに、うっすらと白いシルエットがあった。何かがいる……。

何だろう。

初めは『鹿が来ているのかな』と思った。ふと、足もとの銃を見た。温泉では獣を撃つ気持ちにはならない。ここは山の恵みを得る場所だ。殺生《せっしょう》はいけない。よく見えないが、湯の中にいるのはクマではないだろう、あの白い影はほっそりしている。大丈夫、鹿なら一緒に湯に入ればいい——

がさっ

だが下生えをかき分け、温泉の池の縁《ふち》へ出ようとした時。

「……!?」

龍之介の足が止まった。

な、何だ——

思わず、木の陰に隠れた。

覗《のぞ》くと、十数メートル隔てて白い影がいた。湯の中に、半ば立ち上がっていた。初めは白い美しい獣がいる——そう感じたが。

「お」

女の子……!?

龍之介は息を呑《の》んだ。

まさか。

どうして、こんな時間、こんなところに。

目をこすった。

だがそれは、幻ではなかった。同じ位の歳の少女だった。湯の面から立ち上がると、ちょうど腰から上があらわになった。流れるように垂れる黒髪。そのまま、白い姿は向こう側の縁へ上がる。しずくを滴《したた》らせ、後ろ姿の全身が湯気の中に全て見えた。

（……う……あれは本当に人間か……？）

2

●青見別村　山中

「い、いかん」

龍之介は頭を振った。

くそっ。鹿を見たせいだ。

こんな山道の途中に立ち止まって、あの晩のことを思い出してしまうなんて。

（そうだ、きっと山菜採りだったんだ）

きっと、あの子は麓《ふもと》の海岸の集落から、山菜採りに上がって来ていたんだ――

そう思った。

あの時。龍之介は一瞬、人間以外の妖精か何かを見た気がした。

白い裸身の少女。

森の中の温泉に、独りでつかっていた。その後ろ姿は、木陰の龍之介には気づかぬ様子で反対側の縁へ上がると、茂みの中で服を身につけ始めた。長い髪を後ろで結ぶ時、ちらと横顔が見えた。

ハッとした。見覚えがあった。妖精じゃない——名も知らないし、話したこともない。けれど高等小学校の廊下や図書室などで時折見かける顔だ。白い人形のような——濃い眉に桜色の唇。図書室の机で一心に本を読んでいる様子を思い出す。

どうして、こんなところに……!?　木陰で息を呑んでいると、手早く服を身につけた少女は足下から大きな籠《かご》を抱え上げ、こちらに背を向けて木立の奥へと消えた。白いもやの中に見えなくなる。

あの子は——

——『ひみつの泉に来て』

(——あの子は気づいていたのか。俺が、木陰から見ているのを)

かぁっ
ふいに頬《ほお》が熱くなった。

龍之介は思わず、足下の地面から枯れ枝を拾い上げると「うわぁっ」と声を上げてそこらへんの草むらを叩《たた》いた。両手でばしばしと叩きまくった。

「はぁ、はぁ。俺はどうしたらいいんだ」

独りで俺は、何をやっている。

そう思ったが、草でも叩かなければやっていられない。

あの晩、木陰から少女の着替えをすべて見てしまったことを、感づかれていたなんて。さっきは話し掛けられたことに驚いて、『恥ずかしいことをした』と思う暇もなかった。わ、わざとじゃないぞ。いやそれはさっき、言ったじゃないか。そうだ俺は、ちゃんと弁明した。

――『八時よ。大事な話なの』

少女の言葉が、頭に反響した。

「はぁ、はぁ」

龍之介は肩で息をした。

こんな変な気持ちになるのは初めてだ。いったい俺は、どうしちまったんだ。

どうすればいいんだ。

——『八時よ』
頭上の梢《こずえ》で鳥が鳴いて、龍之介は我に返った。
「そ、そうだ。家に帰らなくちゃ」
また歩き始めた。

細い山道をさらに十分も登ると、急に樹木のトンネルは切れ、空が広がる。龍之介は目をすがめた。橙色の光線が、眩《まぶ》しいほど周囲を包んでいる。いつの間にか夕日の時刻になっていた。

広がる視界の奥は海——夕日の沈む水平線だ。

さっき麓の村から見上げた、海にせり出す小山の中腹に出た。わずかな平地の行き止まりが、海に突き出す高い崖《がけ》になっている。その向こうには何もない、遥か下が海岸だ。

龍之介が父と二人で住む小屋は、海に突き出す平地の始まりのところにあった。

小屋の前に、羆の肉の切り身をたくさん吊して陰干しにしてある。いつもは帰宅すると空腹で、干肉のつまみ食いをするのだが、今日はその気が起きない。

「父さん」

しかし小屋の前にも、中を覗いても父の姿はなかった。裏で、薪《たきぎ》でも割っているのかな……。

ぐるり見回すと、海と反対側には木々の生い茂る山頂がそそり立つ。ここは小山の半分ほどの高さだ。

見晴らしが良いので、あの山頂には日露戦争時代、軍の見張り台があったのだという。ロシア軍艦の来襲を警戒していたのだ。龍之介の住む小屋は、見張り台に勤務する兵たちの宿舎だったものを、戦争の後で民間へ払い下げられたのだという。それを昭和になってから、父が手に入れた。

ターン

乾いた銃声がした。

（父さんは、銃の試し撃ちか）

龍之介は小屋の反対側へ廻《まわ》った。

海風が来る。洗濯物を干す庭の向こうは、海に面した崖に向かって長さ一〇〇メートルほどの開けた空き地になっていて、木が切り払われ整地されていた。父はよくここで、整備した銃の試射をした。龍之介の銃の練習も、そこで行われた。

空き地のもう一方の側には昔の軍の倉庫があった。角ばって住居の小屋より大きかったが、入口は鎖《くさり》で厳重に封印されていた。あそこにはまだ軍の資材が残っていて、いつか引き取りに来るはずだから、開けたり覗いたりしてはいけない、と父に言われていた。

タンッ
乾いた銃声は、風に乗って聞こえた。

父がいた。長方形の空き地のこちら側で、銃を構えて標的を撃っていた。崖の手前に空き缶を載せた台があり、その向こうが夕日だ。命中すると缶は吹っ飛び、一秒くらいしてからカンッ、という衝撃音が耳に届いた。

「父さん」

呼ぶと、長身の男は振り向いた。

鏡銀史郎は、三十代の後半だが髭《ひげ》を蓄《たくわ》えていた。彫《ほ》りの深い顔に、鋭い目をしている。

龍之介に『視力を鍛えろ』と教えた、獲物《えもの》を捉える猟師の目。

「帰ったか。龍之介」

低い声で言った。

父さんはこわいけれど、怒鳴ったりすることはほとんどない――

浜で見かける漁師たちとは、父は違う種類の大人なのではないか、と龍之介は感じている。

「あ、あの」

父のそばへ寄り、どう言おうか、と龍之介は迷った。

口ごもってしまった。

「どうした、龍之介」

父は、龍之介の目を覗きこむようにして訊いた。

「何を、もじもじしている」

「い、いや、あの。その——あっ、そうだ」

龍之介は気づくと、肩に掛けた布製鞄から大きな封筒を引っ張り出した。さっき麓の村で、駐在の巡査から預かったものだ。

「これ、駐在さんが」

「そうか」

父はうなずくと、銃を足下へ降ろし、茶色の封筒を受け取った。封が破られると、中身は書面のようだ。

いつもの猟銃じゃないな……。

父の足下を見て、ふと龍之介は思った。父さんが撃っていたのは鳥撃ちの散弾銃でも、大型の獣を撃つ猟銃でもない。何だろう、このまっすぐで細長い銃身——

銀史郎は鳥撃ちでも名手だった。鳥の飛ぶ先を読む『見越し照準』が絶妙なのだ。散弾を用いなくても、大型の鳥なら一発で撃ち墜《お》とす。これはまだ龍之介には真似出来ない。

自分が鳥を狙うと、『直接照準』になってしまい、疾く飛んでいく鳥に当たらない。

「龍之介」

低い声で呼ばれ、龍之介は我に返る。

銀史郎は手にした書面から顔を上げ、こちらを見ていた。

「龍之介。今夜、クマ撃ちに出るぞ」

「えっ」

クマ撃ち……?

「どうした」

「え、でも――」龍之介は意外な父の言葉に、目を見開いた。「父さん。五線沢《ごせんさわ》の羆は、この間倒したじゃないか」

「別の、もっと恐ろしいクマがいる」

「――」

「どうした。何か今夜、都合でも悪いのか?」

「――あ、いや。別に」

龍之介は頭を振った。

「別に、何もないよ」

「ならば握り飯をこしらえ、お前の銃も点検して磨《みが》いておけ。夜の九時には出発する」

●鏡家の小屋

すぐ夕日は沈み、山中は真っ暗になった。

この間の羆撃ちの晩が、満月だった。今夜は、真円よりもやや痩《や》せた月か……。

龍之介が自分の猟銃の手入れをして、手作りの銃弾にも磨きをかけていると、小屋の柱時計がボーンと鳴った。

七時。

(―――――)

今、小屋の外は――

龍之介は思った。外は、月夜の景色だろう。崖の向こうの水平線には月光が反射し、鈍《にぶ》く光っているだろう。ちょうど真下に展開する爪浜の集落には、家々に油ランプが灯《とも》り、暗い中に散らした星のように光っていることだろう。

そして山の中の森の温泉には……。

あの晩。

また思い出す。

龍之介はあの後、しばらく〈猿の温泉〉の縁で目を見開いたまま立っていたが。結局、湯につかることはせず、そのまま服を着て小屋へ戻ったのだった。森の木々の中を下る時、少女の後ろ姿がないかと闇の中を目で探ったが、とうに見えなくなっていた。獣道を下りて、帰宅すると、小屋には灯が点っていた。戸口まで戻ると、中から話し声がした。

父と、誰かが話していた。

商人が来ているのか。

父の言う商人とは、熊の胆を商う薬商人だ。父・銀史郎が羆を仕留める頃を見計らってはよく小屋を訪れる。銀史郎と似た背格好の長身の男で、やはり髭面だった。珍しい名で、確か無良《むら》といった。

この無良商人が来ると、決まって父は『風呂を炊《た》け』『薪を割れ』と言いつけ、龍之介を小屋の外へ出した。値の交渉をするから外にいろ、ということらしかった。商人と金のやり取りをする場面を、父は子供に見せたくないのだな、と龍之介は解釈をした。さっき〈猿の温泉〉に寄って来い、と言ったのも同じ理由だろう。

「――奴らの組織構成を摑むため、これまで泳がせて監視してきたが」

ぼそぼそ低い声がした。

「そろそろ、手を下す時期が来たようだ」

龍之介は、外から戸を開けるのをためらった。この話し方は――特徴がある。父さんと同じように低く話す。あの無良商人に違いないと思った。

「鏡。九試単戦の設計図が、奴らに奪われた」

「九試がか?」

父の声が訊き返す。

龍之介は、頭の中にまだ白い少女の裸身が閃《ひらめ》くように浮かんで、小屋の中で話されている会話の内容など耳に入りはしなかった。ただ低い声で、真剣な相談がされている様子だった。

「三日前だ。小牧《こまき》の工廠《こうしょう》から五十枚の設計図が盗み出され、多数の工作員の手に渡って、ばらばらに持ち去られた。ちりぢりに逃げられたから特高もお手上げだ。だがそれらすべては、この下へ向かっている。ここが、最後の砦《とりで》だ」

「――分かった」

父のうなずく気配があった。

何の相談をしているのか分からなかったが、真剣な空気だ。戸を開けられないでいると、そのうちに父が気配に気づき「龍之介か?」と中から呼んだ。

「は、はい」

扉越しに返事をした。

「ただ今、帰りました」

「早かったな。客人のために風呂を沸かせ」

いつものように、銀史郎は言いつけて来た。

「たっぷり沸かすのだ」

龍之介は「はい」と答えると、戸口を離れた。月夜の海を見渡す庭へ回り、むかし軍が設置したという鉄製の雨水タンクからドラム缶の風呂へ水を入れた。小屋の中へは入れてもらえなかったが、父に顔を見られないで済んだので、何となくほっとした。

「――父さん」

回想から我に返った龍之介は、囲炉裏《いろり》の向こうで銃の手入れをする父に訊いた。

「その銃、何」

見たことのない細い銃を、父は夕方から手にしていた。珍しい、小さな望遠鏡のような物が銃身の上に取りつけられている。あれで狙うのだろうか……？

「これは三八式狙撃《そげき》銃というものだ」父は銃身を摑みあげて示した。「連発が利く。軍の銃だ」

「軍の銃……？」

狙撃銃、と父が呼んだ細長い銃は、弾丸も丸くはなくて細長い形だった。見ていると、それを五発も一度に容器に詰《つ》め、銃身の下に挿入《そうにゅう》するのだった。

「そうだ」

「あの、父さん」

「何だ」

「いや、あの」

時計をちらと見て、口ごもると。

「さっきから、何を言いたいのだ。龍之介」

「いや、あの――」

こんな夜に、一人で外へ出かけたいなんて言ったら、変に思われるに決まっている。

どうしよう――

(そうだ)

龍之介は、思いついた。

この間の羆撃ちの晩、〈猿の温泉〉に寄った時、忘れ物をして来た。服を脱いだ拍子《ひょうし》に何かおとした……そういうことにしよう。何にしよう。学校で使う何かにすればいい、本をおとしたとか。いや羆撃ちに本を持って行ったなんて、おかしいじゃないか……？　そうだ鍵だ。鍵にしよう。高等小の図書室の鍵を、当番で預《あず》かって身につけていたんだけれど、あのとき草むらにおとしてしまって――

（――明日、必要だから。今から捜しに行きたいんだ。九時の出発までには必ず家に戻るから……）

そう言おう。

〈猿の温泉〉へは、急げば獣道を登って十五分だ。行って来られる……。

だが

「あの」

「――しっ」

口を開きかけた龍之介を、父は鋭く制した。

「ランプを消せ。龍之介」

「え？」

「早く消せ」

3

●青見別村　山中

「消せ」

鋭い声に、龍之介は思わず反応した。山の中で猟をするとき、父がこのように指示するのは身の安全にかかわる緊急の場合だった。

板の間に置いた油ランプの栓《せん》をひねり、龍之介は灯《あか》りを消した。

途端に室内は真っ暗になる。

「──父さん、いったい」

「しっ」

闇の中、父は聞き耳を立てる気配。

何だろう。

龍之介も、聴覚に神経を集中させた。

（……？）

すると小屋の外──遠くのどこかから、ブーンという唸《うな》るような『気配』が空気を伝わって来た。これは……。

「まさか」

龍之介はハッ、とした。

この音は。

父に訊こうとすると
「龍之介、出るぞっ」

銀史郎は板の間を蹴《け》るように立ち上がった。

「お前は、銃はいい。ノバーを持って来い」

「は、はい」

龍之介が返事するのも待たず、父は小屋の扉を蹴るようにして出て行く。

ばん、という響きと共に、外の月明かりが差し込む。外の方が明るい。

龍之介は猟でいつも使う双眼鏡を、月明かりを頼りに棚《たな》から取ると、銀史郎に続いて戸口へ駆けた。

「父さん、待って」

戸外へ駆け出ると、途端に風の音。前方から波の音。

龍之介の手にする重たい双眼鏡は、ノバー7×50といい、海軍で使われる装備の払い下げだという。猟では遠くの獲物を、驚くほど大きく拡大して見ることが出来る。

父に続き、草地を風に逆らって走ると、すぐ崖の縁へ出た。

「伏せろ」

父は兵士がするように、崖っ縁の草むらに跳び込むようにして伏せる。

龍之介は続いて、その横へ伏せた。すぐ前が、何もない空間だった。腹ばいになると、崖下の世界が視野一杯に広がる。風が吹き、前髪をなぶられた。潮風だ。

爪浜か……。

眼下は広大な暗闇――いや、月光に照らされ、物の形は分かる。遠い海面は鈍く光っている。

手前の真下の海岸は、爪浜だ。青見別村よりさらに北――この辺りでは一番北の外れに位置する漁師の集落だ。家々の数十のランプの灯が、風の中でちりちり震えている。

「ノバーを貸せ」

海軍では双眼鏡のことをノバーと呼ぶのだ、と前に父は言った。

差し出すと、父はそれを顔に当て、水平線の方を見やった。

何を見ているのだろう。

ブーン――

また、あの響きだ。

ブォオォォ――

「来たぞ」

父がつぶやくように言う。

「『引き取り手』が来た」

「え？」

「今夜、あの集落へ警官隊を突入させる計画が、奴らに漏《も》れたようだ」銀史郎は双眼鏡を覗いたまま、小さく舌打ちした。「奴らは急ぎ本国へ連絡し、『引き取り手』を呼んだ。晴れた月夜だ。確かに夜間着水には適している」

「……？」

「突入を、早めねばならん」

銀史郎は、肩に掛けていた布製の鞄を草の中から引きずり出すと、開いた。

「山田は、準備が整うのはぎりぎり九時と伝えて来たが――」

いつの間に小屋から持って出たのだろう。三八式狙撃銃は脇において、父は鞄の中から黒い角ばった物体を取り出す。銃身と引き金。片手で持てる。

短銃、というものか……？

父はそんなものを所有していたのか。龍之介は、見るのは初めてだった。布製の鞄も、自分が通学に使うものに似ているが、草色に染められている。見たことがない。小屋の中のどこかに隠してあったのか。

「今を逃しては、手遅れになる」

「いったい」

「龍之介。これを持っていろ」

父は問いかけには答えず、布鞄から別の何かを取り出した。草むらに伏せた姿勢のまま手渡して来た。

受け取ると、柔らかい。

「それは物入れだ。帯のようになっている。服の下の腰に、しっかり巻きつけておけ」

「――え？」

「中に大事なものが入っている。なくすんじゃない」

言うが早いか、父は黒い角ばった短銃を頭上へ向け、引き金を引く。

バシュッ
火薬の破裂音がして、シュルルッと頭上高く何かが跳《と》んでいくと、一秒で弾《はじ》けた。

パッ
途端に周囲の光景が、赤い閃光《せんこう》で一瞬昼のように浮かび上がった。

何だ――花火か……!?

龍之介は息を呑んだ。

父さんは、短銃で花火を打ち上げたのか。

（いったい、何が始まるんだ）


「見ろ」

父が伏せたまま、手で示す。

爪浜集落の様子が一瞬、闇の底に浮きあがった。真下に、崖に沿って岩場を縫うように細い道がある。視界の左手から、真下の集落の入口へと続いている。青見別村から爪浜への唯一の通路だ。その行き止まりに、いつの間にか何か構造物が設けられ、閃光の下に濃い鋭い影となって現われた。

すぐ視界は闇に沈む。

何だ。

柵《さく》……？

今、見えたものは――

「あれは柵だ。奴らは入口に柵を築いた、守りを固めている」

「……奴ら？」

「警官隊が行くぞ」

「?」

見ると視界の左端に、ポツポツと点のような火が現われ、たちまち群れをなした。たいまつか。

銀史郎の打ち上げた花火の合図に呼応したように、群れとなって現われたたいまつは、細い崖下の道へ一列に進入して集落の入口へ向かう。

その動きに気づいたかのように、爪浜集落の家々の灯りが、一斉に消えてしまう。集落は真っ暗になる。

何だ……。

龍之介は、その様子に目を見開いた。

何が始まるんだ……!?

「やはり、人数は揃《そろ》っていない」

銀史郎は双眼鏡を真下へ向け、つぶやく。

「間に合うといいが」

「父さん?」

龍之介の疑問にようやく答えるように、銀史郎は双眼鏡を目につけたまま「いいか龍之介」と言った。

「いいか。お前には黙っていたが。爪浜は、集落ひとつが全部共産党だ。あそこはソ連共産党が日本国内へ工作員を浸透《しんとう》させる、秘密連絡中継基地だ」

「……え？」

「あの集落を経由し、日本国内の共産党組織にソ連から指令が伝えられ、日本の機密情報が奪われ持ち出される。巨大な組織が動いている」

「………」

龍之介は、絶句した。

いったい、父さんは何を話している。

真下の暗闇の空間で、何が始まろうとしているんだ……⁉

クマ撃ちじゃ、なかったのか――⁉

今、集落の入口へ押し寄せていくあの火の群れは何なのだ。

「あれは警官隊だ。海軍の要請で道西地区からかき集めた。これより爪浜へ突入し、集落の住民全員を逮捕《たいほ》する」

「えっ」

逮捕……？

「と、父さん」

「急がねば設計図は持ち出される」

「………」

龍之介はわけが分からない。

父さんは何を言っているんだ。

警官隊……？

爪浜の住民の人々を、一人残らず逮捕する……!?

――『八時』
思わず、振り向いて背後を見た。
月光に照らされ、山頂がそびえている。
龍之介の住みかの小屋の横から、獣道が一本、樹木の中へ消えている。あの道をたどって十五分も早足で登れば、山中の〈猿の温泉〉へ辿《たど》り着く。
――『八時よ。大事な話なの』
(――――)
共産党って、何だ……。

「見ろ」

父が鋭く言った。

はっ、として向き直ると、父の双眼鏡が再び海上へ向いている。

「着水するぞ。ソ連赤軍の飛行艇だ」

「……!?」

見ると。

月光を反射する鏡のような海面に、黒い大きなシルエットが舞い降りて、スーッと白い波を曳《ひ》いた。暗くても見える。あれは――舟のような胴体。パラパラパラッ、と主翼の上で何か回転している。小さな翅《はね》のようなもの。あれがプロペラというものか――？

龍之介は唾《つば》を呑み込んだ。

波を分けて、スピードをおとす。飛行艇……空飛ぶ舟か？　大きい。ニシン漁師の手漕《てこ》ぎ舟の優に三倍はある――

「ソ連の新型、ベリエフMBR2だ。あれで、奪った九試単戦の設計図をカムチャッカへ持ち出す――うっ」

カッ
ふいに真下で閃光《せんこう》が瞬《またた》いた。

（――!?）

ドンッ、と一秒遅れ、大地を震わす響きが龍之介の腹を突き上げた。

な、何だ。

爆発……!?

続けてドドンッ、ともう一回。同時に二つの爆発。


「しまった手榴弾《しゅりゅうだん》かっ」

「えっ!?」

下を見る。真下の様子は分からない。一瞬で土埃のようなものに、覆われてしまった。たいまつの火も見えない。

「奴らは、柵の内側から手榴弾を投げた」

人の唸《うな》るような悲鳴が、闇の底から──ぐわぁぁあっ、と空気を伝わって来る。土埃は海からの風ですぐ薄れるが、たいまつの火はもう数えるほどもない。動かない。

まさか──

今のは、爆弾……!?

「あんなものまで所持していたとは──」

銀史郎は双眼鏡を覗き、息を詰まらせた。

「〈敵〉の戦力を見誤った」

「……？」

「まずい、小舟が行く」

見ると、浜の波打ちぎわから手漕ぎ舟がひとつ、いくつかの人影によって引き出され、上下しながら海へ出ていく。漕ぎ手が櫓《ろ》を動かしているのが見える。まっすぐに、海面に浮かぶ飛行艇の機体へ向かう。

あれは――

「龍之介、来い」

父は跳《は》ね起きると、身を翻して駆け出した。小屋の方向へ。

「奴らを阻止せねばならん」

「あ、待って」

いったい、父さんはどこへ走るつもりだ。

爪浜集落で、何が起きているんだ。共産党……？　設計図――？　何のことだ。

阻止する――って、走ったって爪浜までは、山道を下って一時間かかるぞ……!?

だが
「設計図が持ち出される」父は駆けながら言った。「奴らは、爪浜拠点を放棄してでも、九試の設計図を奪い取るつもりだっ」

「父さん、九試って――」何？　と訊こうとしたが。

その時龍之介の目が、前方の獣道の出口に動くものを捉《とら》えた。何かがいる――いくつかの影。〈猿の温泉〉へ通じる獣道からパラパラッ、と駆け出て来る。獣か……？　いや違う。縦に細長い――月の下に浮かび上がる。人間だ。

父も気づいた。

「伏せろ、隠れろっ」

草の中へ、二人同時に跳び込むようにして伏せた。

同時に
パンッ
数十メートル前方で、銃声がした。

何だ。

驚いて、伏せたまま目を上げる。

こちらを撃たれたのではない。銃の発射音は小屋のあたりだ。パリッ、とガラスの割れる響き。続けてパン、パンッと銃が発射される。

「……!?」

龍之介は目を見開いた。草の隙間《すきま》から窺《うかが》うと、複数の人影が小屋を囲むようにして銃を構え、次々に窓から内部を撃っている。

お、俺と父さんの小屋を……!?　いったい何をしているんだ。ガチャン、パリッと物が割れる響き。無差別に小屋の内部へ撃ち込んでいるのか……!?　連発が利くのは、あれは猟銃じゃない。あの連中は何者だ――

「――やはり、ここをも襲ったか」

「父さん……?」

「ここが監視拠点だということは、奴らにもとうにばれている。だがここを襲えば、奴らの拠点も当局に潰《つぶ》される。それを承知で」

銀史郎が言い終えぬうち、人影が次々に小屋の割れた窓へ、何かを投げて放り込んだ。短い柄のついた物体が回転しながら小屋の中へ消える。「離れろっ」と声。重い物体が床に跳ね返る――そう感じた瞬間、閃光と共に小屋が膨《ふく》れ上がった。

ドカンッ

衝撃波と爆風が、草地をなぎ払った。

（……！）

龍之介は伏せて爆風に頭髪をなぶられながら、肩を上下させた。

お、俺の家が……。

あいつらは、何者だ。なぜあんなことをするんだ。

山頂への獣道から出て来た……？〈猿の温泉〉の方から来たのか。いったい——

ごぉおおっ、と激しい炎を上げ、小屋が燃えていた。赤い照り返しを受け、三つの人影が立っているのが見えた。男が三人。毛皮の胴着は、村人が山へ入る時の服装だが、手にした長い銃は猟に使うものではない。父の手にする軍の銃に似ている。

「中にはいない」

一人が燃える残骸を見回して、また声を出した。

「信号弾が発射されて、そう経《た》ってはいない。捜せ」

「格納庫も、爆破しよう」

「そうだ。やれ」

三人は言い合うと、一人が銃を構えて周囲を見渡すようにし、二人は草地の向こうの倉庫へ走って行く。

何をするんだ……。

「龍之介」

隣で父が、小声で鋭く言った。

「狙うのに邪魔だ。私の前の草をどけろ」

●青見別村　山中　4

「草をどけろ」

　父の低い声に、龍之介は我に返った。

「と、父さん」

「早くしろ。生命がない」

「……！」

　龍之介は反射的に、父の前の草を手で押さえる。

「奴らめ」

　父は草の中に置いた狙撃銃を取った。

　父さん……!?

（まさか）

　だが銀史郎は腹這《はらば》いのまま狙撃銃を構えると、燃える小屋の前の人影に向けた。

　細い望遠鏡のようなもので、狙いをつけた。父さん——!?　銃は危険だから、決して人に向けるなと、俺に教えたじゃないか……！

龍之介が思う間もなく、鋭い発射音がして父の狙撃銃が閃光を放った。

タンッ

銃を腰に、こちらを見回すようにしていた人影が弾かれるように吹っ飛んだ。

「……！」

龍之介は息を呑む。

父はレバーをガチャッ、と引き次発を装てんすると、草地の向こうの倉庫へ向かう人影を狙う。二人。銃声に気づいて振り向くところを、ためらいなく撃つ。

タンッ

「と、父さんっ」

振り向いた人影が、弾かれて吹っ飛ぶ。同時にもう一つの人影は素早く草の中へ伏せ、見えなくなる。

タンッ

父の銃弾が追うように飛ぶが、当たったかどうか、見えない。

「ここにいろ、龍之介」

「えっ」

銀史郎は低く立ち上がると、草地を蹴った。

父さん……！

龍之介は息を呑んで見送る。父が銃を手に駆けていく。燃える小屋の炎の照り返しで、その姿が浮き上がって見えた。

パンッ
途端に、その姿を認めたか、草地のどこからか銃が発射された。だが全力で走る父には当たらない。それはそうだ、動く的に当てるのは難しい――父のような『見越し射撃』の名手でない限り、走る猪《いのしし》は撃って倒せない。銀史郎は地面へ跳び込むように前転すると、素早く膝立《ひざだ》ちになって銃を構えた。銃弾の来た辺りへ、撃ち込んだ。

タンッ
タタンッ
素早く、三発。倉庫の前の草むらで「ぎゃあっ」と悲鳴が上がる。

龍之介は思わず、身を起こす。

（――！）

やったのか――

悲鳴が上がったのは、一撃で絶命させたわけではないのだろう。

龍之介は、いつの間にか呼吸が速くなっていた。いったい、何が起きている。どうして小屋が襲われた。俺と父さんを襲って来たのは何者なんだ……。

見ていると、父は素早い手つきで弾倉を交換し、悲鳴の上がった辺りへさらに三発、撃ち込んだ。今度は何も聞こえない。

銀史郎の姿が立ち上がり、倉庫の方へゆっくりと近づく。

龍之介も立ち上がる。

風が吹いている。冬が近く、夜気が冷たい――汗をかいたのか、よりいっそう冷たい。むき出しの耳にぶぉおお、と風が唸る感じだ。いや、燃え上がる炎の唸りか。

立ち上がると、炎の照り返しに、長さ一〇〇メートルほどの草地全体が見渡せた。

小屋の前に、父に一撃で倒された人影。そして倉庫の前あたりにも、倒れた影が一つ。

しかしたった今倒したはずの人影は、どこなのか。

(――あの辺で悲鳴が上がって……倒したんじゃないのか)

龍之介も、前方に注意しながら少しずつ進んだ。小屋を襲って来たのは何者なのか。危険は感じるが、確かめたい気持ちだ。

ブォオオ――

風が唸っている。

いや、この響きは何だろう。

(……頭上か?)

ふと、振り仰ごうとすると
「危ない龍之介っ」

父が鋭く叫んだ。

あっ、と思った時には遅かった。頭上の何かの響きに気を取られ、振り仰ごうとした瞬間、龍之介は真横から襲われた。何者かが左横の足下から跳びかかって来たのだ。

ぐわしっ
「うっ」

たちまち背後から羽交《はが》い絞《じ》めにされた。力が強い。

「動くな」

荒い呼吸が、耳のすぐ上で脅《おど》した。

動けない。こいつは何者か——!?

背後から締め上げられた。たった今、父が撃って手負いにした〈敵〉か。下生えの中を素早く這って移動し、草の中で待ち伏せていたのか。

喉に、ひやっと鋭い感触。短刀の刃か……!?

「貴様も動くな、鏡銀史郎」

荒い息は、十数メートル向こうの父へも叫んだ。顔は見えないが、父よりもやや若い男のようだ。もがいても、腕力が強く、びくともしない。暴れようとすると「おとなしくしろっ」と鋭く叱咤《しった》された。喉に当てられた刃が鋭く食い込む。

くそ——

「そこの格納庫を、開けるのだ。鏡銀史郎——いや鏡少佐」

「——————」

父が、睨《にら》み返す。

「早くしろっ」

男は叫んだ。声をあらげる度、龍之介の首筋を締め上げる力が瞬間的に増す。

（う——く、くそっ……）

血の匂いがする。この男……どこかから大きく出血している？　必死の力を振り絞って俺と父さんに襲いかかって来たのか。

何で、こんなことをするんだ……!?

さっきの爆弾——手で投げる爆弾を使って、この一味は崖の下の警官たちも殺したのか……？　あの快活な山田巡査もか。

「息子を、放せ」

銀史郎は、銃を構えた。まっすぐに、龍之介のすぐ上で荒く呼吸する顔を狙う。

「銃を下ろせ鏡、貴様の息子に当たるぞっ」

「私は、ここからお前の顔面の中央を精確に撃ち抜ける。今放すなら助けてやる」

「な、何」

「爪浜の工作員なら、私の経歴を知らぬではあるまい」

すると
「ならば、こうだっ」

背後の男は息をさらにあらげると、羽交い絞めにした龍之介をそのまま持ち上げた。

つま先が浮く。

「どうだっ」

うなじのすぐ後ろで、男が怒鳴った。

俺の顔を、盾《たて》にした……!?

だが龍之介は次の瞬間、男が動いたせいで背後にあるそのみぞおちの位置が分かった。

どんな獣でも、重心を突けば転がる……

「くっ」

龍之介は右肘《みぎひじ》で、真後ろを鋭く突いた。身体を前に折るようにして渾身《こんしん》の一撃。

あぐっ、悲鳴が上がり拘束《こうそく》が解けた。龍之介は男の身体を蹴るように、草の中へ跳び込み転がった。

「小僧っ」

タンッ
銃声が立ち、背後から摑みかかろうとした腕が弾かれたように吹っ飛んで消えた。父の三八式狙撃銃の銃弾が、男を後ろ向きに吹き飛ばしたのだ。

「大丈夫か、龍之介」

草むらを駆け寄った父に、龍之介は助け起こされた。

「けがはないか」

「だ、大丈夫だよ」

龍之介は見返すが
「すまぬ」

父は言った。

「お前を、私の任務に巻き込んだ」

「え？」

父さん。何を言っているんだ――

だが父は立ち上がると、龍之介の疑問の視線には答えず、銃を下げて倒した男に近寄った。

ぐはーっ、ぐはーっ、と呼吸音がする。腕力の強い男だった。断末魔《だんまつま》か。

工作員……？　何の意味だろう。

龍之介も起き上がって、倒れた男を見た。知らない顔だ。爪浜集落の住人であるならば顔を知らなくても不思議はない。他の村落との交流が、あまり無かったからだ。

「急所を一撃、というわけに行かなかった。とどめをさしてやろう」

「ぐはーっ」

だが男は、父が銃口を向ける前に、腰から何かを素早く引き抜いた。こちらでなく、頭上へまっすぐ向けた。

「ス、スターリン先生万歳っ！」

バシュッ

花火を上げる銃……!?

頭上で、蒼《あお》い閃光が炸裂《さくれつ》し周囲を一瞬、昼のように照らし出した。

「まずいっ」

ブォオオッ

父の叫びと共に、さっきから頭上にあった唸りが、急速に大きくなった。

「伏せろ龍之介っ」

「えっ」

グォオオオッ

何かが、背後の頭上から猛烈な疾さで襲いかかって来る——そう感じた次の瞬間、龍之介は父に引きずり倒されるように草むらへ転がった。

同時に

バリバリバリバリバリッ

雷鳴のような轟《とどろ》きがして、草地が端から端まで根こそぎほじくり返され、土煙となって舞い上がった。ドドドドッ、と地面を打つ衝撃。土煙は猛烈な速度で前進し、角ばった倉庫を襲う。巨大なハンマーで打撃されたように壁に大穴が開き、次いで爆発した。

「頭を上げるなっ」

ドカンッ

爆風が、伏せる龍之介の頭のすぐ上をなぎ払った。同時に何かの巨大な影が、頭上を通過して行った。

ブワッ

土煙が吹き払われる。

思わず顔を上げた龍之介は、前方の暗闇へ飛び去るシルエットを目にした。

あ、あれは……!?

複葉の影。

「――KOR1だ」

父が言う。

「飛行艇の上空支援だ、偵察機だが機銃を持っている。一二・七ミリ二門、強力だ」

ごぉおお
父子の目の前で、倉庫が燃えていた。上空から、大口径機銃の連射を受けたのだ。小屋よりも激しい炎を上げ、燃え上がっていた。

「…………」

龍之介は言葉が出ない。

今のは、飛行機なのか。

飛行機から攻撃されたのか……!?


「来い」

父は立ち上がった。

「奴らは、これで監視拠点を潰《つぶ》したつもりだ。この格納庫がダミーだとは知らない」

「えっ」

頭上へ飛び去った爆音の響きとは別に、海上からパラパラパラパラッと何かの廻り出す音が潮風に乗って伝わって来た。

「飛行艇が、図面を受け取った。帰すわけには行か――う」

銀史郎がうめいたので
「……父さん？」

見上げると、父は立ち上がりかけたところで、右手で左肩を押さえ顔をしかめる。

歩みが、止まってしまう。

やられたのか？

「と、父さん」

「――大丈夫だ」

「でも」

俺を庇《かば》うように覆い被さってくれた……今の爆発で、飛んで来た破片を受けたのか。

「く――走れ龍之介、機体を出す」

「機体？」

「来いっ」

父は叫び、草地を蹴る。

えっ……!?

父さん。どこへ行くんだ。

紅《あか》い炎を噴き上げる倉庫の横を、父の背は駆け抜けた。龍之介は二歩遅れ、後を追う。炎の轟音で上空へ飛び去った複葉の機影の行方は分からない。

「はぁっ、はぁっ、と、父さん」

揺れ動く視界。父の背は、平地の奥にそそり立つ樹木に覆われた山肌へ向かう。

「父さん、そっちは」

走りながら振り仰《あお》ぐと、遥か上の山頂はのけぞるような角度になり、たちまち見えなくなってしまう。

父さん、そっちは平地の奥の、行き止まりの岩壁じゃないか……!?

「龍之介、引けっ」

父は樹木に覆われた岩肌の手前で膝《ひざ》をつくと、草の中から何か引き出した。重そうだが左手が利かないのか、右手だけで引きずり出す。何だ。

（……!?）

鉄の輪……？

「これを引くのだ。格納庫の前扉を強制開放する」

「え――えっ？」

わけは分からないが、聞き返す余裕はない。父が苦痛の表情で、鎖のついた重そうな鉄製の輪を持ち上げ、地面から引き出そうとしている。龍之介は駆け寄って、一緒に鉄輪を摑むと、足を踏ん張って両手で引いた。鎖が地面の下から、ズルズルッと引きずり出される。土の下でカチッ、と何かの嚙《か》み合った機構が外れる感触。

「下がれっ」

父が叫ぶと、龍之介の襟首《えりくび》を摑むようにして岩壁の前から引きはがした。

ガラガラガラッ
「うわっ」

ドスンッ
地面を震わせ、目の前に何か倒れて来た――岩壁がほぼ正方形に切れて、手前へ倒れて来たのだ。

こ、これは……。

(いったい何だ)

龍之介は息を吞む。

機械油の匂いのする真っ暗な空間が、目の前に開口部を見せていた。見上げると、蒲鉾《かまぼこ》の断面のような形に岩盤がえぐられ、トンネルのように奥へ続いている。

「来い龍之介、私は左手が利かない、お前に始動を手伝ってもらわねば」

「えっ？」

聞き返す暇もなく、真っ暗な空間へ父は駆けこむ。後へ続くと、蒲鉾型に湾曲した側壁のどこかを父が手で叩くようにした。

ぱっ

赤い光が一つ、蒲鉾型の空間の天井で灯《とも》った。

「……!?」

龍之介は、目を見開いた。

これは、何だ。

岩盤をえぐった空間の中に、上下左右ぎりぎり一杯のサイズで納まっている――見上げるような影。広げた翼――左右の主脚を前へ踏ん張るようにして、龍之介の目の前にそそり立っていたのは、赤い電灯に銀の地肌を光らせる複葉の機体だ。

「こ――」

「三式艦上戦闘機だ」

絶句する龍之介に、父の背は告げた。

「私の乗機だ」

「えっ」

「乗れ龍之介、左翼の後ろからだ」

驚きで声も出ない龍之介の左肩を、父の右手が摑んだ。ぐいと引っ張られ、見上げるような二枚の主翼——上下の翼の間には針金のようなものがX字状に張られている——の端を廻って後方へ。胴体の銀の地肌に〈大日本帝国〉。そして日の丸。

(これは)

息を吞む暇もなく、後部胴体の脇から下側翼の上へ押し上げられた。

「そのままコクピットに入れ」

「え?」

「操縦席だ」

胴体の上、上下の翼に挟《はさ》まれる位置に、窪《くぼ》みのような人の乗る場所が口を開けていた。

父が後ろから、半ば無理やりに龍之介の腰を押した。

「乗れ」

「えっ?」

龍之介は、押し上げられたので慌ててガラスの遮風板のついた窪みの縁を手で摑み、中へ転がり込んだ。

どさっ

「う」

機械の匂いがする。簡素な座席の上に龍之介は納まった。軽合金の上に革を張ったものか、座席は使いこまれた感触だ。そして目の前一杯が、びっしり円型の計器とスイッチ類で埋めつくされた、垂直に切り立つようなパネル。目の前に一本、棒のようなものが床から突き出ている。

どうして、うちにこんな物が……。

だが考える暇もなく、操縦席の左横についた父が、外から計器パネルの右側へ手を伸ばした。

パチッ

「マスター・スイッチＯＮ」

「!?」

ヒューン、と小さく唸るような音。

「計器盤の中でジャイロが廻り始めた。バッテリーが繋《つな》がった」

「と、父さん」

「いいか」

父の右手が、龍之介の右腕を掴んだ。

「お前はこの右手で、この円いスイッチを持っていろ。まだ回すなよ、発動機を点火するマグネトー・スイッチだ」

「……!?」

「それから左手はこちらの赤いレバーを持て。ミクスチャー、すなわち混合気調節レバーだ。今は手前のカットオフ位置にある。隣の黒いレバーはスロットル。今、二センチほど前へ出しておく」

「父さん」

「いいか、よく聞け。私が下でイナーシャを回す。『コンタクト』と叫んだら、お前はマグネトー・スイッチを右へ回して〈接〉に入れ、ペラが廻り出したら同時にミクスチャーをフルに前へ出し、スロットルを一センチ戻せ。それで一〇〇〇回転におちつく」

言いながら銀史郎は、龍之介を座らせた座席の下へ手を差し入れ、一本の金属棒を取り出すと計器パネル下側のどこかへ先端を噛ませ、キコキコと上下に動かした。

父さん――何をやっているんだ……？　俺に何をやらせるんだ⁉

「すまぬ龍之介」

「え」

「預ける場所がなかった、というのは言い訳だ。私は小さなお前を、任務のカムフラージュに使った。いずれこんな事態が訪れると知っていてだ」

「……え」

「お前に謝らねばならん――よしこれで点火用燃料は注入した。回すぞ」

「と、父さん」

いきなり、何をやらせるんだ。

俺、こんな凄い機械の操作は――

だが
「恐れるな、脳に質問しろ」

銀史郎はそれだけ告げると、操縦席の左脇を離れ、飛び降りてしまう。

父さんはどうするんだ……!? 驚いて周囲を見回していると、機体の下をくぐる気配がして、斜め上を向いた機首の右下でカチン、と機械の嚙み合う音がした。

龍之介には分からなかったが、それは銀史郎が三式艦戦の星形空冷エンジンに付属している慣性始動装置のクランキング・シャフトに手動ハンドルを差し込んだ響きだった。

龍之介の席から父の姿は見えなかった。しかし父が無事な右手で何かを回す気配がした。機首の発動機の下の方で、弾み車のようなものが廻り出す。ウィンウィン――と機械の回転する音。

同時に、岩盤の空間の外からパリパリパリという響きが夜気を震わせ伝わってきた。

さっきの、あの大型の飛行艇か――? 主翼の上に装備した発動機を全開し、海面から飛び立とうとしているのか……?

共産党。設計図……? いったい何が起きている――

ウィンウィンウィンッ
「──よし龍之介、コンタクト！」
はっ、として龍之介は、言われた通りに右手に握った円型スイッチを右へひねった。
キュゥウウンッ
金属の噛み合う響き。猛烈に回転する弾み車に、発動機の軸が噛み合って悲鳴のような音を立て、放射状に配置されたシリンダーの中で多数のピストンが一斉に動いた。
パラッ
パララッ
機首の前で、プロペラの翅《はね》が廻った。
「今だ、ミクスチャーを入れろっ」
はっ、そうか。
父の声で、龍之介は言われた操作を思い出した。左手の赤いレバーを手前から最前方へ押し込んだ。
ぶわっ
爆発的にプロペラが回転し、翅が見えなくなる。風圧が龍之介の前髪をなぶった。
「うっ」

凄じい轟音。操縦席がびりびり震える。

次の瞬間
「う、うわ」

斜め上を向いていた操縦席の座面が、ふわと浮いた。何だ……!?　座席が持ち上がる。

機体は同じ場所で主車輪を踏ん張って止まったまま、尾部を宙に浮かせた。激しく廻るプロペラが、斜め上を向いていた機体を引っ張り、つんのめらせようとしている。やばい、頭が下がってプロペラが地面を打つぞ!?

「ど」

どうすれば――

「スロットルを戻せっ」

耳元で父の声。

「えっ」

「スロットルを戻すのだっ」

いつの間に上がって来たのか、銀史郎の右手が操縦席の外から伸びて、龍之介の左脇にある黒いレバーを少し戻した。

「一センチ戻せ、と言ったはずだ。全閉はするな、止まってしまう」

「と、父さん」

銀史郎が黒いレバーを少し戻すと、プロペラの回転は少し勢いがおちて、機体の尾部が地面に下がるのが分かった。

顔をなぶる風圧も半分になる。

そうか。この黒いレバーが、発動機の出力を変える装置なんだ……。

最初は少し多めに出しておいて、発動機がかかったらすぐ戻すのか。

龍之介は肩で息をしながら、左手を赤いレバーから離す。発動機が点火したのに驚き、その次の操作を忘れていた。

「よし、降りろ」

父の声は操縦席の左脇から、龍之介に告げた。

「お前のお陰でエンジンがかかっ――う」

「……父さん？」

横を見やって、龍之介は目を見開く。

「父さん、腕が血まみれじゃないか」

「このくらい」

銀史郎は、右手で左肩を庇うように掴みながら、顔を歪《ゆが》ませた。その右手の指の間から赤いものがたちまち滲《にじ》んで来る。

「警官隊の突入が失敗した。私の責任だ」

「父さん⁉」

「このままでは」

銀史郎は、自分を叱咤《しった》するように言う。

「このままでは海軍の新型戦闘機の設計図が、ソ連に奪われる。監視役として、命がけでも阻止せねばならん。降りろ」

「で、でも父さん」

出血を止めなきゃ、駄目だ。

だが
「このくらい何でもない」

銀史郎は龍之介の襟首をぐっ、と摑んだ。

「いいか、よく聞け龍之介。さっきお前に預けた胴巻きだ。その中に、金と、母さんの住所が入っている。ここを離れたら、お前は一人で列車の切符を買って母さんのところへ行け」

「……えっ⁉」

父さん──今、なんて言ったんだ。

母さん――って……？

「さぁ降りろ」

だがその時。

カキンッ

地面に当たる金属音がして、何かが外――機首の斜め前方から放りこまれて来た。

柄付きの物体。床に当たり、回転して跳ねる。

カンッ

もう一個。

（こ、これは……！）

龍之介は目を剝《む》いた。

さっき小屋に投げこまれた――

「いかん龍之介、パーキング・ブレーキを外せっ」

父が怒鳴った。

5

●青見別村　山中

「パーキング・ブレーキを外せ龍之介っ」

操縦席の左横で父が叫んだ。

「両足のペダルを踏み込め！」

「……！」

ペダルを踏め。

何かが、同時に龍之介の中で囁《ささや》いた。

はっ、として龍之介は座席から両足を伸ばし、左右のペダルを踏み込んだ。

「よし足を離せっ」叫ぶと同時に、銀史郎の手が伸びて操縦席左横の黒いレバーを叩くように前へ押した。

がくんっ
ブォッ
プロペラが猛烈に回転、機体は一瞬つんのめるような動きを見せたが、次の瞬間尾部を浮かせ前進した。ががががっ、と未整地の草地へ跳び出すのと、蒲鉾型の空洞内部で爆発が起きるのは同時だった。
ドカンッ
ぶわっ
「うわぁぁぁっ」
龍之介は顔を伏せ、窪みのような操縦席の縁にただつかまって悲鳴を上げた。身体が、跳ね上がる……！
キン
カンッ
金属製胴体のどこかに、打撃音。
「銃で撃たれる、このまま離陸するぞっ」
左横で父が叫んだ。銀史郎は胴体の左脇にしがみつく体勢だ。外から操縦席の中へ手を伸ばし、龍之介の身体の前に床から突き出た棒のようなものを握った。途端につんのめるような機体の姿勢が、水平になる。草地の上を突っ走る。だが機体は急激に、機首を左方向へ振ろうとする。何だ、横へ向こうとしてる……!?
「摂動《せつどう》で左へ向くぞ、右ラダーを踏めっ」
また父が叫んだ。

えっ……!?

「顔を上げろ龍之介っ」

カキッ、とまた金属音が胴体のどこかを打つ。何だ、銃で撃たれているのか……!?

「右ラダーだ、右のペダルを踏めっ」

「――はっ」

このままでは機体がひっくり返る――何かがまた囁いた。右のペダル。直進させろ。

龍之介はとっさに、右足を踏み出して片側のペダルを踏んだ。すると、ぐいっと機体の偏向がなくなって直進するのが分かった。同時に顔を上げると、倉庫の赤い火の照り返しに複数の人影らしきものが浮き上がった。銃を抱え持った影が、進行方向から驚いたように左右へ逃げ散る。それらの群れを割るように、三式艦上戦闘機は突進した。

(……!)

龍之介は、駆け散る群れの中に一瞬、白い影を見た。

何だ。

あれは――

だが目で追おうとした瞬間、複葉の機体は崖の縁を蹴り、闇の宙空へ跳び出した。

ブォオッ

●北海道　西海岸　上空

一瞬、真下へ落下するが、すぐフワッと浮く感じがして落下の感覚は止まった。

「龍之介っ、操縦桿《そうじゅうかん》を持て」

猛烈な風圧の中、父の声が促《うなが》した。

「保持していろ、一緒に乗り込む」

「えっ」

龍之介は、左右を見回した。真っ暗で何も分からない。さっきまでの草地を蹴るような振動はなく、かわりに風圧の中で上下左右に揺れている。

と、飛んでいるのか……!?

「そうだ離陸したのだ、海面におちたくなければ、この位置に操縦桿を保持していろ」

父の声が命じ、龍之介の右手に棒を握らせた。ついで背中と背当てとの隙間《すきま》に、暖かいものが無理やり割り込んで来た。

「前へ詰めろ龍之——う」

どうやったのか、父が脚から乗りこんで来た（単座の操縦席は、細身の龍之介の背後に長身の銀史郎が身体を押し込むだけのスペースはあった）。だが龍之介の背中を抱き込むように乗りこんだ父は「う、貸せ」と叫ぶと龍之介が右手で保持していた棒——操縦桿をひったくって左へ倒した。

ぐんっ

闇が目の前で回転し、星空がひっくり返る。同時に機体のいた空間を、真っ赤に灼《や》けたアイスキャンデーのような物が前方へ列をなして通過した。

ズババババッ

「うわっ」

目がくらむ。眩《まぶ》しいせいか機体が回転したためか分からない。

「くっ——下駄履きめ！」

父は背後を振り向いて、叫んだ。

「足をどけろ、龍之介」

中島三式艦上戦闘機は英国製グロスター・ガムベットのコピーであり、英国人の体格に合わせた造りであったため、龍之介と父がどうにか二人で乗り込むことが出来たこと。父・銀史郎は戦闘機乗りとしての習慣で背後頭上への警戒を怠《おこた》らなかったので、機の発進を見咎《みとが》めて後ろ上方から襲ったＫＯＲ１の機銃の火線をかわせたこと——これらは龍之介が後になって知ったことだ。

このとき鏡龍之介は、まだ三式艦戦の操縦席で幼児のように背後から父に抱きかかえられ、わけも分からず見ているしかなかった。

龍之介が膝を折るように足を引っ込めると、代わって父の両足が左右のペダルをぱっ、と押さえた。

「つかまっていろっ」

「!?」

つかまれって、どこにつかまれば……!? だが訊き返す暇もなく、銀史郎の右手と両足が機体のコントロールを支配すると、途端に三式艦戦は闇の中で機首を引き起こした。

ぐばっ

「ぐっ」

な、何だ、身体が重い――背中が父さんの胸に押しつけられる……!? 何なんだこの力は。龍之介は目を見開く。目の前の星空が今度は一斉に下向きに流れる。

ブォオオッ

(う、うわ)

どっちを向いて飛んでいるんだ――!?

スロットルは最大出力に入れたまま。ひょっとして、これが宙返り……!? でもまともな宙返りじゃない、目の前を流れる星空が斜めになる。凄じい風切り音。髪の毛が逆立つ。上に向かって斜めに落ちて行く――!?　そう感じた次の瞬間、横向きの凄じい力が襲って、龍之介の身体を操縦席の右横の壁に叩きつけた。

「ぐ、ぎゃっ」

「スロットルを握れっ」

父の声が耳元で叫んだ。

ずざぁっ

同時に真正面に、視界の斜め右上からまるで落ちて来るみたいに、複葉の機影の後ろ姿が現われると、目の前にピタリ止まった。

こ、これは……!?

「今だ、発射把柄《はへい》を握れ！」

「えっ」

月明かりの下、複葉の機影が真正面にある。さっき倉庫を頭上から襲った機体か……!?　橇《そり》のような形状の浮き具らしきもの。それを車輪の代わりに履《は》いている。こいつは――いったいどうやって、父さんはこいつの後ろを取ったんだ。

「私は左手が利《き》かんっ、撃て龍之介！」

撃て。

「——えっ」

その時。

また何かが教えた。撃て。

「発射把柄を握れ龍之介っ」

父の叫び。

（発射把柄——？）

握れ。

「くっ、これか」

龍之介は、左手に握ったスロットルの前側についたボタンを、人差し指と中指の二本で握り込んだ。いきなり言われたって分からない、でも〈勘〉のようなものが『そうしろ』と教えた。

途端に機首上に装備された七・七ミリ機銃二丁が反応した。

タタタッ
「うわ」

タタタタタタッ
激しい振動。閃光が目の前で瞬くと、紅い光の鞭《むち》のようなものが前方の闇の中へしなうように伸びて複葉の機影の後ろ姿に吸い込まれた。機影はようやく気づいたように、右へ傾き旋回に入ろうとするが遅い。

ばっ

複葉の〈敵〉――ソ連赤軍の水上偵察機は、発動機から火を吹くと、そのまま右へ回転し腹を見せひっくり返った。目の前に迫る。やばい、ぶつかる……！

ぐっ

「う」

下向きの力がかかり、龍之介を下向きに座席へ押しつけた。父が今度は操縦桿を引いて機首を上げ、爆発する水上偵察機をすれすれに飛び越したのだ。

「飛行艇はあそこにいる、やるぞっ」

父の声が頭の上でするとと、ぐっ、とまた下向きに荷重《かじゅう》がかかって目の前の星空が斜めに流れた。旋回しているのか……？

（……うっ）

眩しく光る円いものが目の前に現われた――そう感じたら、月なのだった。満月がこれほど明るい……？　斜めになった眼下の海面が鈍《にぶ》く輝き、鏡のようだ。その一角へ向け、父は床から突き出た棒――操縦桿を操って機首を突っ込ませた。

ぐううっ

飛行艇……?

あそこって、どこだ――!?

「!?」

次の瞬間、龍之介にも見えた（父の膝の上に乗る格好になったので、最初の離陸のときよりも外が見えた）。一面に月光を反射する鏡のような海面の一角に、小さな尖《とが》った影がポツンと浮いている。あれか。

龍之介にも、それが低空で飛行している、さっき目にした大型飛行艇であることが分かった。

（父さんは――この月明かりの夜空で、あんな遠くの小さな影を見つけ出したのか）

だが

斜めに旋回する視界で、遠いシルエットが目の前に止まろうとしたとき、ふいに機首がぐらっ、と揺らいだ。機首が下がる。光る海面が上へ流れる。

「うぅ」

「……と、父さん!?」

ざぁあっ

機首がおちる……!?

とっさに、父の右手の上から操縦桿を摑んだ。龍之介の手よりもずっと大きな銀史郎の手。その手が握る力を失い、震えている。空気が唸る。

(まずい)

海面へ、真っ逆様に突っ込んでいるのか――!?

「うぅっ」

歯を食いしばるようなうめきがして、大きな右手に力が戻った。震えながら、操縦桿を引く。ぐうっ、と下向きの力がかかって、光る海面が今度は下向きに流れ、機首の向こうに尖《とが》ったシルエットが再び斜めになって現われた。

「は、はぁっ、はぁっ」

「父さん」

振り仰《あお》ごうとするが

「ま、前を見ていろ龍之介」

呼吸音とともに、父の声が耳のすぐ後ろで叱咤《しった》した。肩で息をしている。

「でも」

父さんは左肩から出血してる、手当てをして血を止めないと――

「父さん、戻ろう」

「あれを、やらねばならん」

龍之介の胸の前で、父の右手が操縦桿を握り直し、機首が斜め急降下の姿勢でピタリと止まる。遠いシルエットが、一定の位置関係を保ちながらみるみる大きくなって来る。

「き、九試単戦は海軍の新型戦闘機だ。世界最高の性能を持っている、あれがソ連の手に渡ったら――くっ」

「父さん」

狭い操縦席で身動きも出来ない。しかし何とかして父の肩の傷口をしばって、出血を止められないか――? だが龍之介が振り向こうとすると父は「前を見ろ」と言う。

「前を見ていろ、お前が発射把柄を握らねば機銃は」

「――――」

父の意志が固い。

銀史郎は、たとえ生命と引き替えにしても、あの飛行艇をやろうと言うのか。

ならば。

龍之介は唾《つば》を呑み込んだ。

一秒でも早く、前方のあの飛行艇――ソ連のものだというあの飛行艇を、撃墜してしまわなければ。

「まだだ」

焦りを読んだように、父の声が頭の上で言う。

「引きつけるのだ、七・七ミリで大型機をやるには——相手はクマと思え」

クマ……？

ぶぉおおおっ
龍之介に空間上の位置はよく分からない、斜めに飛行艇の影へ突っ込んで行く。

いったい今、自分たちはどっちへ向いて飛んでいる……？　さっきは燃える倉庫の脇を通過し、崖から宙へ跳び出すように離陸した。跳び出してすぐ、後ろ上方からあの水上機に襲われた。父は機を宙返りさせ、どうやったのか〈敵〉の背後へ強引に廻り込んで龍之介が銃撃をした。今はどのくらいの高さで、どちらへ向かって飛んでいる——？　分からない。分からないがあの飛行艇がソ連へ逃げ帰ろうとしているなら、陸地から離れる方向へ飛んでいるのだ。飛行艇の機影が海面を背景に見えているから、高度はまだ飛行艇より高く、ぐんぐん追いついて行くのだから速度は大きいはずだ。

（————）

その時。

ふいに、龍之介の脳裏を白い影がちらとかすめた。

ついさっき。

草地を跳び出す直前のこと。

(あれは)

岩盤をうがった『格納庫』へ手投げ爆弾を投げ込み、さらに辛《から》くも脱出したこの機体へ左右から銃弾を撃ち込んだ群れ――あれは小屋を襲った三人と同じ――父の言う『爪浜の工作員』たちなのだろう。最初に小屋を襲った三人は、猿の温泉へ通じる獣道から現われた。爪浜に住む者なら、どうして山の上の方から現われた……? そして俺の見間違いでなければ――

(――瑛実が、どうして襲って来た群れの中に)

ぶぉおおっ
「今だ、龍之介!」

「――はっ」

龍之介は瞬《まばた》きをして、白いブラウスの影を頭から振り払った。機首の二丁の機銃の向こう、長大な翼を広げた飛行艇の上面が斜めに大きくなる。月明かりを浴び、主翼の上で発動機の翅が回転している――

だが左手に握ったスロットルの発射把柄に指を掛けたとき。

ぐんっ
(……!?)

ふいにまた荷重がかかり、目の前のすべてが回転した。世界がひっくり返る……!? 飛行艇のシルエットが右方向へ吹っ飛んで消え、同時に闇の中を後方から前方へ、真っ赤に灼けたアイスキャンデーのようなものが列をなして通過した。

ズバババババッ

「う、な、何」

「もう一機いるぞ！」

父の苦しげな叫び。

ヴワォッ

父の声をかき消すように、逆さまになった視界の中を後方から前方へ、何かの疾い影が追い越した。何だあれは。

(敵機か、でも何だ、恐ろしく速……うっ!?)

ぶわわっ、と風圧を受け三式艦戦の機体が煽《あお》られた。龍之介は舌を噛《か》みそうになりながら一瞬だけその姿を目で捉えた。もう一機の敵機……!? まるでクマンバチのようなずんぐりしたシルエット。さっきの水上機とは違う、追い越して前方へ出た影が引き起こし、視界の上へたちまち消え去る。何ていう速さだ、それにあの影――

(――翼が、一枚しかない?)

飛行機は、翼が上下に二枚あるものではないのか。

「――I《ィ》16だっ」

父が上方を仰ぐようにして、叫んだ。

「くそ、一撃離脱で来るぞっ」

射撃する時には必ず背後を振り返って確かめろ、というのは日本海軍戦闘機乗りの鉄則であった。父がそれを守ったお陰で、龍之介は死なずに済んだのだった。

高空から急降下で一二・七ミリ機銃を一撃し、すぐに上昇し離脱して行ったのはソ連の最新鋭戦闘機ポリカルポフ・I16だった。大馬力・低翼単葉の機体は高速で、これに一撃離脱戦法を取られたら、いかに複葉の三式艦戦が軽快で格闘戦に強くとも手の出しようがなかった。

「くそっ」

父が歯を食いしばる気配がして、再び荷重がかかって視界が右へ傾き、星空が流れると機首前方に飛行艇のシルエットが小さく現われた。もう高度が下がって、同じ高さで飛んでいるのか、さっきと違って真後ろから見た形だ。攻撃されることに気づいたのか、大型飛行艇は主翼を大きく傾け、左旋回に入る。だがスロットルを最大に出した三式艦戦の方が速い。追いついて行く。

「まだだ、まだ二〇〇メートルある。引きつけろ」

「父さん」

龍之介は頭上が気になって仰ぐが、星空のどこへクマンバチのような機影が消えたのか分からない。

「奴はまた襲って来る。今、宙返りの頂点で背面のままこちらの位置を確かめた」

父には分かるのか。

「こちらが、飛行艇を撃つ前に、撃墜するつもりだ。急降下で来るぞ」

「と、父さん」

どうするんだ……!?

「簡単にやられはせんっ」

父がまた歯を食いしばり、操縦桿を前へ押すのが分かった。

ぐん、と機首が下がり、目の前一〇〇メートルほどに見えていた飛行艇の後ろ姿が跳ね上がるようにずれる。何だ、撃たないのか……!? 龍之介は目を見開くが、父の操る三式艦戦は風切り音を上げ、降下することで速度をつけ急速に追いつく。旋回して逃げる大型飛行艇の尾部が額のすぐ上に――そのまま舟型の機体の真下へ、張り付くように潜《もぐ》り込んだ。

ごぉおおっ

頭のすぐ上が、飛行艇の底面だ。まるで小判鮫《こばんざめ》のように張り付いた。龍之介は同時に、頭上のどこかでさっきと同じ爆音がヴワォッ、と追い越すのを聞いた。こちらが飛行艇の真下へ潜り込んだから、銃撃出来ず離脱したか。

「今だ」

父の声がして、機体が右へ傾くと、今度は頭上の飛行艇の底面が左へずれた。ぐっ、と下向きの力がかかり、三式艦戦は飛行艇の胴体右横すれすれをかすめて浮き上がり、長大な主翼の上へ出る。たくさんの窓が見える。MBR2とか言ったか、こんなに大きな空を飛ぶ乗り物が存在するのか。まるで列車のようじゃないか——そう感じた瞬間、胴体上面でハッチのような蓋《ふた》が開き、黒い人影が上半身を乗り出すとこちらに棒のような物を向けた。途端にパパパッ、と閃光《せんこう》。

(うっ、何だ)

カカカ、カンッ

カカンッ

大粒の霰《あられ》が当たるような響き。やばい、機関銃で撃たれてる……!?

「ひるむな、発動機をやるっ」

父の操縦で複葉の機体は位置をずらし、飛行艇の主翼の上で激しく廻っている発動機の真後ろへつけた。大きい。ブォオオッ、と猛烈な風圧。

「今だ撃てっ」
「くっ」
龍之介は目を見開き、左手の指で発射把柄を握り込んだ。まるで間合い五メートルで羆を撃つみたいだ、目の前がすべて回転するプロペラ。
タタタタタッ
外しようがない、直撃――
バゴンッ
火を吹いた。
同時に父の操縦で機体は左へ回転、爆発する発動機の真後ろを離脱。
だがその時
カキ
カキンッ
「――うぐ」
霰が打つような金属音と共に何かがブンッ、と唸《うな》り、龍之介の頭上で父がのけぞった。
大きな右手が、操縦桿を放す。
「と、父さんっ!?」

ぐるっ、と月光に照らされる海面が目の前で逆さになった。同時に身体が浮き、座席から放り出されるような感覚とともに、機体が真上に向かって落下し始めた。

ぶぉおおっ

風切り音。

「父さんっ」

龍之介は目を見開き、叫んだ。視界の隅で大型飛行艇が主翼をめらめら燃やし、ひっくり返って墜ちていくが、もうそちらを見る余裕はない。それどころではない、背中で父がぐったりして、操縦桿を放してしまった。銃弾を受けたのか……⁉ 父さんはどうなってしまったんだ。この飛行機はどっちへ向いて飛んでいる、頭の上の海面へ向かっておちていくぞ……⁉

ぶぉおおおっ

「父さん、どうすればいいんだっ」

龍之介を背中から抱きかかえていた父は、返事をしない。右手は、物体のように龍之介の膝の上におちてしまった。

「父さんっ！」

6

●北海道　西海岸沖　低空

ぶぉおおっ

「と、父さんっ！」

龍之介は叫ぶが、背中の父はもう返事をしなかった。

体重が無くなったかのように身体が浮く。うっ、と思わず目を上げると月光を反射する海面が天井のように龍之介の頭上に被さり、おちかかって来る――いや

（いや俺が逆さになって、海面へ向かっておちて行くのか……⁉）

ぶぉおおおっ

どうすればいい。

このままでは――

（――！）

棒のような硬い物が右脚に触れ、龍之介はハッとする。

操縦桿。

そうだ。今、俺の膝の間で勝手にフラフラ動いている――さっきまでは父さんがこれを握って、機を操っていた。

「――――」

握れ。

また何かが教えた。

凄じい風切り音とともに、頭上の海面が迫る。

「――くっ」

龍之介は父のぐったりした右腕を膝から払うと、操縦桿を握った。

どうすればいい――!? さっき父さんはどうやっていた!? 機首が下がって海面へおちかかった時、これを引いた。そうか引くんだ。

ぐっ

「う」

途端に、下向きの力がかかった。龍之介は座席に押しつけられ、三式艦戦は反応して機首を上げ始めた。

引け。引くのだ。

（くそ）

引き起こせ……！

ぐううっ、と凄じい力が龍之介を座席に押しつけ、前方視界が猛烈な勢いで上から下へ流れる。歯を食いしばり、操縦桿を引き続けると、鈍く光る鏡のような海面と星空の境目が頭上から下がってきて目の前に現れた。

（水平線かっ……！）

思わず引く力を緩《ゆる》める。水平線は、目の前で揺れながら止まる。

そうだ、水平で止まれ。止まってくれ……！

ズグォオッ

唸りを上げ、三式艦戦は海面上わずか十数メートルで水平飛行に入った。ばばばっ、と冷たいものが飛んで来てガラスの遮風板に当たり、龍之介の顔も打った。

「うっ」

塩辛い。

これは……潮か!?

低いところを飛んでいる。前方から足の下へ、猛烈な勢いで光る海面が呑み込まれる。どのくらい速度が出ているのか。

「はぁっ、はぁっ」

陸地は、どこだ。

龍之介は見回した。背中の父さんを、早く手当てしないと……！

ぐったりした父は、背中でもう動かない。嫌だ、父さん、死ぬな。どうしたらいい!?

「――父さんっ」

肩越しに呼び掛けても、動かない。銀史郎の顔を見ようと首をねじって振り向くと、ぐったりした父の耳の向こうに、遠く宝石のように散らばる光の点が見えた。

（……！）

龍之介は舌打ちした。

何てことだ、あれは海岸の灯りか……!?

この飛行機は、陸地から遠ざかる方向へ飛んでいるのか。

左後方に見えているのは、たぶん人家の明かりだ。町の灯――苫前か、海岸沿いのもっと大きい町が見えているのかも知れない。留萌かもしれない。

（そうだ留萌だ）

留萌へ行けば、大きな病院がある。いや陸軍の駐屯地《ちゅうとんち》がある。この飛行機を練兵場へ降ろして助けを呼べば、きっと――

「でも、どうやって旋回させる」

自分に問いかける必要もなかった。機体はゆっくり左へ傾くと、向きを変え始めた。

向きが、変わる……？

無意識に操作していた。身体をひねって左後ろを見ていたので、右手に握った操縦桿を引きつけるように傾けていた。

ふらつきながら水平に飛んでいた三式艦戦は、ゆっくり左へ回頭する。

(向きが変わる――)

そうか、行きたい方向へ、これを傾ければ……。

龍之介は向き直ると、操縦桿をもっと左へぐい、と傾けた。

途端に複葉の機体は反応し、さらにバンクを取る。

星空が右方向へ傾いて流れ出す。

(旋回するぞ。そうか)

同時に

ふらっ

(な、何だ)

また機首が下がろうとする――?

バンク角を取ったために上向きの揚力成分が減少し、三式艦戦は再び緩やかに頭を下げ始める。

すぐ下が海面だ……!

「くっ」

反射的に操縦桿を少し引くと、機首は上がり、機体は下げ止まった。

(そ、そうか)

少しずつ、分かって来た。

よし、何とかして陸地へ向かえるぞ……。足のペダルは、どう使うのかよく分からないけど——

龍之介は目を上げた。向かうのは、一番大きな光のかたまりだ……。

機首の二丁の機銃の間に、瞬く光の点々が入るように、操縦桿を操って機を水平に戻し、向きを合わせた。あそこがきっと留萌の町だ。

あそこへ辿り着くんだ。

(後はどうやって、着陸させるか——)

要は、広い場所でゆっくり地面に近づけて、車輪が地面についたら発動機を切ればいいんだ。発動機を切るには——そうだ、父さんが……

思い出しかけた時。

ゾッ
ふいに龍之介の背中に冷たいものが走った。

何だ……⁉

後頭部に、見えない圧力。しかし振り返れない、父さんの上半身があるから――

危険。

耳に微かに感じた。後ろだ、真後ろ頭上――クマンバチの羽音のような。

(……⁉)

逃げろ、敵だ――！

「くっ」

反射的に龍之介の右手は、操縦桿を左へなぎ倒していた。思わずそうした。

ぐるっ

前方で海岸の灯が九〇度も傾き、急旋回。同時に足の下――たった今自分のいた空間を真っ赤に灼けたアイスキャンデーの群れが斜めに通過した。

ズバババババッ

水柱が前方へ走る。

「う、うわぁっ！」

衝撃波を食らい、九〇度バンクを取った三式艦戦はさらにひっくり返ろうとする。

ぶぉっ

（うわ。うわ海面だ……！）

左の翼端のすぐ下、激しく流れる黒白のまだら模様——波濤《はとう》だ。

まずい。

水平に直せ。

「くっ」

何かが教え、龍之介は操縦桿を右へ取って傾きを戻す。その頭上を

ヴワォッ

爆音を叩きつけ、クマンバチのような機体がすれすれにかすめて追い越した。その太い胴体に赤い星が描かれているのまで見えたが、ソ連の戦闘機はたちまち前方へ小さくなると、ぐいと引き起こして上方へ消えてしまう。

「く、くそっ」

龍之介は振り仰いで機体の行方を追うが、星空に紛《まぎ》れてしまう。

「はぁっ、はぁっ、くそ」

また襲って来るぞ。

どうすればいい。

「はぁっ、はぁっ」

海面すれすれを、水平に飛ぶのが精一杯だ。何とかして、このまま留萌まで辿り着かなくては……。

「父さん、父さん大丈夫か、しっかりしろっ」

怒鳴るが、背中の父は答えない。一秒でも早く、父を留萌の陸軍駐屯地まで運ばなければ。駐屯地には軍の医者がいるはずだ。

だが

（――う）

龍之介は息を呑み、頭上を振り仰いだ。星空。どこにいるのか目では分からない、でも気配を耳で感じる。あのクマンバチのような爆音だ。頭上のどこか高いところを反対向きに通過していく……ほぼ真上をすれ違い、再度、後ろ上方へ廻りこもうとしている――繰り返し、攻撃して来るつもりか。

山中では獲物の気配を捉える、龍之介の耳だ。これまで敵機の襲来が分からなかったのは、初めて乗った飛行機の操縦席で驚きの連続だったことと、父に頼る気持ちがあったからだ。

背中で父の声がしなくなった。呼吸音もしない。たった一人で操縦桿を握らなければならなくなった今、龍之介の聴覚は働き始めていた。

来る。真後ろ上方、空間を大きく宙返りして、さっきと同じように襲って来る。

「く、くそ」

逃げなくては。

「逃げなくちゃ。速度を上げるには――そうだスロットル」

飛行艇を撃つとき、父は速度を合わせるため少し絞っていた。龍之介は左手でスロットルのレバーを握ると、前方へ一杯に押した。

ブォオッ
発動機の回転が上り、機体は前方へ引っ張られる。同時に左へ偏向する。

「う」

プロペラ機では出力を上げると、摂動効果で機首は左へ向こうとするから、まっすぐ飛ぶにはスロットルを入れると同時に右ラダーを踏まなくてはならない。だが今の龍之介にそんなことが分かるはずもない。

「くっ」

傾こうとする機体を、操縦桿で水平に保つ。海面すれすれだ、さっきのように傾けたらやばい、翼端を波に引っかけてしまう……。

だが
（駄目だ、来る）

右斜め後ろ上方、微かな爆音の気配が急速に強くなる。襲って来る――駄目だ逃げ切れない。

（相手が速過ぎるんだ……！）

闘え。

その時、また龍之介の中で何かが言った。

闘え、敵を倒せ。

「そんなこと」

無理だ。

闘え。

「う、うるさい」

龍之介は頭を振った。

何なんだ、さっきから――

俺の中で、何かが言う。

〈勘〉のようなものか……？　分からない。後頭部に圧力。クマンバチの爆音が迫って来る。後ろに覆い被さる。どうすればいい、急旋回したら海に突っ込む。

上だ。

何かが教えた。

上へ避《よ》けろ。

「はっ」

龍之介は目を上げた。頭上——空いている空間は、そこしかない。

爆音が迫る。来る。

「——くそっ」

龍之介は操縦桿を引いた。思い切り、腹に当たるくらい引きつけた。

ぐわんっ

水平線が下向きに吹っ飛ぶ。複葉の三式艦戦は宙に立ち上がるように機首を上げた。前進速度をすべて位置エネルギーに変え、瞬間的に一〇メートルも真上へ移動した。ほぼ同時に機体のいた空間を真っ赤な機銃弾の列が貫いた。

ズババババッ

「う、うわぁっ」

龍之介は操縦桿を引きつけたままだ。三式艦戦は垂直姿勢からたちまち背面になり、頭のすぐ上をブンッ、と機銃弾の列がすれ違った。髪の毛が衝撃波で吹っ飛ばされる——目をつぶり、思わずそのまま操縦桿を引いた。昇降舵《だ》を無理やりフルに取ったため機体は正常な宙返りはせず、一瞬失速して、背面から機首を真下へ向け、宙でバック転をうつようにクルリとひっくり返る。

そのすぐ真下を、急降下しながら一二・七ミリ機銃を連射したⅠ16が、かすめるように通過した。

ヴワォッ

ブォッ

空気のクッションに乗ったように感じて、目を開けると。

「――はっ」

いつの間にか天地は元に戻っている。そして機首の二丁の機銃の間に、どうしたことかずんぐりしたシルエットの後ろ姿が嵌《は》まり込んでいた。低い一枚の主翼。急速に前方へ離れて行く。

こいつは。

(後ろを、取った……!?)

撃て。

「――――」

今だ、撃て。

「くそっ」

左手の指が反応するのがもどかしい、龍之介はスロットル前縁についた発射把柄を握り込んだ。

タタタタッ

直接照準。闇の中に、紅い光る鞭が伸び、小さくなるシルエットに吸い込まれる。だが低翼単葉の後ろ姿はそのまま小さくなると、引き起こして上昇した。

（……駄目かっ）

だが次の瞬間、上方へ離脱しかけたクマンバチのような機影は、腹の下でポッ、と赤い火を吹くと宙に止まりかけた。

龍之介の放った七・七ミリ機銃弾は直接照準だったので、ほとんど下向きに逸《そ》れたが、一発がI16の胴体下の増槽《ぞうそう》タンクを貫いたのだった。

ずんぐりしたI16は増槽タンクが破裂、発動機は瞬時に燃料供給を絶たれて空回りし、停止してしまった。垂直姿勢に引き起こしかけていたクマンバチのような機体は、推力を失って宙に止まり、次いで尻尾《しっぽ》から落下し始めた。腹から火を吹き、バランスを崩し、回転しながらおちて来た。

グォオオッ

「うわっ」

前方数百メートル、だが三式艦戦はたちまち追いついてしまう、火だるまになって回転する機影が目の前に落下して来る。

ぶつかる……！　龍之介はとっさに操縦桿を左へ取る。すべてが傾く、燃え上がる機影が右へ吹っ飛んで機首の下に隠れた――と感じた直後、衝撃波が機体を突き上げた。

ドカンッ

足の下で爆発した……⁉　龍之介には爆発の瞬間は見えなかった。三式艦戦はそのまま巨人の拳に下から殴られたように、左バンクを取ったままの姿勢で吹っ飛ばされた。

「ぐわぁっ」

ガン、ガンッ、と足の下に何かが当たった。

破片を食らったのか。

操縦桿を右へ戻す。

「う⁉」

利かない。

舵《かじ》が反応しない。

ぶぉおおっ

海へ――突っ込む……⁉

水平に戻せ。

何かが教えるが、駄目だ。

「操縦桿が、利かないっ——うわ」

黒と白の波濤が、眼前に迫る——そう感じた次の瞬間、凄じい衝撃が来た。

7

●北海道　西海岸沖

ごぼごぼっ

「——！」

気を失っていたのは、数秒だったか。

龍之介には何が起きたのか分からなかった。

三式艦戦の左の翼端が波頭を打った時。ずがんっ、と凄じい衝撃を食らい、機体が翼端を支点にグルッと廻る感覚がして猛烈な力で座席に押しつけられた。

そこまでは覚えていた。

次いで下から叩きつけるような衝撃が来て——そこで意識が途切れた。

三式艦戦の機体は、海面で一度跳ね、左翼端を中心に円を描くように、水面をジャンプする石のようにクルクル廻って後ろ向きに着水したのだが、操縦席の龍之介にはそんなことは分からなかった。

ただ、意識が戻って目が開いて、息を吸おうとしたら真っ黒い水の中だった。

(……うぐ!?)

駄目だ、息を吸うな。

何かに言われるまでもない、海水の中にいる。

ごぼごぼごぼっ

激しい泡の音。

機体が、沈んでいるのか。

息が吸えない。苦しい、吸いこもうとすると鼻と口から水が入ろうとする。呼吸出来ない……!

もがいた。尋常小の水泳訓練で、大きく息を吸ってから海中へ潜ったことはある。でも息を溜《た》めずにいきなり水の中へ突っ込まれたら――

駄目だ、力が出ない。

肺の辺りが熱い。咳《せき》こもうとしても周りはすべて水だ。吸えない。何とかして、水面の上へ出なければ。しかし手足に力が入らない。

(……だ、駄目か)

その時だった。

ふいに、背中を掴まれる感じがした。何かが龍之介の服の背を掴んだ。そしてぐい、と持ち上げ、真上へ突き放した。

(……えっ)

身体が浮く。

操縦席に嵌《は》まりこんでいた形の龍之介の身体は、勢いづいて浮かんだ。ごぼごぼという泡の音を聞きながら、数メートルを上方へ運ばれ、水面へ出た。

ざばっ
「──ぐはっ、はぁっ」

激しく咳き込み、息をした。肺に空気が入る。息が出来る。

「はぁっ、はぁっ」

何度も呼吸して、空気をむさぼった。

真っ黒い水中にいたせいで、月に照らされる海面は明るかった。周囲がはっきりと見え始める。

身体が上下する。波の間に、浮かんでいる。

(はっ……!? 父さんは)

龍之介は、かろうじて水面に頭を出しているだけだ。顎《あご》の下は全部、真っ黒い水だ。

塩辛い。

夜の海水は墨汁《ぼくじゅう》のようだ。

き、機体は……!?

どこに沈んでいるんだ。

目で探っても、水の下に何も見えない。

「くそ」

龍之介は大きく息を吸いこむと、潜《もぐ》った。頭を下に、黒い水中へ両腕を掻《か》いて潜り込んだが、真下には何も見えない。ただ暗黒があるだけだ。

たった今、俺は水面の何メートルか下から、浮き上がったばかりじゃないか……!?

機体はどこだ。

どうして、何も見えないんだ。

父さんは、どこだ。

操縦席と共に沈んでしまったのか……!?

必死に目を見開き、息の続くかぎり潜って見回したが、何も見えなかった。

「ぷはっ」

海面へ浮き上がって、また息を吸うと、再び潜った。

しかし。何度潜水を繰り返しても、足の下の海中はただ真っ黒い世界だった。

「はぁっ、はぁっ」

龍之介は、立ち泳ぎしながら見回した。

俺、独りか……。

父さんは沈んでしまったのか。

黒い波頭がきらきら光っている。頭上が、満月に近い月だ。海面が月の引力に引っ張られ、満潮となって海岸へ押し寄せる時刻か——？　波は上下に動きながら、龍之介の身体を運んだ。

「——父さんっ」

叫んでも、上下する海面には龍之介の声だけだ。

（そんな……）

水を掻き回す右手の指に、ふと何か硬い物が触れた。さぐって摑むと、木のようだ。思わず両手でつかまえた。

浮いていたのは、平たく細長い、湾曲した木材だった。大きさは龍之介の身長と同じ。不思議な形——学校の音楽室に置いてある西洋の弦楽器のようだ。

それが、海面に叩きつけられて分解した三式艦戦の主翼の桁材《けたざい》であることなど、龍之介には分からない。

「――う」

身体がだるくなって来た。何度も思い切り水を掻いて、潜水したせいか……。立ち泳ぎをやめると水は冷たい。短い夏が終わり、冬が近づく海だ。

（り、陸地は）

陸地はどっちだ――？

振り向くと、上下する波の向こうに、灯りが見えた。

いや――灯火じゃない。

（何だ……？）

さっき上空で目にした光の点々ではなかった。満天の星空の一番下の端に、黒い陸地のシルエットがあり、その海と交わる辺りが横に細長くぼうっ、とゆらめいている。

何かが、燃えている……？

「留萌じゃない」

龍之介はつぶやいた。

そうか――さっきは後方からの銃撃を避けるため、左へ左へと旋回した。留萌を目指して飛んでいたつもりが、かなり北側へ針路を変えたことに――

でも、どうしようもない。

龍之介にはもう、潮の流れに逆らって泳ぐ力も残っていない（漁師の子たちの話では、漁船からおちて漂流した時は潮に逆らって泳いではいけない。たちまち体力を消耗して、溺《おぼ》れてしまう）。木片につかまって、浮かんでいるしかない。

幸い潮流は、岸へ向かっていた。

●北海道　西海岸

満潮に運ばれ、海岸へ近づく途中。龍之介は何度か眠くなって意識を失いかけた。

はっ、と気づく度に、波の向こうの紅い揺らめきは近く、大きくなった。次第に様子は見えて来た。切り立った崖の下で、炎が上がっている。

（――あれは……）

どこか、海岸の集落で火事でも起きているのか……？

ざざぁあっ
一時間か、それ以上かかっただろうか。

波に巻かれながら浜へ打ち上げられた時には、龍之介はもう手足の感覚もなくなりかけていた。

「はぁ、はぁ」

砂に手をつき、肩で息をしながら顔を上げると。

ごぉおお

（――――）

顔に、熱を受けた。

ここは。

目を見開いた。

「――ここ、爪浜集落じゃないか……!?」

龍之介は膝《ひざ》をついて、周囲を見回した。

爪浜だ。

いつも崖の上から見下ろしていた――狭い浜に沿って、三十軒ほどの漁師小屋が、軒を寄せるように配置されている。それを今、自分は波打ち際の方向から見ているのだ。

まずい。

「く」

だが、身を隠そうと思っても。龍之介は膝を砂に食い込ませて上半身を起こしているのがやっとだ。

ごぉおおお

(どうして、燃えているんだ――?)

海に面したすべての家々が、炎を上げていた。

見回しても、人の気配はなかった。あの格納庫を襲って来た、銃を手にした人影たちは見えない。

ただ、めらめらと炎を上げる漁師小屋が、目の届くかぎり並んでいるだけだ。集落の中は紅く照らされ、建物の影が砂の上で揺れている。

炎の熱で、冷えきった身体は急速に暖まって来た。

とにかく、ここを動こう。

どこかへ身を隠そう――

右手へ目をやると、並んで燃える小屋の群れの外れに、黒い影がある。風雪に立ち向かうような姿勢で根を張る、松の巨木だ。

●爪浜集落

これから、どうすればいい。

龍之介は足を引きずり、狭い砂浜を渡って、集落の外れに根を張る大木の陰に転がり込んだ。太く曲がった幹に背中をつけて座り込むと、息をついた。

（どうする――家に帰るか……？）

家に帰るにしても、一度海岸伝いに青見別の村へ出て、山道を――

いや。

頭を振った。

家は、もうないんだ……。

（父さんも、いない）

龍之介は唇を噛むと、曲がった幹の陰から集落の様子を見た。

共産党。

銀史郎の言葉が蘇った。

（――父さん）

共産党って、何だ……？　どんな連中なんだ。

ソ連と、関係があるのか。

父さんの『任務』って、何だったんだ。父さんは猟師じゃなかった――

「――――」

龍之介は、自分の右の手のひらを開いて見た。父の握っていた操縦桿を、短い時間だが自分も握ったのだ。

空を飛んだのは、思い起こすとたった十数分のことだ。

一時間ばかりの間に、さまざまなことが起き過ぎた。


「――くそ」

眩暈《めまい》がして、龍之介はまた頭を振った。

とにかく、ここを出よう。

幹の陰から、南側――集落の出口の方向を見やると。炎にちらちらと照らされ、丸太で組まれた壁のようなものが立っている。

（あれは）

あれは、集落の入口を塞《ふさ》いでいた柵か――？　あの内側から、爪浜の連中は警官隊へ向けて手投げ爆弾を放ったのか。その威力は崖の上から目にした――いや、俺の家の小屋を爆破されるのにも使われた。父さんが飛行機を隠していた格納庫へも放りこまれ、危うく殺されるところ……。

――『右ラダーを踏めっ』

声が、また蘇った。

（───）

──『右ラダーだ、右のペダルを踏めっ』

目をつぶった。一瞬、格納庫を跳び出して草地を突進した時の光景が蘇った。

「くっ」

父さん──

（駄目だ、しっかりしろ）

頭を振り、自分に言い聞かせた。

ここは、父さんと俺を襲った連中の根拠地だ。人影はないが、長居は出来ない……。

目を開けた。

出口はあそこか。

炎の熱を受け、服も乾いて来た。龍之介は低く身を起こすと、周囲の気配を耳で探りながら丸太の柵の方へ移動した。

柵の周囲にも人の気配はなかった。

集落の人々は、どこかへ消えたのか。

新しい丸太で見上げるように組まれた柵は、小屋の屋根よりも高く、反《そ》り返っていた。よく見ると人の目の高さに、円い穴がいくつか開けられている。

（覗《のぞ》き穴……？）

くりぬかれた穴は、直径が十センチもあり、銃の銃身を差し込んで撃つことも出来そうだ。覗いてみると、崖下の岩場伝いに青見別村へ通じるくねった道が見える。向こう側は真っ暗だが――

「う」

龍之介は顔をしかめた。これは火薬の臭《にお》いか……？　穴を通して漂って来る。いや火薬だけじゃない、肉の焼けるような……。

穴の向こうに目を凝《こ》らすと、波の音がする暗闇の底に、さらに黒いものが横たわって転がっている。いくつも、いくつも――

「――――」

また唇を噛んだ。

山中の猟で、生き物の死骸は見慣れているとは言え。

くそっ、あの転がる黒い丸太のような中に、山田巡査の遺骸もあるのか。

顔を背《そむ》けた。

すると

「……？」

何かが目に入った。

何だ。

（……足跡？）

よく見ると、柵の手前の砂地の上に、何列もの足跡がしるされていた。数が多い――

十人から、十五人か……。

龍之介は目を凝《こ》らした。

一方向へ、靴跡の群れは続いていた。

猟師の訓練として、動物の足跡を目にしたら、観察するようにしていた。半日前に鹿が一頭通って、子鹿も連れていた――くらいは分かる。いま目の前に並ぶ人間の足跡は、山中の獲物のものよりずっと分かりやすい。

十三人――くらいか。

新しい。あっちの方向へ、急いで歩いて行った……。

目を上げると、崖下に張り付くように松林があった。

集落を燃やす炎も、その黒い松の集合体の奥までは照らしていない。朽ちた鳥居のようなものが、枝の下に微かに見える。

足跡の群れは、惑うこともなく、黒い松林の奥へまっすぐ向かっていた。

「――――」

龍之介は膝をつくと、砂地にしるされた靴跡の一つ一つを目で確かめた。

中に小さな靴跡も混じっている。

（男だけじゃない、女が混じってる。二人か、三人）

――『ひみつの泉に来て』

（――――）

どうする。

自分自身に問うた。

この足跡の群れは――

後を追って、確かめるか……？

いや駄目だ、やめておけ。

上空で、龍之介の闘いを助けた〈勘〉のようなものは、そんなものに構わず脱出しろ、と言う。

家を襲った集団だ。関わり合いにならず、逃げた方がいい。

だが

（――――）

――『八時よ。大事な話なの』

黒髪の少女の声は、耳に蘇った。

（どうしてなんだ）

龍之介は頭を振った。

一時間と少し前。格納庫を爆破され、草地を突進し、からくも離陸する直前。

確かに見た。白いブラウスと、風圧に散らされる黒髪――こちらを見ていた。あれは瑛実だった。

「どうして、君は」

龍之介はつぶやきかけると、立ち上がった。

●爪浜集落　8

（ここは——？）

足跡の群れをたどり、崖下の松の木々の下へ入ると。

下生えを縫《ぬ》うように細い道があり、朽ちかけた木製の鳥居が立っていた。稲荷《いなり》だろうか。朱色の塗料もくすんで、茶色にしか見えない。細い道は鳥居をくぐって奥へ続く。その向こうには黒い岩壁をうがつように、洞穴が口を開けていた。

ほこらか。

「…………」

自然の洞穴を、稲荷にしたのだろうか。入口の左右に、朽ちた葉に埋まるようにキツネの石像がある。

振り向いて、背後を確かめた。林の中に人けはない……。龍之介はさらに見回し、松林に人の気配がないことを確かめると、獲物に近づく時のように音を立てずに進んだ。

キツネ像に寄り添うようにして、洞穴の中をうかがう。何も見えない。耳で探る。奥は深い。

（……！）

眉をひそめた。

奥の方に、人の気配がする。

話し声と――焚《た》き火のはぜるような音。ここから火のゆらめきが見えないのは、洞穴の奥が深くて、途中で曲がっているからだろうか。

耳に神経を集中した。

幾人かの声がする。岩壁に反響している。主に話しているのは女の声――でも少女の声ではない。しわがれた感じだ。言葉までは聞き取れない。

瑛実は、この中にいないのか。

分からない。

（……？　これは何だ）

ふと龍之介は、頭上の天井を伝うように、一本の黒い紐《ひも》のようなものが洞穴の奥へ伸びているのに気づいた。

電線……？

でも変だ。電力が来ているのは苫前までだ。青見別だって、人家の灯りは油ランプで、電灯はない――見上げると、黒い電線のようなものは洞穴の奥へ伸びる一方、外の大きな松の一本に結びつけられている。巻きついて、てっぺんの枝葉の中へ消えている。

何だろう。

父さんの言っていた『集落全体が共産党』──って、どういうことなんだ。

(爪浜集落は変わった人たちばかりだって……)

ここまでだ。

龍之介の中で、〈勘〉のようなものが言う。

面倒なことに巻き込まれるぞ。ここを離れろ。

(────)

龍之介は振り返り、松林の外の紅いゆらめきと、炎に照らされる丸太の柵を見やった。

あの柵を乗り越えれば、集落の外だ。海岸の通路伝いに青見別の村へ行ける。途中には、爆弾でやられた警官隊のむくろが転がっているかも知れないが……。

仕方がない。いったん、ここを離れよう──

身体の向きを変えようとして、腰の辺りに違和感を覚えた。そうか──龍之介は、上着の下に胴巻きをつけていることを思い出した。

「そうだ、これは」

上着のボタンを外そうとした。

その時。

洞穴の奥で、しわがれた声が『瑛実』と呼ぶのが聞こえた。叱咤《しった》するような鋭い声。

「……!?」

はっ、として龍之介は真っ黒い空間の奥を見た。

確かに、その名が呼ばれた。叱りつけるような感じだったから、聞き取れたのだ。

思わず、龍之介は入口へ踏み込んだ。黒い岩の穴。父の機体が格納されていた空間とは違う、自然の洞穴だ。底は平らではない。苔《こけ》が密生しているのか、ぬるぬると滑った。

目の前に、何かある。

立ち止まると、稲荷の祭壇だった。朽ちかけていて、手入れはされていないようだ。

奥へ空間は続いている。大勢の人の気配は奥からだ。

祭壇の脇を、身体を斜めにしてすり抜けた。行く手を探ると、左手に何かが触れた。

（……布？）

祭壇の背後を、天井から吊した布が覆っていた。分厚い布地は、学校の講堂にある舞台の緞帳《どんちょう》のようだ。

暗幕か……？

岩壁に背中をつけ、左手を伸ばして、天井から吊された緞帳のような布を少しめくってみた。ぼんやりした紅いゆらめき。

(焚き火か)

やはりそうか。奥からの光が、外へ漏れないようにしているのか。さらに身体を寄せ、手で開けた隙間《すきま》から覗くと。

(――うっ)

龍之介は、のけぞるように動作を止めた。

洞穴は、さらに奥へと続いている。焚き火は、ずっと奥でされているようだが――緞帳の数メートル先に、銃を手にした人影があった。

龍之介は息を止め、森の中でいきなり獲物に出くわした時のように、自分の気配を消した。

「――――」

耳だけで、緞帳の向こうを探る。

人の動く気配はない。

気づかれていない……?

そうっと、指で隙間をめくって見た。

寝息が聞こえた。横目で見やると。男が一人、銃を肩にして岩壁の突起を椅子代わりに腰掛け、こっくり、こっくりと舟をこいでいる。

見張りか。

焚き火らしい明かりは、居眠りする男のずっと向こうの奥で揺らめいている。しわがれた声が聞こえる。学校で、年かさの女教師が生徒を説教するような調子だ。

爪浜の工作員、と父が呼んだ人々が、この奥に集まっているのだろうか――？

（――――）

龍之介は息を止め、思い切って暗幕をめくると、気配を消したまま横向きに進んだ。舟をこぐ男の目の前を、壁を背にしたまま通り抜けた。

底は苔のせいで滑るが、その代わりに足音は立たない。

洞穴はまるで巨大な熊の腸か食道のように、くねりながら奥へと続いた。


「総括をせねばならん」

洞穴が大きく曲がる向こうから、しわがれた声がはっきり聞こえた。

龍之介は岩壁に背を押しつけると、曲がり角の向こうを覗く。

ぱち、ぱちと火のはぜる音。大きな空間がある――ここまでの洞穴の通路を熊の食道だとすれば、そこは胃のような空洞か。中央で火が焚かれ、空気抜きは別にあるのだろう、龍之介の身体の上を外からの空気が流れ込んで行くのが感じられた。

火を中心に、十数の人影が車座になっている。

（——人数は）

端から数えかけ、龍之介は息を呑み込んだ。

熊の胃袋のような空洞——学校の教室と同じくらいの広さだ——の奥に、ひとつ立たされているシルエット。

白いブラウス。長い黒髪——間違いない、一時間と少し前、崖の上の草地にいた。

あれはやっぱり、瑛実だったのか。

「飛行艇との電信が途絶えた」

しわがれた声で話すのは、車座になった群れの中心にいる。小柄な女だった。声は嗄《か》れているが、老女というほどでもない。五十代だろうか。

焚き火の照り返しが、中央の女に注目する人々の顔、顔を紅く浮かび上がらせる。全員の顔は見えないが、疲れきったような、神妙な表情。

「物見の報告によれば、水平線の上で火だるまになっておちる機影を見たという。ゆゆしきことだ、我らがこの爪浜拠点と引き替えに、モスクワの党中央本部へ届けようとした日本軍の新型戦闘機の設計図が、多くの工作員の努力によって手に入れた機密が失われた。誰のせいだ」

「——」

「――――」

しん、と空間は一瞬静かになった。

ぱち、ぱちと焚き火の音。

何をしているんだ……？

龍之介は、叱りつけられて静まり返ったような人々の様子を見渡した。

二十代、三十代、四十代――と普通の集落と同じ年齢構成だが、女は少ない。男が多い

……そう思った瞬間、はっと息を吞んだ。

あの男の服装――？

座っている背中の一つが、警官の制服だ。こちらに背を向けているので、顔は見えないが……。紺色に金モールは間違いなく巡査の制服だ。さっき突入して来た警官？　捕虜にされたのか……？　しかし爪浜集落の『工作員』たちと同じように、車座の一員として座っているようだ。

（――待てよ、あの背中……）

その時

「瑛実」

しわがれた声が、空間に響いた。

呼びつけられ、すらりとした少女の立ち姿が一瞬、緊張するのが見えた。

龍之介はその表情に目を奪われる。

「我らはこれより、爪浜拠点の痕跡《こんせき》を消し去り、日本全国へ散って武力革命の準備に入るが。その前に失敗の総括をせねばならぬ。党本部――モスクワのコミンテルン本部へ釈明せねばならぬ」

「…………」

「瑛実。今回の機密奪取作戦に際して、お前に与えられた任務は何か。言ってみよ」

「……はい。委員長」

少女は、立たされたまま口を開いた。

その頬には炎が照り返し、龍之介が目を凝らして見ると、煤《すす》で汚れていた。

「わたしの任務は、わたしたちを監視していた帝国海軍特務将校鏡銀史郎の長男龍之介に近づき、これを支配下において、鏡銀史郎が赤軍飛行艇の脱出を妨害しないよう工作することでした」

「なぜ出来なかった」

「…………」

「なぜ出来なかったと訊いている」

「…………」

「見よっ」

小柄な女は、鋭い声で空洞の出口を指した。

(う!?)

龍之介は、自分が指された気がして、のけぞって身を隠した。

だが気づかれたのではない。女は海の方を指したのだった。

「見よ、飛行艇は撃墜されてしまったではないかっ。お前が鏡の息子を支配していれば、防げたはずだ」

「…………」

すると
「そ、そうだ」

車座の中からも、声が上がった。

「瑛実が、鏡の息子を誑《たら》し込んでいれば。上の監視拠点はもっと簡単に制圧出来た」

「戦闘員の損耗もなかった」

「そうだ」

「そうだぞ」

何なんだ、この連中――

岩壁に背中をつけ、身を隠しながら龍之介は思った。

いったい、何を話しているんだ。

車座の中央で叱責しているのが、リーダー格なのか……？

まるで教師みたいじゃないか。

そして車座の連中は、教室で授業を受ける子供みたいだ。機嫌を悪くした教師の叱責が自分に向かないよう肩をすくめ、下を向く。そのくせ責めが誰か一人に向かうと、尻馬《しりうま》に乗って一緒に責め始める。

（大人ばかりのくせに……）

「瑛実」

しわがれた声が、少女を詰問する。

「なぜ最初に会《お》うた時、鏡の息子をおとしてしまわなかった⁉　出し惜しみしおって」

「……わ、わたしは」

少女が、震えるような声を出す。

（何だ……？）

龍之介は背中で聞きながら、眉をひそめる。

いったい何を話している。

鏡の息子――って……？

まさか、俺のことか。

「わたしは」

しかし
「今宵《こよい》は最後の機会を与えたのだぞっ」しわがれた声は遮《さえぎ》って、叱責した。「息子を山へ誘い出し、人質に捕る。それにより鏡の奴を制圧する。それも出来なかった」

「そうだ」

「瑛実の責任だ」

「責任は重いぞ」

「自己批判しろっ」

あの中に、瑛実の家族は――親はいないのか？

背中で訊きながら、不審に思った。

娘を庇《かば》おうとする声は、まったく出ない。

（それに、俺を誘い出すって……）

どういうことだ――？

龍之介は、洞穴の背後をちらと確認する。入口の銃を持った見張りの男が、動き出してやって来る気配はない。大丈夫だ。また身体をずらし、空洞の内部を覗き見た。

「自己批判しろ瑛実」

「自己批判だっ」

「わ、わたし」

車座からの声に、立たされた少女は肩を上下させ始める。

「わたしは、でも鏡君を――」

何か説明しようとするが
「なぜ最初に身をさらした晩、茂みに誘い込んでやらせてしまわなかったっ⁉」

リーダー格のしわがれた声が叱責する。

「たかが十四のガキ一人、誑《たら》しこんでお前のとりこに出来たはず」

「でも」

「もったいつけて、自分をきれいに見せようとしているのさ」

別の女の声がした。

車座の中に、三十代の女がいた。容姿は漁村の主婦にしては垢抜《あかぬ》けていて、瑛実の母親と言われてもおかしくない感じだが、親ではないようだ。さげすむような横目を立たされた少女へ投げる。

「この子は、普段からそうさ。特別養成だとかいうけど、この国を解放する工作員として役に立つのかねぇ」

「わたしは」少女は目を見開いて、女に言い返す。「わたしは色じかけじゃなくて、鏡君にはちゃんと話して、わたしたちと同じ共産主義の理想を――」

「けっ」

女は吐き捨てる。

「男はね、身体で言うことを聞かすのが一番なんだよ」

「わたしは、かどわかすのではなくて、鏡君もわたしたち共産党の理想に共鳴して仲間になってくれるよう説得を。だからちゃんと話を」

「ふん」

「瑛実」

リーダー格の教師のような女（委員長と呼ばれたか）は、少女を睨《にら》んだ。

「お前は、罰を受けなくてはならない」

何が始まるんだ……？

リーダーの声を合図に、車座の面々がザッと音を立てるように、立たされた少女へ向き直る。各々の座る横には銃が置かれている。猟銃ではない、でも父が手にしていた日本軍の小銃でもない。

龍之介は息を吞んで様子をうかがう。

（瑛実が、何か失敗をしたと叱責されているのか。何か俺と関係あることか……？）

切れ切れに聞こえて来る会話では、龍之介にはわけが分からない。

分かるのは、瑛実が爪浜の共産党組織の一員であるらしい、ということだけだ。

「瑛実。お前は、党本部がシベリアの訓練キャンプで特別に養成した工作員。鼻にかけるだけの器量も、かしこさもある。この先の革命の戦いでも役に立ってもらわねばならぬ。だからこの場で粛清はせぬ。その代わりに罰を受けるのだ。栄《は》えある共産党の一員として償《つぐな》いをし、失敗の埋め合わせをするのだ」

「は、はい」

瑛実は、〈委員長〉へうなずく。

「新型戦闘機の設計図を党本部へ渡せなかったのは、わたしの責任です。どんな償いでもします」

「よろしい、では共産党の子を産んでもらおう」

「……!?」

（何だ……？）

龍之介は眉をひそめる。

少女が、絶句してのけぞるような様子を見せた。

何を言われたんだ——!?

こわばった瑛実の白い顔。

同時に車座の男たちがザザッ、と音を立てるようにして一斉に立ち上がり、瑛実の方を向く。少女は思わず、という感じでふらっ、と一歩下がる。

だが唇を嚙むと、踏みとどまるようにして白い顔を上げた。

「わ、分かりました」

何が『分かった』んだ……?

龍之介は、立ち上がった男たちの背に、異様な熱気のようなものを見た。

「よろしい瑛実」リーダー格の女は座ったままでうなずく。「お前が本当に共産主義者なら、みんなのものになるのだ。誰か一人のものでない、みんなの子を産むのだ」

「…………」

「産まれた子は訓練キャンプに送られ、立派に工作員として党の役に立つだろう」

「よし、俺が一番だ」

男たちの中から、警官の制服がずいと進み出て、少女の立ち姿に向き合った。

その声。横顔が見えた。

「――や」

思わず龍之介は声を出しかけ、慌てて自分の口をふさいだ。

山田巡査……⁉

目を見開いて確かめるが、間違いではなかった。

（どうして）

山田巡査だ――でも四十代初めの男は、いつもの快活な笑顔とはまったく違う。焚き火の炎に照らされ、ぎらぎらした横顔で瑛実を睨んでいた。

どうして、ここにいるんだ……。

海岸の通路で、警官隊を率いて爆弾にやられたんじゃなかったのか。

「瑛実よ」低い声が言った。「せっかく、俺の働きで警官隊を全滅させてやったのに。設計図が運び出せなかったのは大いなる失態。責任を取ってもらおう」

これが、あの山田巡査の声か。

「は、はい」

瑛実の声が、震えている。

だが少女は唇を噛むようにして、白い顔でうなずく。

「責任を、取ります」

龍之介は岩壁に背をつけて覗きながら、肩で息をした。

何が始まるんだ。

すらりとした少女は、熊の胃袋のような空洞の奥で、男たちに取り囲まれた。

焚き火の熱気で、その光景が揺らめいて見える。

一方の火のそばでは、委員長と呼ばれた五十代の女と、さっき瑛実を揶揄《やゆ》した三十代の女が面白くもなさそうに、座ったまま見物している。〈委員長〉は、今にも後ずさろうとする瑛実を横目で見やって「ふん」と鼻を鳴らし、三十代の女も「けっ」と言った。まるで飼っている獣たちに餌《えさ》をくれてやった――という風情だ。

大勢の男たちが立ち上がったせいで、焚き火の周囲ががら空きになっている。天井から黒い電線のようなものが下がって、地面に置かれた黒い箱に繋《つな》がっている。箱の面にはスイッチやダイヤル、赤や青のランプに針のついたメーターがある。あれは何だ……。

「馬鹿者っ」

ふいに山田巡査の声が、叱りつけた。

瑛実が白いブラウスの胸に手を伸ばされ、反射的に後ずさったからだ。

「おじけづいていてどうする。お前はそれでも、スターリン先生直属の訓練機関で養成された特別工作員かっ。共産党の掟《おきて》に従えなくて、スターリン先生のお役に立てると思っているのかっ」

「は、はい」

な、何をされるんだ……!?

龍之介が目を剝《む》くと。のけぞって目をつぶる瑛実の胸に、山田巡査の両手が伸びた。白いブラウスの生地を摑み、左右に引いた。プチプチッ、とボタンが弾け跳ぶ音。その音に立ち並ぶ男たちの背が反応し、前のめりになる。ぐふぅっ、と獣のような息をした巡査が毛の生えた右手で露出した少女の下着の胸を摑もうとする。

(……!)

何をする。

龍之介は、思わず跳び出そうとした。

だがその瞬間。瑛実の右腕が一閃し、巡査の手を弾き跳ばした。

「や、やっぱり嫌っ」

「小娘ぇっ」

巡査は怒鳴りつけ、右手を拳にして大きなモーションで少女の頰を殴ろうとしたが。

「ぐふっ!?」

拳は空振りし、ガスッ、というような巡査の胴を紺色のスカートから繰り出された膝蹴りが一撃した。ガスッ、という音。

凄い……。

龍之介は息を呑んだ。瑛実の白い顔がすれすれに拳をかわす瞬間が、見えなかった。

どささっ
大柄な巡査が空洞の地面に転がると、取り囲んだ残り九人の男たちが「おおぉ」「おぉっ」とどよめいた。

「はっ。わ、わたし――」

瑛実は『しまった』という表情。

「ええい、やってしまえ」

〈委員長〉が怒鳴った。

「全員で組み敷いて、やってしまえ。半殺しにして構わぬっ」

怒鳴り声を合図にズザザッ、と男たちの群れが少女の立ち姿に襲いかかる。

（――うっ）

龍之介は思わずまた跳び出そうとするが。

次の瞬間ばきばきっ、と骨を砕くような鈍い響きがした。二、三人の男が後ろ向きに吹っ飛び、仰向《あおむ》けに転がった。

「ぐっ」

「ぎゃぁっ」

な、何だ……!?

何をやったんだ……？　龍之介には、紺色のスカートがふわっ、と元に戻るところしか見えなかった。

ひるんで、慌てて立ち止まる男たち。その向こうで少女が後ずさり、頭を振る。

「やめて、わたしに襲いかからないで」

瑛実の白い顔は、懇願《こんがん》していた。

「わたし、襲いかかられると――」

「ええい、そこをおどきっ」

鋭い声がした。

はっ、と視線を戻すと、焚き火の脇で三十代の女が立ち上がっている。銃を手にして、空洞の奥の少女へ狙いをつけた。

驚いた男たちが左右へ飛び退《の》く。

「インテリぶった小娘、お前なんか役に立たないんだよ、粛清してやるっ」

まさか。

龍之介は目を剝《む》くが、女の指は引き金を引こうとする。自分も銃を扱うから分かる、本気で撃つ筋肉の動きだ……！

「くっ」

龍之介は地面を蹴り、跳び出した。「死ね！」と引き金を引く女の背へ、どうすればいいか分からない、思い切りそのまま体当たりをかけた。がつっ、という手応えと、小銃が発火してバンッ、と火を噴くのは同時だった。

「ぎゃっ」

悲鳴が上がり、男の一人が吹っ飛んで転がった。銃弾が逸《そ》れて当たったのか。

龍之介はそのまま勢い余って地面へ突っ込む。やばい……！　とっさに跳び込み前転のように身体を丸め、衝撃を吸収したが空洞の底は平坦ではなかった。尖《とが》った岩にあちこちぶつけ、最後に頭をがん、と打って一瞬目の前が真っ白になった。

「うっ」

頭上で「何奴」「何奴っ⁉」と叫び。「捕まえろ」「取り押さえろっ」と声が迫るが、どこをどうぶつけたか、目がくらんで身体が動かない。

（く、くそ……！）

瑛実を。

瑛実を助けなくては。

歯を食い縛り、ふらつきながら立ち上がった。背後に、空洞の奥に立つ少女を庇《かば》うようにして共産党員たちに対峙した。

すぐ後ろで、少女が息を呑む。

だが振り向いて言葉を交わす猶予《ゆうよ》はない。「鏡のせがれだ」「せがれだっ」「ど、どこから入った!?」大声が沸いて、男たちが銃を拾い上げる。

「ええい殺せっ」

〈委員長〉の鋭い声。

「おのれ瑛実、きさま通じておったかっ。反逆者じゃ、二人とも撃ち殺せ!」

揺れ動く龍之介の視界で、七丁の銃口が上がり一斉に自分へ向いた。引き金が引かれる動作だ。く、くそっ、人に銃を向けるなんて……!

「くっ」

龍之介は思わず姿勢を低くし、地面を蹴った。正面から自分を狙う男の、膝を狙って左肩からぶつかった。

「瑛実、伏せろっ」

叫んだ。

長い銃身は、下へ潜り込まれたらもう狙うことが出来ない。龍之介は銃の扱いを知っていた。そのまま男の両膝にどかっ、と思い切りぶつかった。「うぉっ!?」と声が上がり男

「か」

はのけぞって、焚き火の中へ背中からもろに倒れた。龍之介も一緒に転がった。

ばばっ
爆発のように灰が舞い上がる。男が悲鳴を上げ、焚き火が半分消える。

「うっ」

呼吸出来ない。

(頭が)

くそっ、頭がくらくらする。

しまった……！

銃撃は防いだが――

動けない。

「撃て」

「撃てっ」

「ふん、どけどけ、これなら家畜を殺すのと同じだっ」

背中の真上、五〇センチに突きつけられる銃口の気配。

立てない――やられる。一瞬そう思った時、伏せた頭のすぐ上でブンッと何かが一閃し
「ぐぎゃっ」と悲鳴が上がった。

一秒で視力が戻る。やっと顔を上げると、紺色のスカートから伸びた白い脚が回し蹴りを振り抜いて、その向こうに銃を手にした男が吹っ飛んでいくところだ。

「——え」

瑛実……!?

「鏡君っ」

ほっそりした腕が、意外な力強さで龍之介の二の腕を掴み、助け起こしてくれた。

だが

「何をしている殺せっ」

「殺せ」

周囲で怒号が沸き、まだ三丁の銃がチャッ、チャッと向けられた。

(く、くそっ……!)

とっさに龍之介は足で灰を蹴った。まだ燃えている焚き火の薪へ灰を蹴りかけた。

ばっ

周囲が一瞬で真っ暗になる。

「うぉ」

「うわ」

今だ。

脱出しろ。

「く」

龍之介は息を止め、顔をしかめて膝に力を入れ無理やり立ち上がった。助け起こしてくれた少女の細い腕を、左手で掴み返した。

「え、瑛実、逃げるんだ」

「鏡君」

「逃げるんだ来いっ」

耳で、方向は分かる。

走れ。

(――い、言われなくてもっ)

龍之介は背の高い少女の手を引き、闇の中へ駆け出した。

第Ⅱ章　予科練へ

1

●北海道西部　山中

それから、どこをどう走ったのか。

龍之介《りゅうのすけ》はよく覚えていない。

洞穴を脱出する。ただ少女の手を引いて走る。それしか考えられなかった。

数分前か——あるいは十数分前だったか。その場面を龍之介は思い出す。


「走れっ」

暗闇の中、耳の感覚で空洞の出口は分かった。

龍之介は瑛実《えいみ》の手首を取り、その方向へ駆け出した。少女の髪が闇の中に舞うと、甘酸《あまず》っぱいような不思議な匂いがした。

共産党の戦闘員たちの声は「どこだ!?」「どこにいる」「殺せっ」とわめくばかりだ。耳だけで空間の広がりを捉《とら》える感覚はないのか。「うわ、向けるなこっちに」「撃つな馬鹿っ、俺だ」

混乱を背に、龍之介は洞穴へ駆け込んだ。

苔《こけ》で滑りそうな天然のトンネルが、くねるように曲がる。

「おい何だっ」

前方に声。

見張りの男か……!?　思わず舌打ちした。騒ぎに気づき、起き出したか。だが焚き火の明かりがないのでまごつく気配だ。

「おいどうしたっ」

まさか内側から敵が来ると思っていなかったのか、洞穴の奥から駆けて来る龍之介に訊《き》こうとした。

目は、もう暗順応《あんじゅんのう》していた。こちらへ向けて立ち上がった男のみぞおちの動きが見える――迷わず、苔で滑《すべ》る岩を蹴《け》って右肩からその男の重心へ体当たりした。

がつっ
「ぐわ」

見張りの男は苔で足を滑らせ、仰向《あおむ》けに倒れると後頭部を岩に打ちつけた。

龍之介は一回転すると立ち上がり、走った。瑛実が男を飛び越えて続いた。暗幕に手をかけ、払うようにして祭壇の横を抜ける。

その時
気をつけろ。

〈勘〉が教えるのと、すぐ背後で瑛実が「鏡君っ」と声を上げたのは同時だった。

何だ……!?

気配を探ろうとし、龍之介は一瞬足下から注意がそれ、滑った。つまずいて前のめりに転ぶ頭のすぐ上を、何か鋭いものがビュッと通過した。

(――うっ!?)

駄目だ、転ぶ。

ずだだっ
衝撃。

「ちぃっ」

すぐ頭上で舌打ちの声。

この声は……!

仰向けに身を起こそうとするが、何か棒のような物が頭上に振り上げられる気配。

逃げろ。

危ない――!

だが〈勘〉が教えても、瞬時に起き上がれない。

ビュッ

何かが自分の頭めがけて振り下ろされる、当たる——そう感じた瞬間

ブンッ

少女の脚が頭上で空を切った。

声の主が「うぐわっ」とうめき、頭上からいなくなった。何かが振り下ろされる気配も消えた。

「——!」

やっと、顔を上げる。洞穴の外からの月明かりに、金モールの制服がのけぞって倒れるところが見えた。

(や、山田巡査……!?)

その手に、長いサーベルが握られていた。

俺の頭を断ち割ろうとした鋭い物は、あの長剣の刃だったのか……!

ぞっとする龍之介の視界に、少女の白い脚が着地すると、同時に何か蹴り上げた。サーベルが月光に光りながらキンッ、と宙を回転し、瑛実のほっそりした手に収まった。

ぱしっ

「お、おい待ってくれ、待っ——」

中年の巡査の声が、悲鳴に変わる。

瑛実が、仰向けに倒れた巡査の喉元《のどもと》にサーベルの切っ先を突きつけた。

（……！）

龍之介は目を見開く。

少女は、喉を突く気か。切れ長の目が巡査の顔を睨《にら》み、無言のまま逆手に握った長剣を振り上げる。

龍之介は反射的に立ち上がった。くらっ、と眩暈《めまい》がするのを顔をしかめてこらえ、少女の白い手首をつかまえた。

「よせ」

手首を摑《つか》むと、サーベルの切っ先は中年巡査の喉の数ミリ手前で止まった。

「よせ、殺すな」

「ひぃっ」

巡査はのけぞって悲鳴。

見下ろすと、懇願《こんがん》するような目つきで龍之介にも「た、助けてくれっ」と言った。

たった今、俺を殺そうとしたくせに。

龍之介も睨んだ。

巡査は、共産党の仲間だったのか——俺と父さんを騙《だま》していたのか……！

「そ、そんな目をするな。これにはわけがある、わけがあるのだっ」

「――――」

瑛実は、巡査を睨み降ろしたまま、肩で息をした。ボタンの取れたブラウスの隙間《すきま》から白い下着が見えていた。

睨み降ろされた巡査はまた「ひぃいっ」と悲鳴を上げる。

「ま、待ってくれ、待ってくれ、わしは会津藩士の子孫じゃ。明治政府の官軍に皆殺しにされた。先祖の恨《うら》みを晴らすまでは、死――」

巡査は最後まで言えなかった。

瑛実の右足が、髭《ひげ》を生やした中年巡査の顎《あご》を蹴り跳ばした。「うぐっ」と向こうを向き、動かなくなった。

「はぁ、はぁ」

息をする瑛実。

その右手から、龍之介はサーベルを外し取ると、自分の手に持った。

洞穴の背後から、足音が響いて近づいて来る。

「追手が来る。行こう」

瑛実の手を引き、洞穴を跳び出す。

松林を抜けて集落の出口へ向かった。

逃げなくては。

龍之介は駆けた。

とにかく、この集落の外へ――――！

「柵《さく》を越えるぞっ」

出口の丸太の柵は、よじ登れる。瑛実の運動能力ならば、ついて来られるだろう。

しかし
「そっちは駄目」

少女は、龍之介の手首を逆に摑んで引き止めた。

「柵のすぐ向こうに地雷が埋まってる」

「え」

地雷……？

何のことだ。

背中からは、大勢の足音が追って来る気配。洞穴を出て、松林を抜けて来る。

だが
「こっちへ」

瑛実は、龍之介の手を引いて、柵の手前を通り過ぎた。背後から「いたぞ」「追えっ」

と叫び。

見つかった……!

一〇〇メートルと離れていない。

瑛実は、このまま燃える集落の中へ逃げようと言うのか——!?

だがそうではなかった。

瑛実は足下の砂地に子供の胴ほどもある丸太を見つけると、立ち止まった。

「待って」

細腕を伸ばす。

(何をするんだ)

柵を組み立てた時の余り材だろうか。見ていると、少女は丸太の一方の端を両手で掴み、地面から引きずるように持ち上げた。重そうだ。何をするんだ……!? そのまま、かかとに重心をかけて斜めに振り回し始めた。二回、三回——

「はうっ」

ブンッ
少女の細腕から放たれた丸太は、クルクル回転しながら頭上の闇へ斜めに舞い上がり、柵を飛び越えて向こう側へ消える。

「来て」

「えっ」

龍之介は言われるまま、少女について走った。わけが分からない。背中に追手の

「撃てっ」という叫びと、柵の向こうのどこかに丸太が落下して跳ねる響き。

「伏せてっ」

瑛実が叫び、集落外れに立つ松の巨木の陰へ頭から跳び込んだ。伏せた。龍之介が続いて跳び込むのと、大地を打って震わす衝撃が来るのは同時だった。

ドンッ

ドカッ

ドカンッ

「う」

衝撃波が押し寄せ、松の巨木をぶわっ、と震わせた。思わず、顔をかばって振り向いて見やると。

ばきばきばきっ

数十メートル向こうで、見上げるように大きかった丸太の柵が決壊する堤防のように、こちら側へ崩れて来る。

ばきばきっ

ガラガラガラガラッ
「うわ」

顔を背《そむ》ける。

また地響き。

ドドドーンッ、という響きと共に、土煙で何も見えなくなる。「ぎゃあ」「ぐわぁっ」という人間の悲鳴が一瞬混じって聞こえた。

柵の外側で大爆発が起きたのだ、それもいくつも——

そう理解するまで、数秒かかった。

そうだ。

あの時。

巨大な丸太の柵が、決壊する堤防のように共産党戦闘員たちの上に崩れかかり——

大音響。土煙が呑《の》み込んで、何も見えなくなった。その外側を迂回《うかい》して、少女は「こっち」と龍之介を導いた。

「出口が、ほかにあるのか」

「山へ」

「山？」

「走って」

瑛実が先に立った。戻る方向だった。

そっちは崖下《がけした》だぞ……？

訝《いぶか》りながら続く。土煙の中から、人が出てくる気配はない。でも委員長と呼ばれていた女や、瑛実が蹴って悶絶《もんぜつ》させた山田巡査などはどうなったのか、わからない。

そこは稲荷《いなり》のあった洞穴に近い。松林の奥だ。そそり立つ崖の黒い岩壁に、天に向かって鋭い亀裂《きれつ》が走っていた。見上げると遥《はる》か頭上へ伸びている。

「ここ」

「ここ？」

「ヤギの通る道」

「――ヤギ？」

「ひみつの泉へ行くときの、近道」

言うと、少女は鋭い形に割れた岩盤の左右に足をかけ、登り始めた。

「来て」

「あ、ちょっと」

龍之介は、あわてて呼び止めた。

瑛実の白い脚が半ばむき出しになるのを目にしたからだ。

「俺が、先に登る」

山に棲《す》むヤギは、垂直の崖でも平気で上り下りする。このくらいの割れ目が岩に走っていれば、餌《えさ》の野草を求めて親子で崖の上を移動したりする。

瑛実は、このヤギの通り道を、山中の温泉や山菜採りに行く近道として使っていた――というのか。

しかし――

狭い亀裂の間に身体を入れ、割れ目の左右に足をかけて少しずつ登っていくやり方は、筋力を使う。海からの風が背中をなぶった。

途中で見下ろすと、かなり高い。

「君は、平気なのか」

すぐ下に、背の高い少女は遅れもせずに続いている――いや、龍之介のほうが息を切らし始めた。

「俺でもきついぞ」

「訓練で、いつも登っていたから」

少女は言う。

訓練……？

（――――）

――『スターリン先生直属の』

ふと、山田巡査のさっきの言葉が頭をかすめた。

――『スターリン先生直属の訓練機関で養成された特別工作員かっ』

訓練機関……。

瑛実。

いったいこの子、何者なのだ。

どんな育ち方をしたのだ。

同い年なら、爪浜集落の子ならば青見別《あおみべつ》の尋常小学校で一緒になったはずだが……。

スターリンって、誰だ……？

「瑛実」

訊《き》こうとしたとき。

垂直に続いていた割れ目はふいに終わって、龍之介の目の前に横穴が口をあけた。

（……？）

屈《かが》んでくぐれるほどの岩盤の裂け目だ――崖の地中へ続いている。真っ暗で、中は見えないが……。

「その穴を行って」

足の下で瑛実が言う。

「森の中へ出られるわ」

「森の中へ……？」

軽い驚き。

こんな地中の通路が、俺の住む山の中にあったのか。

「早く」

瑛実の声が、ハッと何かに気づいたように緊張した。

「見つかった」

「え」

「下。発光信号」

信号……!?

下を見ると、すでにかなりの高さ（海岸松林から数十メートルか）だった。燃え続けている集落の煙が、海からの風で一様に流れている。その横で、暗い地面の中にチカチカ瞬《またた》く光点があった。

「委員長が、生きてる」

少女の声が言った。

「ヤギの通り道、登っているのを見られた。山頂の物見に信号を送ってる。『わたしたちを見つけて殺せ』って――」

「物見？」

殺せ……？

聞き返そうとすると

「早く横穴へ」

瑛実は促した。

●山中

太古に地殻が動いた際にできた、割れ目だろうか。

岩盤のずれたような割れ目を行くと、やがて足下は上り坂になり、縦穴《たてあな》に変わった。

頭上からの月光を頼りに登り切ると、瑛実の話は本当だ。森の下生えの中へ出た。

「早く移動して。この出口は、物見の男も知ってる」

「山の上にも、まだ共産党の仲間がいるのか」

「物見は、特別よ。単独で、委員長の命令だけで動く。わたしと同じ養成キャンプを出てる。戦ったら勝てるかわからない」

「――――」

瑛実に促《うなが》されるまま、龍之介は森の中を移動した。

崖登りをして、体力も消耗していたが森の中の移動なら慣れている。木々の間へ分け入って、縦穴の出口から十分に離れると、巨木の根の隙間を見つけて身を隠し、休んだ。

「鏡君」

根の隙間のくぼみに、仰向けになるようにして身をおちつけると、頭上の枝の上に月が見え隠れする。

息をつきながら、瑛実は告げた。

「鏡君。あなたはこのまま逃げて」

「え」

龍之介は、並んで仰向けになっている少女を見た。

「君は、どうするんだ」

「戻る」

「えっ」

「わたし、やっぱり戻る」少女は目を伏せた。「何とかして、共産党の組織に戻る。だからここで――」

「ちょっと待て」

龍之介は身を起こした。

「あいつらは、君のことも『殺せ』って」

「でも」

瑛実は、目を伏せたまま唇を嚙む。

「わたしのいる場所は、ソビエト共産党だけだもの。十六年間、理想のためだけに生きてきた」

「――」

「だから、戻るしかない」

この少女は、今度は何を言い出すのか。

夕方から連続して起きている事態に、頭がついていかない。龍之介はただ、少女の言葉で引っかかるところを口に繰り返した。

「――十六年、って」

「わたし、本当はあなたより二つ年上なの」

「え」

「瑛実っていう、戸籍をもらった女の子の年齢が十四だったから。日本へ潜入するときに十四歳ということにして。北海道の教育幹部に共産党の仲間がいて、わたしを社会へ溶け込ませるため高等小へ編入させた」

「――――」

「名前も、本当は別のロシア語の名前がある」

「――――」

「鏡君」

絶句する龍之介を、少女は見た。

「わたし、あなたに共産党へ入って欲しかった」

「え？」

「世界人類を平等にするため、一緒に戦って欲しかった」

「――――」

「そのことを、ちゃんと話したかった。もうかなわないけれど」

いったい、何を言うのだろう。

共産党というのは、どんな組織なのだろう。その名称は、父さんの口からさっき初めて聞いた。

「戻るって」

龍之介は、ボタンの取れたブラウスの胸を見ないようにしながら言った。

「どうやって、あの連中の」

よくわからないが、下の集落から発せられた『信号』は、瑛実をも殺せ、と命じていたのではないか。

たった今、少女はそう言ったのではないか。

「下の爪浜の委員長には、嫌われていたから仕方ない。わたしの母親の役をしていた人にも。でも」

瑛実は顔を上げ、どこか遠くを見やるようにした。

「日本支部の書記長という人がいる。その人のところへ行って、釈明をすればきっとわかってもらえる。〈罰〉は受けるかもしれないけれど——組織へ戻してもらえる」

「罰……」

「わたしも、〈共産党の子〉なの。お父さんが誰なのか、わからない」

「え」

「生まれてすぐ、シベリアの訓練キャンプへ送られて、そこで大きくなった。お母さんは世界のどこかで、任務で死んだ。親はいないの。スターリン先生をお父さんだと思いなさいって——そう教えられて育った」

「スターリンって」

「世界で一番正しい、わたしたちの指導者。見て」

瑛実は、うなじに両手を入れると、カチリと何か外し取った。小さな、首にかける写真入れだろうか。龍之介に蓋《ふた》を開いて、示した。

「見て。スターリン先生。優しいお顔をしていらっしゃるわ」

「…………」

ひげを蓄《たくわ》えた、西洋人の顔。

映画俳優のように男前ではある——

「でも」

「？」

「わたし、一度も先生にお会いしたことない。わたしは」瑛実は龍之介を見た。その目が潤《うる》んでいた。「わたし、あなたがうらやましかった。お父さんといつも一緒で、仲がよさそうで」

「………」

「わたしにも、こんなお父さんがいたら——って」

瑛実は、ロケットを胸にしまうと、代わってスカートのポケットから何か取り出した。

龍之介に示した。

写真……？

少女の手のひらに載っていたのは、一葉の写真だった。いつも持ち歩いているのか、縁が擦《す》り切れている。

目を見開いた。

(これは)

俺と父さんだ……。

銃を肩に、山道を並んで歩く父・銀史郎と自分——それをどこか高い場所から、斜めに見下ろす角度で撮影している。

どこで、こんなもの撮ったんだ……？

「集落に、望遠写真機と現像機がある。初めは監視しろと言われて、任務として撮って、委員長にも焼き増しを届けて報告していたわ」

「………」

「でも。だんだんわたし、あなたたち父子がうらやましく——」

少女は言葉を区切ると、頭《かぶり》を振った。

「もう行かないと」

「えっ」

少女がふわりと立ち上がったので、龍之介は驚いて見上げる。

「行く、って」

「鏡君。わたし、わざと音を立てて逃げる。物見の男を引き付けるから。あなたはその隙に別の方向へ逃げて」

「えっ、おい」

呼び止める暇もなかった。

ざっ、と下生えを鳴らし少女の脚が跳躍《ちょうやく》すると、斜めに注《さ》す月光の下を白い後ろ姿が行ってしまう。

「おい待てっ」

龍之介は慌《あわ》てて立ち上がり、後ろ姿を追った。

だが次の木の根を踏み越える時、何か柔らかいものを踏みつけて滑った。

「うわ」

転んだ。

2

●北海道西部　山中

「うわっ」

足を滑らせ、龍之介は絡み合う巨木の根の中へ前方回転のように倒れ込んだ。頭を打った。

うっ、くそ……！

あちこち痛んだ。だが冗談ではない、瑛実を独りで行かせるわけには……！　嵌《は》まり込んだ窪《くぼ》みから、急いで身を起こす。その時
（う）

異臭が鼻をついた。

気をつけろ。

〈勘〉がまた言う。

（何だ）

今、何を踏みつけて滑った——!?

糞《ふん》だ……。

靴底を見ると、付着したものが、斜めに森へ注しこむ月光に浮かび上がった。

驚いて上半身を振り向かせると。背後の太い根の上に、黒いものがこんもりと載っている。

「……！」

目を見開いた。

俺はこれを踏んでしまったのか。小動物のものではない。鹿《しか》や猪《いのしし》など草食動物の糞でもない、草を食べる獣の糞はコロコロ小さくて丸い。鹿でも猪でもない、これは……。

この大きさは。

(やばい、まだ新しいぞ)

羆《ひぐま》だ。

それも相当でかいやつだ。

近くに、いるぞ——

龍之介は思わず息を止め、見回す。

しまった……。舌打ちしたくなる。少女は足が速い。白いブラウスの背は、もう重なり合う大木の間に紛れ、見えなくなっていた。

見上げると、ざわざわと葉ずれの音がまるで海鳴りのようだ。

冗談じゃない。

この時期になると、羆は冬眠に備え、身体に栄養を蓄《たくわ》えようと餌をあさる。一年のうち最も気性が荒い。

そんなやつに夜の森で出くわしたら――

(――――)

龍之介は目をつぶった。

木々に紛れ、瑛実を見失ってしまった。

わざと音を立てて逃げる、と少女は言った。こちらが闇雲に走ると、その音が聞こえない。

「――こっちかっ」

下生えを蹴って遠ざかる音が、海鳴りのような木々のざわめきの奥にあった。

左手の前方。一〇〇メートルくらいだ、木々の重なりに隠れて見えないが――

方角を見定め、龍之介は走り出した。巨木の幹を避け、うねる根に足を取られながら進む。瑛実の逃げ方は巧妙だ、と思った。

これだけ大木が重なる空間を行けば、たとえ音を聞きつけられても、遠くから銃で撃たれる心配はない。

　だが

（……！）

　一分間と進まぬうち、龍之介は足を止めた。

　空気の中の匂いに、うっ、と息を止めた。

　いる。

　前方にいる……。海からの風で、森の中にも空気の動きがある。前方から漂って来る微風に、大型獣の体臭が混じっていた。父と共に何度か倒したことがある。羆は、木の実も鮭《さけ》も人間も食べる雑食動物だ。

　龍之介は、感覚に神経を集中する。あの巨体が動く音はしないか。ざわざわという葉ずれの響きに重なり、どこかに水の流れ落ちる音。山頂近い〈猿の温泉〉から下方の沢へ、水の通り道がある。

　いた。

　一〇メートル先――樹木の下の闇よりも濃い、黒々とした染《し》みのようなものが、もくもく盛り上がりながら横へ移動する。音はほとんど立てない。おちつけ、と龍之介は自分に言い聞かせた。こちらが、やつの風下だ。気配を消せば、気づかれることはない……。だが黒い染みは龍之介の眼前でふいに止まった。

（――――）

グロロロッ

大型獣の呼吸器が、しきりに空気を吸っている。匂いをかいでいる。何か嗅《か》ぎ取ったのか、黒い染《し》みのような巨体は向きを変えると、龍之介の行こうとしていた方向――瑛実の逃げ去った森の奥へ進み始めた。

まずい。

空気の流れに乗って、少女が髪をひるがえす時の、あの甘酸っぱい匂いが漂って来たのだろうか。龍之介には感じ取れなくても、クマには分かるのだろうか。

ぱさっ、ぱさっ、と下生えを蹴る響きが微《かす》かに聞こえて来る。その音を追うように羆は走り出した。後足で木の根を蹴り、巨木の隙間へ跳ねるように跳び込む。

ズンッ

は、疾《はや》い……！

まるで数メートルずつ瞬間移動するかのように、あっという間に遠ざかる。跳ねる度に森の地面がズンッ、ズズンと震え、龍之介の身体は一センチも浮き上がった。何だ、どうしてあんなに軽々と走れるんだ……!?

（く、くそっ）

龍之介は後を追った。

「おいっ」

黒い巨体の背に向けて怒鳴った。

「そっちじゃない、お前の餌はこっ――」

だがその時。

闇の奥で「きゃっ」と小さく悲鳴が上がった。クマが襲いかかったのではない、大型獣はまだ走っている。黒い巨体よりも数十メートル向こうで少女が声を上げたのだ。

何者かに、襲われた……!?

巨大な黒い染みが邪魔で、前方の様子は分からない。小刻みに、少女が何かにあらがうような悲鳴がする。

グロロロッ
羆は突進して行く。興奮しているような呼吸音。

瑛実は『物見の男』に捕まったのか。自分と同じ訓練施設を出ている――そう言った。

龍之介は走ったが、羆にまったく追いつけない。離される。もう森の中のどこにいるのかも分からない――そう思った時ふいに前方でパンッ！　と銃声がした。

パンッ
巨体の来襲に気づいた、その物見の男が銃を撃ったのか。

パンッ

続けて銃声。同時にバスッ、と羆の巨体のどこかに何かが突き刺さった響き。肉を裂くような嫌な音がした。パンッ、パンと連続発射音。バスッ、バススッと銃弾が巨体に突き刺さるが、突進は止まらない。かえって怒らせただけだ。

駄目だ、眉間《みけん》の急所を一撃しなければ――

龍之介がそう思うのと、黒い巨体が何かに跳びかかって押し倒すのは同時だった。

どしんっ

「ぐ――！」

男のものらしい悲鳴は、途中までしか聞こえなかった。グロロワッ、と吠《ほ》える羆の牙《きば》が咬《か》みつくと、男の肩から上を引きちぎって真っ二つにした。ぶしゃあっ、と血が噴出し、そのまま吐き捨てるように羆は引きちぎった首を放り捨てた。月光の下、人間の頭部がくるくる回転して跳んでいく。その下に瑛実がいた。横へ転がるようにして逃げる。白い胸が一瞬光って見えた。

上半身、裸にされている――!?

龍之介が目を剝く暇もない。グロロッ、と羆は唸《うな》ると、引きちぎった男の肉体には目もくれず、地面を転がって逃げる瑛実に向き直った。

ゴフッ

「きゃあっ」

少女は胸を両腕でかばうようにして、地面を仰向けのまま後ずさる。立ち上がれないのか……!?　共産党の特別工作員といっても、羆と闘ったことなんかないのだ。

龍之介は追いつくと、転がされた物見の男らしい死体の手から銃を奪い取った。肩から上を引きちぎられた人体は、まだ生きているかのようにぴくぴく痙攣《けいれん》していた。龍之介は軍用連発銃を黒い巨体の臀《でん》部《ぶ》へ向けると、引き金を引き絞った。

「こっち向け、ばかっ」

パンッ

銃弾はまだあった。しかし反動が軽い。何だこの銃は——

ブシッ

軍用銃の弾丸は至近距離から羆の右臀部へめり込み、血煙を上げた。だがこんな打撃は致命傷でも何でもない、興奮した羆をさらに怒らせるだけだ。

「そうだ、こっち向けっ」

龍之介は叫ぶと、銃を構えた。眉間《みけん》だ——眉間の急所だ。至近距離だ。五メートル以内どころか三メートルだ。外すものか、こいつが振り向いたら撃つんだ。

グロロッ

羆が振り向く。

「今だ、木の上へ逃げろ瑛実っ」
叫びながら、振り向いた巨大な頭部の二つの目の真ん中を狙い、龍之介は引き金を引いた。
カチッ
(えっ)
弾丸切れ……!?
グロロァッ
夜目にも赤い、牙の並んだ顎が開くとゴファッ！　と龍之介の視界一杯に迫った。
しまった、噛み付かれたら食いちぎられる……！　とっさに龍之介は手にした銃を横に構えた。そうする暇しかなかった。ガチィッ、と嫌な響きがして巨獣の顎が軍用銃を咬《か》んだ。木製部品は弾け跳び、鋼鉄の銃身だけになる。
グロワッ
羆はそんな物を噛んだことがないのか、怒りの唸りを上げると頭部を大きく振り、斜め上向きに放り捨てた。
ぶんっ
「うわぁっ」
銃身を両手で握っていた龍之介は、なす術《すべ》もない、そのまま鉄棒競技のように宙へ振り跳ばされた。視界すべてが回転し、巨木の梢《こずえ》を突き抜けるように飛び越すと、ついで身体は落下した。

「──わぁっ」

手で宙を掻《か》いてもどうしようもない、龍之介は後ろ向きに落下した。木々の枝葉に時々ザン、ザンッとぶつかりながら果てしなく落下する。

（──えっ、どうしてこんなに）落下していくんだ……!?　そう思うのと同時に、頭から冷たい水の中へ突き刺さるように跳び込んだ。

ざばんっ
次の瞬間、気を失っていた。

●留萌川　下流

柔らかいものに揉《も》まれて身体が上下する──
そんな感覚に、龍之介は目を覚ました。
途端に
「──げほっ」

思わず呼吸しようとして、水を吸い込んだ。激しくせき込んだ。

み、水の中……!?

（…………）

海の中か!?

目をしばたたく。周りはよく見えない。妙に明るい。

そのとき頭に浮かんだのは『すべては夢だったのか――?』という考えだった。まさか俺は、夢を見ていたのか。飛行機が海面に激突してから――

投げ出されて漂流していたのか。

あの燃える爪浜集落や、洞穴での戦闘、崖上り、罷の襲来……。すべては、気を失って海面を漂う間に見た夢だったのか……?

だが
（……海じゃない）

口に入って来た水は、塩辛くなかった。波もない――龍之介は緩やかな流れに運ばれていた。両腕でしがみついているのは、太い木の枝だ。自分はいつの間にか木の枝にしがみつき、気を失って漂流していた。

（川だ）

川の中か。どこだ、ここは――?

顔を上げ、左右を見回すと、ようやく目が焦点を結ぶ。薄曇りの空の下だ。もう夜ではない。左右どちらの岸へも五〇メートルくらいか。幅広い川の真ん中の水面に、龍之介はいた。

俺は、あの森の中で羆に振り跳ばされて……。

そうか。

沢へ落下したのか。

龍之介の棲む山からは、涌《わ》き水を集め、渓流《けいりゅう》が谷を下って大きな川へ注ぐという。父から聞かされた地理を頭に呼び起こしてみる。

気を失っている間、渓流から川へ運ばれたのだとすると——

（——留萌《るもい》の辺りか……？）

手足を動かしてみる。

少ししびれるが、動く。あちこち痛むけれど、出血を伴う外傷はない（あればとうに血を失って死んでいる）。

瑛実は。

少女は、どうなったのだろう。羆から逃れることは出来たのだろうか。ここで今考えても、どうしようもないことだが……。

（とにかく、岸へ上がろう）

●留萌　町中

「おや、どうなすったね？」

　そこが留萌の街だということは、すぐ分かった（何度か来たことがあった）。龍之介は街道沿いに並ぶ商店街の外れまで来ると、おそるおそる、一軒の洋品店を訪ねた。学生服アリマス、と看板に記されていたので、自分が着られる服も手に入るだろう、と思ったのだ。

　川から岸へ上がるとずぶ濡《ぬ》れだった。今度は、燃え盛る炎が身体を乾かしてくれたりはしない。格闘したせいなのか、服はあちこちが裂けていた。汽車に乗る前に、新しい服を求めなくてはならない——そう思った。

　朝だった。開店したばかりのような店先で、中年の女が応対に出た。

「あんた、ずぶ濡れじゃあないか」

「いや、あの」

　怪しまれたくはない、と思った。

　頭の隅から言葉を拾うようにして、釈明した。

「猟で、父とはぐれて――川におちたんです」

言葉をばらばらにすれば、一つ一つは嘘ではない。

鏡龍之介という名と、苫前《とままえ》の高等小学校の生徒であることも正直に告げた。

服が欲しい、と頼んだ。

金は持っている。昨夜、離陸のどさくさに父・銀史郎が渡してくれた胴巻きがある。まだ中を見てはいないが――普段着用の服くらい、買えるだろう……。

「そうかい、そうかい。それは大変だったね」

店主だろうか、中年の女は龍之介の顔をしげしげ見ると、うなずいた。この辺りの商店は兼業農家が多い。旦那は朝から野良仕事に出て、女房が店を切り盛りする。

「だけどね、あんたに売る服はないよ」

「えっ」

龍之介は、父の言葉に従って、汽車に乗るつもりでいた。

腰にしっかり結びつけた胴巻きの中に、死んだはずの母親の住所があるという。

岸に上がった後、龍之介は木陰に身をおちつけて腰から取り外し、胴巻きの中を見ようとしたが出来なかった。布は水気を吸うと、結び目が固くなる。物入れの部分を開く紐《ひも》が、どうしても解《ほど》けない。

仕方がない、乾くまでの間、先に服を求めよう――そう思った。

母さんが生きている……。

信じられなかった。

顔も知らない。写真もない。

でも、父に渡された住所を訪ねれば、会えるのだ。銀史郎は『汽車に乗れ』と言った。

そこは汽車に乗って行くような場所なのだ。

俺には、もう行く場所は、そこしかない――

唇を嘗《な》めた。

小屋は爆発して、燃えてしまった。

幼い頃からの住み処《か》だった山の周辺には、まだ共産党の戦闘員たちがいるだろう。家にはもう戻れない。

留萌には鉄道が来ている。この街へ流れ着いたのは好都合だ。商店街の向こうに国鉄の駅も見えていた。

しかし服を求めに立ち寄った洋品店の女店主は「売る服はない」と言う。

「売る服なんかないよ、あんたに」

女店主は繰り返した。

「あんた、見れば猟師の子じゃないか。高等小に通いながら親について猟もしている？ そんな感心な子から、お金なんか取れるかね」

「え」

「うちの息子の学生服があるから、ただであげるよ。着古しでよければ下着も揃《そろ》えてあげるから、持っておいき」

「い、いいんですか」

「息子は去年、兵隊に出たんだ。支那《しな》へ行っているよ。学生服はもう着ないからね。でも雑巾《ぞうきん》にするのも惜しくてね。取ってあったんだ」

女店主は、もう一度龍之介の顔を確かめるように見ると「そうだ、風呂があるよ」と言った。

「ずぶ濡れじゃないか。昨夜の残り湯だけどね、ぬるいけど、身体を洗っておいき」

「いいんですか」

ざぶんっ

湯舟につかると、昨夜の残り湯だというが、冷たい海水や泥くさい川の水とは比べ物にならない。遥かに気持ちいい。

ふうっ、と龍之介は思わず息をついた。

助かった――

「服はここに用意しておくから、上がったら着るんだよ」

女主人が、脱衣場から告げた。

「それから、お腹はすいていないかい」

「――えっ」

考えてみると。

昨夜から、龍之介は何も食べていない。

「図星だね。茶漬けを用意してあげるから、上がったらそこで待っておいで」

「す、すみません。おかみさん」

龍之介は、湯の中で頭を下げた。ほっとすると、急に空腹になってきた。

親切な人だ、と龍之介は思った。

（この際、遠慮はよそう。服も食べ物も必要だ。後で、お礼を少し置いて行こう）

世話になることにした。

ちゃんとした風呂は久しぶりだった。風呂場にある石けんを借りて、身体も洗った。

脱衣場へ上がると、板の間に一着の学生服が、きちんと畳まれて置かれていた。下着類とシャツもある。古着だが清潔に洗われていた。

ありがたい。

しかし脱衣場に脱いだ自分の服は、もうなかった。

胴巻きはどこだ……？　と目で捜した。

「まずいな」

土間に脱いだ靴もなかった。

俺の裂けた猟師服は、一目で使い物にならないようなぼろだったから、おかみさんが片づけてしまったのか……？　でも胴巻きまで捨てられてしまうと――

あわてて、周囲を見回す。

「おかみさん」

呼んでみるが、女店主の返事はない。

参ったな。

どこかに、置かれていないか。よく見回すと
（――あった）

脱衣場の窓の外だ。

住居兼用の洋品店の裏庭に、物干しざおが渡してある。

そこに龍之介の編み上げの革靴と、汚れて灰色になった胴巻きが掛けられていた。

「そうか」

干してくれていたのか。

胴巻きは、貴重品を入れて持ち歩くものだ。さすがに捨てられはしなかった。

龍之介は、急に母親の住所が見たくなった。

(母さん、か)

どういう事情で、亡くなったことにされていたのか——細かいことは後で訊けばいい、母さんがどこかで生きている。これから会いに行けるんだ。

父が、もういない——もうこの世にない。その事実を意識の隅に押しやるように、龍之介は手早く学生服を身につけ、裸足で風呂場の開き戸から裏庭へ出た。靴は生乾きだったが、はけた。

胴巻きを竿から外し取り、地面に膝《ひざ》をつくようにして広げる。

(解けた……!)

指で急いで開くと、油紙に包まれて一円札が十枚ばかりと、手紙が入っていた。

手紙は濡れていて開きにくい。もどかしい。

はがすようにして開くと、父親の字だった。

(——龍之介、これをお前が読んでいるということは)

文面は、目に飛び込んで来た。

『龍之介
お前がこれを読んでいるということは、おそらく私はもうこの世にいないだろう
お前には済まないことをした
しかし日本は今、危機の瀬戸際にある。私は日本の未来を造るために戦わなくてはならない。お前の父はそのために散ったのだと思いなさい
今から母さんに会いに行け。母さんは私よりも立派な人だ。人生の続きを、母さんと共に生きて行きなさい。住所は東京市――』
「あれ……？」
龍之介は、目を見開いた。
手紙の下半分が濡れていて、インクがにじんでいる。
「……東京市、どこだ」
読めない。
父さん、読めないよ。
龍之介は濡れた手紙を、薄曇りの空にかざしてみるが。
（――くそっ、これじゃ）
その時
気をつけろ。

また龍之介の中で〈勘〉のようなものが告げた。

同時に、表の通りの方からカチャカチャ、カチャッという金属の当たる響き。

（何だろう）

耳を澄ませると。

聴覚が人の声を捉えた。表通りを、息を切らすように人が走って来る。「こっち、こっちです」「本当に手配写真の少年なのだなっ」

何だ。

片方の声は、おかみさん――

茶漬けを用意してくれる、と言っていなかったか。

だが

「びっくりするじゃないですか、手配書を店先に張ろうとしたら本人が来たんですよ」

おかみさんの声だ。

龍之介は、手紙を金と一緒に学生服の内ポケットへしまうと、立ち上がった。

建物の反対側――店の表でせわしなく交わされる会話。龍之介の耳は、微かな音や気配も聞き分ける。

「どこにいる」

「今、風呂に入れています」

「風呂？　なぜそんなことをする」

「だってねぇ、そんなに悪い子には見えないんですよ」

「馬鹿者、凶悪犯だぞっ。襲われたらどうするつもりだったのだ」

いったい、何の会話だ――

おかみさんと、話している男の声は何だ……？

息をついているのは、話している男の他にも二人――

龍之介が眉《まゆ》をひそめる暇もなく。

「おい風呂場だっ、裏に回れ」

「はっ」

「お前は店の表からだ、挟《はさ》み撃ちにするぞっ」

「はっ」

気をつけろ。

〈勘〉は告げるが。

（何が起きているんだ？）

いぶかる暇もなく、だだだっ、と土を蹴る響きがして人影が裏庭へ廻《まわ》りこんで来た。

「……!?」

龍之介は目を見開く。

建物を廻って駆け込んで来たのは、金モールの制服が二人。カチャカチャ鳴っていたのはそれらの腰のサーベルだった。

巡査……!?

「いたぞっ」

「鏡龍之介だなっ」

先頭に立つ中年の巡査が、怒鳴りつけて来た。

「動くな、逮捕するっ」

「……えっ」

「動くなっ」

若い巡査も怒鳴り、腰からサーベルを引き抜いた。

ぎらっ
サーベル……!

脳裏に、昨夜の洞穴の出口で頭のすぐ上をかすめた、長剣の刃の音が蘇《よみがえ》った。

「鏡龍之介っ、重大殺人容疑で逮捕するっ!」

「えっ？」

わけが――

「あんた」

女店主が中年巡査の後ろに現われると、龍之介に呼びかけた。

「あんた共産党に入っちまったのは、何かの気の迷いなんだろう？　悪いことは言わないよ、神妙にお縄を頂戴《ちょうだい》して、更生するんだよ」

「動くなっ」

若い巡査が、間合い二メートルでサーベルの切っ先を龍之介の顔へ向ける。

髭を生やした中年巡査が、腰から手錠《てじょう》を取ると、近づいて来る。

「手を出せ。お前はもう、逃げられん」

「お、俺が」

龍之介はようやく、口に出した。

「俺が何をしたって――」

「しらばっくれるなっ」

ずんずんと近づいて来る中年巡査の風貌《ふうぼう》が、あの山田巡査と重なった。

「警官を十人も殺した極悪人め」

「えぇっ!?」

3

●留萌　町中

冗談じゃない。

俺が、警官を十人も殺した……!?

そんなことはしてない。何かの間違いだ、どうしてそんな嫌疑が掛けられているんだ。

どうして警察が俺の名前を——

「お、俺は」

龍之介は反射的に言い返す。

「俺は何もやってません」

「小僧っ」

中年警察官が右腕を摑もうとした。だがその手は空を摑んだ。

とっさに龍之介は身をかがめ、庭の土を蹴って横向きに跳んだ。

「あっ、こら待て！」

警官の怒声を背に、龍之介は一回転すると立ち、目の前の開き戸へ跳び込んだ。風呂場の脱衣場から洋品店の店内へ抜けた。そこにはサーベルを手にしたもう一人の警官が待ち受けていた。

「おい止ま――うっ」

狭い店内で、長剣は振り回せない。龍之介に低く体当たりされ、警官は後ろ向きに吹っ飛んだ。ガラスの嵌《は》まった店の扉を突き破った。

「ぐわっ」

がしゃんっ

（おかみさん、すみませんっ……！）

心の中でわびると、仰向けに倒した警官を踏み越え、龍之介は表の通りへ跳び出す。

駅のある右手の方向へ走ろうとすると

ピイーッ

笛の音がした。

「あそこだ」

「惨殺犯人がいたぞっ」

さらに数人の警官が、駅方向からサーベルを抜いて走って来る。

まずい。

龍之介は土を蹴って通りを渡り、反対側の路地へ駆けこみ、逃げた。

(いったい、どういうことだ……!? 俺が、凶悪犯人にされている? どうしてだっ)

わけは分からないがピィーッ、ピーッと笛の音が追いかけて来る。

走るしか、ない。

警官を十人も殺した……!? 俺が、いつ、どこで。

「……!」

――『警官隊を全滅』

ふと、走る龍之介の頭を、声がかすめた。

――『せっかく、俺が警官隊を全滅させてやったのに』

山田巡査の声。

「はっ」

だが考えている暇はない、路地が尽きて、もう一本の通りへ出た。留萌は大きな街だ。

その大通りには自動車も走っていた。ピィーッ、と警官の笛が背後から追って来る。龍之介は角を左へ折れて走った。だが前方からも、ピーッと笛の音。

何だ、この町じゅうの警察官が、俺を捕らえるために動き出したのか……!?

わけが分からない。

「くそっ」

目の前に、何だろう、まっすぐな木が立っている。

(これは――電信柱かっ)

留萌には電力が来ている。山奥のダムの水力発電所で電気が作られ、市街地には電信柱というものが等間隔に立って、電力を各戸へ供給するほか、電報局が電報を送る線も架《か》けられるという。

電柱のてっぺんと、並ぶ商店の軒先の間隔を目で測った龍之介は、とっさに木製の柱に飛びついて登った。作業用のものか、把手《とって》が等間隔でついていたから登るのは造作もない。猿のように駆け登り、頂上から隣接する商店の二階の看板へ飛びつくのと、追手の警官たちが路地を出て姿を現わすのは同時だった。

「――はぁ、はぁ」

二階建ての米屋の看板の裏に、半ば身を隠すことが出来たが。

駄目だ、完全には隠れられない。

「どこへ行った」

「どっち へ逃げたっ」

「商店の中も全部捜せ」

息せききって駆け集まった警官は、七、八人。

周囲を見回し、龍之介の行方を捜す。

(くそ――真上を見られたら)

このまま屋根の上に上がり、屋根伝いに逃げるか。しかし――

上がるところを見つかったら、逃げ切れない。

唇を噛んだ時。

ポォオオ――

二階の高さの空気を伝わり、遠くから響いて来る音があった。

(汽笛か)

龍之介は目を上げた。

通りを右手に、ずっと行ってつき当たるところ。五〇〇メートルくらい向こうに国鉄の駅が見える。石造りのビルディングがいくつか立っている。さらに右手の方を見やると、建物と立ち木に隠れているが、一筋の茶色い煙が一定のリズムで吐き出されるようにして近づいて来る。

汽車だ。

北の方から来る。あれは、小樽《おたる》や札幌《さっぽろ》の方へ向かう汽車だ。

汽車……。

――『住所は』

（――――）

父の手紙の文面が、脳裏をかすめる。


――『住所は東京市――』


（くそっ）

北海道の北端・稚内《わっかない》から来て、留萌を経由し小樽・札幌方面へ向かう列車は一日に数本と聞いている。

札幌からはさらに函館《はこだて》まで線路が伸びていて、函館から青函《せいかん》連絡船という船に乗ると、本州まで行ける。

ポォオオオ

見えた。

建物に見え隠れしながら、黒い煙を吐く蒸気機関車が長い車列を引いて近づいてくる。曳《ひ》いているのは客車だ。

（――あの列車に、乗れれば……）

その時、砂利《じゃり》をタイヤが踏むピシピシという響きがして、大通りを左手から大型の自動車が近づいて来た。

（……！）

茶色い車体。角ばった幌《ほろ》――トラックというやつだ。砂利の敷かれた通りは完全に平坦ではないので、左右に車体を揺すりながら近づいて来る。

ぐぉおおっ

「くっ」

龍之介はとっさに瓦《かわら》を蹴り、跳躍《ちょうやく》した。動く幌の上へ跳び移るのと、中年警察官が真上を振り仰ぐのは同時だった。

どさっ

布製の幌の屋根に、腹ばいでしがみついた。見つかったか――!?　しがみついた姿勢から振り向くと、中年警官は不快そうに、顔の前の土ぼこりを手で払うようにしている。

「――はぁ、はぁ」

肩で息をした。前方を見やると、トラックは通りを駅へ近づいて行く。駅舎の向こうのホームに、黒い蒸気機関車がゆっくりしたスピードで入って来る。

駅だ。

駅へ行ってくれ……！

龍之介の願いに応えるかのように、トラックは駅舎を目指して進んだが、駅前広場に入ったところで大きく車体を揺すって左へ曲がった。

「う、うわ」

振り落とされぬようしがみつくと、トラックは駅舎の前を通過し、隣り合った荷下ろし場のようなところへ横づけして止まった。

「荷を下ろせ」

運転台から男が降りて号令すると、作業員だろうか、待ち受けていた男たちが幌の下の荷台のゲートを開いて茶色い袋を降ろし始めた。結び目が少し開いている。中身はジャガイモだと分かる。

龍之介は荷下ろし作業の行われる反対側の左手から、音を立てぬように飛び降りた。

稚内から来た列車はプシュウッ、と蒸気を上げ、ホームに停止した。停車時間がどのくらいあるのかわからない。龍之介は走った。

柵を乗り越えて、飛び乗るか。

いや。

見ると駅員が一人、ホームに出て列車の前後を指さし確認している。安全確保の見張りだろうが、もし無賃乗車を見とがめられたら、かえって警官を呼ばれてしまう——

走りながら見回すと、駅周辺に巡査の姿はない。おそらくまだ中心街で、見失った俺の姿を捜しているんだ……。

龍之介には、切符売り場と改札口の場所は見当がついた。

十歳の時、初めて自分の猟銃を持つことになり、小樽の銃砲店まで父が連れて行ってくれた。

あの時は嬉しかった。

汽車に乗るのも初めてだったのだ。

列車は、一本逃すと次まで何時間も待たなければならないから、切符を買う時間がない時には駅員に申し出て、車内で車掌から買うことも出来る。

父がそのとき教えてくれた。

（あった）

龍之介は、駅員の立つ改札口を見つけて、走った。

あの時も、あの改札口から汽車に乗ったんだ……。

父さん。

龍之介は唇を噛んだ。

（いったい父さんの仕事は、何だったんだ。父さんは帝国海軍の戦闘機操縦士だったのか……!?　ならばどうして、山奥で俺と二人で猟師なんかやっていたんだ……？）

●留萌駅

考える暇もなく、駅舎の軒をくぐった。

「札幌行き、改札、改札」

切符切りの鋏《はさみ》を手にした駅員が、もう乗る者はいないか、というように周囲に呼び掛けている。

ポォオオッ
ホームの中で汽笛。発車が迫っているのか。

「待って下さい」

龍之介は駆け寄ると、息を切らせて頼んだ。

「切符を、買う暇がないので。車内で買ってもよいですかっ」

「あぁ、構わぬが――」

駅員は、全力で走って来た様子の龍之介に驚いたのか。顔をしげしげと見たが、鋏《はさみ》を振って『行け』と促《うなが》した。

「どうもっ」

だが次の瞬間。

改札口の壁に張られた真新しい大きな張り紙に、龍之介は目を奪われた。

一瞬、脚が止まった。

(俺の、写真……!?)

見ると、まるで新聞のようだ。写真が中央に印刷され、大きな見出しが躍《おど》っている。

『手配書　爪浜惨殺事件犯人　鏡龍之介　十四歳』『警察官十人を殺す　凶悪なる共産党工作員　この顔にピンと来たら通報せよ』な、何だこれは……!?

その写真は。

瑛実が持っていた——あの写真だ。俺の顔の部分だけ、大きく引き伸ばして——

目を奪われた龍之介が、ハッと我に返ると。

改札口の駅員も、同時に張り紙に見入っていて、龍之介の顔と見比べた。

「お」

「い、いや」違う、と言いかけても遅い。

「おいっ、巡査を呼べっ!」

駅員が怒鳴った。

「指名手配の凶悪犯の少年だ、巡査を呼べ、いやみんなで捕まえろっ」

「くっ」

龍之介は改札口を飛び越え突破すると、ホームの茶色い客車へ走った。

背中からピリリリッ、と駅員の吹く笛。

「おい捕まえろっ、指名手配の犯人だ」

するとホームに面した詰め所からばらばらっ、と数人の駅員が駆け出てきた。

五人。行く手を阻《はば》むように来る。驚いた顔や、中には面白そうに笑っている者もいる。

人数を頼んで、龍之介の前方に展開する。

違うんだ。

(俺は、違う)

ポォオオッ
龍之介は走る向きを変える。最短コースで客車の乗り口へ向かえない。

「逃げたぞ」

「追え」

「追えっ」

先頭で機関車が汽笛を鳴らす。がちん、かちんっと客車の連結器が互いに当たる響きがして、列車が動き始める。

「くっ」

ホームの端を蹴って跳躍し、最高尾の客車の連結部のデッキに飛び付いた。手すりを掴んだ——と思った瞬間

ばきっ

(……えっ⁉)

錆《さ》びていたのか、細い鉄製の手すりが折れた。龍之介はそのまま、野球のヘッドスライディングのように線路の上へ前向きに落下した。

どざざっ

痛っ——！　とうめく暇もない。

駅員の笛と「捕まえろ」という怒声に呼応して、荷下ろし場でジャガイモの袋を運んでいた作業員たち十数人も、わらわらと前方から線路に下りてきた。

「そいつを捕まえろ」

「凶悪犯だぞ」

「気をつけろ、下りの列車も来るぞ」

龍之介は顔をしかめ、ようやく立ち上がるが、前方から十数人の作業員、背後からは十人ばかりの駅員。そのさらに後ろから、警官のものらしい、聞き覚えあるピーッ、という別の笛の音。

（くそっ、どうする……!?）

左手は、線路を囲う柵だ。右手の反対側ホームの線路には、出て行った列車と入れ違いに、下り方面の列車が轟音《ごうおん》を上げて進入して来た。

ボォオオオッ！

大勢の人間が線路に下りているのに驚いたのか。大きく汽笛を鳴らし、下り線のホームへ進入して来た。小樽の方からやって来た列車だ。

すぐそばに列車が進入する轟音の中、駅員の一人が「動くな」と叫んだ。

「動くな、ひかれるぞ。もう巡査が来る、お前は逃げられない」

「────」

龍之介は周囲を見回す。

前後から、作業員たちと駅員が人垣を作るようにして迫って来た。

このままでは、捕まる……。龍之介は肩で息をした。〈爪浜惨殺事件〉とか言ったか。

どうやったのか知らないが、昨夜爪浜で警官隊を全滅させた凶行が、俺のせいにされようとしている────!?

逃げろ。

（――くっ）

龍之介はとっさに、右横、停車しようとする下り列車の乗降デッキへ飛び付いた。まだ人間が走る以上の速さ。腕がちぎれそうになったが、しがみついてよじ登った。「あっ」「待て」と叫ぶ声を背中に、デッキに身をねじ込む。

「……!?」

立ち上がると、内部は満員だった。

それも、龍之介と同じような学生服の少年たちで車内は埋めつくされていた。

ぎぎぎっ

機関車が驚いたように急ブレーキをかけ、減速のGがかかってぎゅう詰めに立っていた少年たちがよろめいた。

「うわ、何だよ」

「乱暴な止まり方だなっ」

がこんっ

客車が停止した。

反対側の乗降口から、学生服の少年たちが一斉に降り始めた。

龍之介はそのまま乗っていようとしたが、隣の車両に線路側から駅員たちが乗り込んで来るのが見えた。その後ろに、金モールの制服の巡査が数人続く。通報を受け、町中から駆けつけて来たのか。

やばい、乗っていたら見つかる……。

車内がみるみる空《す》いていく。

龍之介はやむを得ず、学生服の群れの中に紛れ、反対側のホームへ降りた。

「留萌、留萌」

こちらにも駅員がいる。

だが人波は、同じような背格好の少年たちだ。

(目立たぬように、歩調を合わせるんだ……)

これほどの人数の学生服の群れが、なぜ今の時刻、留萌で列車を降りるのか（小樽方面からやって来た列車だ）……？　龍之介には分からない。分からないが、数百人とも見える学生――それも似たような年齢の学生たちが、どっと降りて行く。隠れるには好都合だった。龍之介はたちまち人波に紛れた。

「駅員の員数が足らぬから、切符は箱に入れて行くように」

下りホームには、駅員が一人しかいないようだ。

そうか、俺を捕まえるため、手のあいた駅員は駆け出して行ったから、改札口で降りる者から切符を確かめ回収する手が足りないのか。

学生は大勢いたので、出口でいちいち切符を確かめて回収していたら、たちまち長蛇の列になっただろう。

龍之介は群れに混じって、駅員のいない改札口を抜けた。

「おい、車内にいないぞっ」

「受験生に混じって降りたぞ、捜して捕まえろ」

駅員と巡査たちの叫びが背後に聞こえた頃には、龍之介は反対側から駅を出ていた。

留萌には中学があると聞いていたが——

素早く見回すと、周囲の少年たちが襟《えり》につけている校章はまちまちだ。中学校の生徒が多いようだが、高等小学校の生徒もいる。

学生服の群れは、駅を中心街とは反対方向へ出ると、列をなして進んで行く。どこかへ向かっているのだろうか。

龍之介は、適当なところで列を外れて逃げよう、と思ったが。

「捜せ」

「捜せっ」

数人の巡査が、学生一人一人の顔をあらためるようにしながら、追いついて来る。

　まずい。今、列を外れて走ったりしたら——

（かえって、見つかってしまう……このまま列に紛れて行くしかない）

だが一〇〇メートルと行かないうちに、列は止まった。

いつの間にか、道の左手が高い石積みの塀になっている。ずっと向こうに、門のようなものが見える。学生服の群れは、そこへ入るために順番待ちの行列を作ったのだ。

　ここは、何だろう。

「受験票を確認する。一人一人、手に持つように」

声がした。

すると、龍之介の周囲の少年たちが、肩からかけた鞄や上着の中から一斉に白い細長い紙を取り出した。

　何だ……？

　少し身体をずらして見やると。

声の主は、紺色の詰め襟に制帽。

　警官……!?

（いや、違う）

　警官ではない。ボタンのない詰め襟服には、巡査のような仰々しい装飾はない。腰に短剣を吊し、白い手袋をしている。

よく見ると、その両横には小銃を肩にした兵士が、直立不動で立っている。

（……ここは）

●留萌　陸軍駐屯地

まさか。

ハッとする龍之介の背中に、後方から「顔を見せろ」と別の声が近づく。

「おいこら、顔を見せろ」

「お前、顔を見せろっ」

「こっち向け」

数人の巡査が、門を先頭に長蛇の列を作っている少年たちを、一人一人確かめながら近づいて来る。龍之介が列に紛れていると踏んで、顔をあらためているのだ。

まずい。

前方では、軍の士官らしい人影が、行列する少年たちの手にした細長い紙をあらため、確認してから門の中へ通している。

（受験票……って、言ったか？）

知っている。入学試験などを受けるときに、受験生が本人であることを示すために携行する。試験場の入場券だ。

あの紙を持っていないと、門から中へは入れてもらえないのか。

「顔を見せろ、こらっ」

後方からは、巡査の声が近づく。

まずい。

やはり走って、逃げるしかないか——!?

（くっ）

駆け出そうとした時。

ふいに龍之介の右肩をかすめるように、大柄な影が大股で列の横を行くと、数メートル前方で割り込んだ。

「悪いな」

野太い声。

「お前、何だよ」

「うるせえなっ」

割り込み……？

割り込まれた学生が文句を言う。

大柄な学生服は、とがめる声に怒鳴り返す。

「うるせえ、こんな列の端っこになんか、並んでいられるかよっ」

この声は——

身体をずらして見ると。

(勝部《かつべ》……!?)

龍之介は、目を見開いた。


大柄な学生服は、あの勝部だ。同じ苫前《とままえ》高等小の二年二組だ。

言い争う制服は、どこかの中学の生徒か。

高等小学校も中学校も、生徒は似た学生服だ。小学校を終えてから入学する点も同じ。

ただし高等小は二年制、中学は五年制で、中学生は二年を終えると師範学校へ進む資格が出来、卒業すれば高等学校を経て大学へも進める。

「どけって言ってんだよ」

「こいつ、マナーを知らないのか。ちゃんと列に並べ」

勝部は、今の列車ではなく、苫前から徒歩で来たのだろう。いったい、この長い列をつくる学生たちは、どんな試験を受けるというのだ……?

見ていると勝部も、学生服の懐から白い細長い紙を摑み出す。

「俺だって受験生だぞ、てめえ英語なんか使うんじゃねえ、中学だからって偉そうにするんじゃねえっ」

勝部はもう片方の手で、中学生の胸ぐらを摑もうとする。

まずい、騒ぎを起こされたら――

ここへ巡査が飛んで来る。

（くそ）

龍之介は列から跳び出すと、数歩跳躍するようにして、中学生に殴りかかろうとする勝部に横から取り付いた。同時にその巨体のみぞおちへ拳《こぶし》を打ち込んだ。

「ぐ」

一撃で、悶絶《もんぜつ》した。

（しまった、強すぎたか……？）

泡を吹く勝部の巨体が倒れそうになったので、横から抱えるようにして支えた。

「おい、何をやっているか」

門のそばに立っていた陸軍の兵士が、騒ぎに気づいたか早足でやって来た。

「す、すみません」

龍之介は勝部を横から支えながら
「同じ学校の者ですが――どうも気分が悪いようです」

とっさにごまかした。

「仕方ないな」

戦闘服の兵士は、困った表情で泡を吹く勝部を見た。

「これでは、試験を受けるのは無理だろうが。道に捨て置くわけにもいかん。駐屯地《ちゅうとんち》の救護室へ運ばせよう」

駐屯地……。

龍之介は、思わず高い石積みの塀を見た。

やはり、ここは。

(ここは俺が昨夜、戦闘機を着陸させようとした——)

留萌には、海に向けて広い練兵場を持つ陸軍駐屯地がある。

「おい、運べ」

兵士が呼ぶと、門のそばの待機所から二名の若い兵士が駆けて来た。大柄な勝部を、龍之介の肩から二人がかりで引き取った。

だらりとした勝部の腕から、白い細長い紙がこぼれる。

(……！)

とっさに、龍之介はそれが地面におちる前に掴み取った。

すぐに列は進んで、石造りの門の前へ来た。紺色の軍服の士官が「受験票を」と龍之介に促した。

この人は、海軍の士官か。陸軍の士官なら緑色の軍服で、足元は長靴と聞いている。

「どうした、受験票だ」

「は、はい」

龍之介は思わず、手にした紙を差し出す。

「勝部勇《いさむ》だな」海軍の士官はうなずいた。「よろしい、試験会場は受験番号順だ。張り紙を見て、着席するように」

「――――」

「どうした」

「え、あ、はい」

龍之介が一瞬、絶句したのは。

門の柱にかけられた白い看板が目に入ったからだ。〈陸軍留萌駐屯地〉という銅製の表札の横に、白い立て看板に大きく墨書されている。

〈帝国海軍　飛行予科練習生採用試験会場〉

ここは――

だが足を止めるわけには行かなかった。

龍之介が門の中へ足を踏み入れるのと、「顔を見せろ」「こら顔を見せろ」と巡査たちが列に沿って追いつくのは同時だった。

「何だ、お前たちは」

龍之介のすぐ後ろで、海軍士官が警官に誰何《すいか》した。

「いや。この中に、学生に紛れて指名手配犯が入り込んだ可能性がある」巡査の一人が、命令口調で言った。「そこをどけ、これより中を捜査するぞ」

だが
「馬鹿者っ」

士官は怒鳴りつけた。

「ここは軍の施設だ。お前たち警察が、許可もなく立ち入ることは出来ん」

「だが、凶悪犯がここへ入り込んだに違いないのだ」

「何を言うか。怪しい者など入れていない。ここで一人一人の受験票を確認している」

「しかし」

「帰れ、帰れ」

海軍士官は、犬でも追い払うような仕草をした。

4

●留萌　陸軍駐屯地　予科練採用試験会場

龍之介が後で知ったことだが。軍と警察は、互いに親戚のように見えて、実は仲が悪いのだった。

「やむを得んっ」

巡査が怒鳴っている。

「門の前を遠巻きに見張れ。今日一日、出て来る者を全員調べるのだ」

「はっ」

「はっ」

龍之介はそれらの声を背に、早足で門の中へ進んだ。

駐屯地の前庭の受験生の人波に紛《まぎ》れた。

(どうにか、逃れたか)

しかし巡査たちは、俺が試験会場から出て来るところを待ち構えるつもりか。しつこい

「試験会場の教室は、受験票の番号順だ」
門の先には、レンガ造りの大きな建物があった。三階建てだ。
まるで立派な学校のようだった。
ここは、陸軍が兵士を訓練したり、教育したりする施設だろうか。
だが建物の入口で受験生たちに指示をしているのは、若い海軍の下士官のようだった。
紺色の短い胴着に、金色のボタンが縦に七つ。制帽は白、手袋も白い。
「張り紙を参照して、各自着席するように」
受験生の中には、その姿を食い入るように見る者もいた。
門の立て看板に〈帝国海軍　飛行予科練習生採用試験〉とあった。陸軍の駐屯地だが、
海軍が試験のために施設を借りているのか。
受験をする学生たちは、続々と建物へ入っていく。
龍之介は『どうしよう』と思った。
(巡査たちが、門の前をずっと見張ると言うし……)
逃げるなら、建物の向こう側にあるはずの練兵場へどうにかして出て、海岸伝いに町を
脱出するか。
そして何とかして、汽車に乗る。東京へ向かうのだ。東京へ出れば、母さんの居所の手

がかりが摑めるかも知れない。

しかし――

あの張り紙。

唇を嚙んだ。

（この留萌でなくても、北海道じゅうの国鉄の駅にあの『手配書』が張られているとしたら……？　俺の顔写真が――）

「どうした」

立ち止まる龍之介に、七つボタンの下士官が声をかけた。

「貴様、ここまで来て、受けるのを躊躇《ちゅうちょ》しているのか？」

「……あ、いえ」

「なぁに飛行機は怖くないぞ、ははは」

七つボタンの下士官は、白い手袋で龍之介の肩をポンと叩いた。

「俺も最初はどきどきしたが。今では九三中練を、教官なしの単独で飛ばしている。昨日は郷土訪問飛行をした。出身の高等小学校の真上で宙返りを三回決めたら、スカッとしたぞ」

「高等小、ですか」

「そうだ」下士官――どうやら操縦士訓練生らしい――は笑った。「高等小からだって、予科練に合格できるんだ。中学のやつらに、負けるんじゃないぞ」

宙返り――

(――――)

その時。

龍之介の身体に一瞬、感覚が蘇った。

風を切る音。父の操縦する三式艦上戦闘機が闇の中を猛烈に回転し、いつの間にかソ連水上偵察機の真後ろを取る――

凄まじいG。

そして――

「…………」

龍之介は周囲を見回した。

人目が多い……。もしも建物の向こうの練兵場へ駆け出して逃げたら、今度は駐屯地の陸軍兵たちに怪しまれて捕まる。

龍之介はとりあえず、受験生の流れにしたがってレンガ造りの建物へ入った。階段を上り、張り紙にしたがって、手にした勝部の受験票の番号が記された教室へ入った。

各自の席も、番号順に指定されていた。

周りを気にしている暇もなく、立方体のような紙の束を抱えた別の士官が入室して来て、教壇に立った。

「諸君、俺は今野《こんの》大尉。この教室を担当する試験官だ。今から問題用紙を配る」

試験問題が前から回されて来た。まだ裏返しだ。

「いいか。『始め』と言われるまで、裏返しておくように。一時限目は数学、二時限目は国語だ。学科が済んだら、この駐屯地の体育館を借りて体位測定、身体検査を行う。学科の採点は即時行われるから、身体検査が終了するころには、今回の一次試験の合否が判明するだろう」

仕方がない――

龍之介は、唇をなめた。説明に聞き入る振りをしながら思った。

とりあえず、試験を受ける振りをしよう。

だが
しまった、試験を受ける振りをするのに、鉛筆を持っていないぞ……。

周囲の席では、受験生たちが張り詰めた空気の中、机上に筆入れを出し、鉛筆を用意している。

隣を見ると、二人がけの机で鉛筆を用意しているのは、どこかの高等小の生徒だ。

「おい」

やむを得ず龍之介は、生徒に頼んだ。

「おい、鉛筆一本貸してくれ」

「冗談だろ、自分で何とかしろよ馬鹿――」

生徒は『何を言っている』という反応だったが。龍之介が机上に置いている受験票の名に目が行くと、急に声音が変わった。

「し、失礼しました、苫前高等小の勝部さんって、あんたでしたか」

「え」

「す、好きに使ってください、どうぞどうぞ」

「…………」

「お願いですから、試験終わってから殴らないで」

一瞬、呆気《あっけ》に取られると
前方の教壇で、士官が時計を見ながら合図した。

「始め」

ばさばさばさっ
一斉に、問題用紙が表に返された。

龍之介もやむを得ず、紙を表に返すと、受験票の『勝部勇』という名を一番上の空欄に書き込んだ。

（仕方ない。受ける振りをしながら、ここから脱出する手を考えよう——）

これは数学か——

問題は、全部で大問が五つあるようだった。

数式と図形が目に飛び込んで来る。

問題を、解くつもりはないんだ。休み時間になったら便所へ行く振りをして、ここから脱出しよう——

脱出経路は……？

周囲の様子を探ると。

（——？）

隣の高等小の生徒が、困り果てた様子で手を止めていた。

何だ……。

中学生と見られる連中も、同様だった。

龍之介は、問題用紙に目をおとした。初めの一問は計算問題だった。しかし二問目からは文章題だ。

きっと、難しいのだろう――

(ん?)

龍之介の目は、一つの問題に留まった。

(――この問題)

どこかで、見たぞ。

龍之介は目をしばたたいた。

何だ。

(俺は――これとそっくりな問題を解いたことがあるぞ……!?)

一瞬、眩暈《めまい》のようなものを覚えた。

見覚えある数学の問題。

そうだ――

毎晩父さんが、俺にやらせた問題集だ。あれに載っていたのとそっくりじゃないか。

「…………」

眠くても、父に厳しく教えられた算術。

学校の教科書とは別に、銀史郎は数冊の問題集を龍之介に解かせ、解法を覚え込むまで繰り返しやらせたのだった。

これ、できるぞ。

手が動いた。

懐かしさが、手伝った。龍之介は思わず鉛筆を取った。

そうだ。最後のこれは、父さんに習った三角関数というやつを使えば、簡単だ……。

気がつくと。

試験官の大尉が「止《や》め」と言った時には、龍之介はすべての問題を最後まで解き終わっていた。

（父さん――）

龍之介は自分の手を見た。

二科目目の国語も、そのままの勢いで受けてしまった。国語は高等小の授業でも得意科目だった。

「よろしい」

教壇で、解答用紙を回収し終えた大尉が言った。

「それでは体育館へ移動して、身体検査を行う」

「視力、2・5」

体育館では、広大な床板のあちこちに様々な計測コーナーがしつらえられ、龍之介を含めた受験生たちは上半身裸になって、順番に検査を受けた。

視力検査のコーナーでは、視力表を指揮棒で指す係員が龍之介の計測結果を告げると、横の机で記録していた白衣の医官が急に立ち上がった。

「おい貴様」

医官は早足で近寄って来ると、片目を隠すヘラを手にした龍之介に詰問した。

「貴様、視力表を丸暗記しているな？」

「えっ」

龍之介は、何を言われたのか分からない。

丸暗記――って……？

あんなの、初めて見るぞ。

五メートルほど前方に、視力表が立っている。縦に並んだ小さな円の、それぞれ一か所が欠けていて、円の欠けている向きを答えるのだ。下へ行くほど円は小さくなる。高等小でも視力の検査は受けたが、学校の視力表では並んでいたのは数字や『あいうえお』ばかりで、これとは違っていた。

だが
「丸暗記していなくて、ここからあれが一番下まで判読出来るわけがない」

「？」

「おい、視力表をひっくり返せ」

医官は、五メートル前方にスタンドで立ててある視力表をひっくり返すように、係員に命じた。

「上下逆にして、もう一度計測する」

龍之介はわけが分からなかった。

あんなの、一番下まで読めて当たり前じゃないか……。


「おい貴様」

次の聴力検査でも、オーディオ・メーターのレシーバーを頭に掛けた龍之介に、突然医官が詰問した。

「貴様、あてずっぽうでボタンを押しているな⁉」

「え？」

聴力測定というものも、龍之介は初めて受けた。両耳に、ぴったりとしたレシーバーを当てて、蚊の泣くような小さな音が聞こえ始めたら手に握ったボタンを押すのだ。

「こんな小さな音が、聞き取れるはずがない。結果が良過ぎる、もう一度やり直せ」

その後も、深視力検査、夜間視力検査、平衡感覚テスト、肺活量、握力、背筋力、反復横跳びと、検査を受ける度に龍之介は「結果が良過ぎる」と言われ、やり直しを命じられた。

何なんだ。こんなの全部、出来て当たり前じゃないか——

首をかしげていると。

「今から、名前を呼ぶ」

龍之介の教室の試験官をしていた士官——今野大尉と言ったか——が書類を張り付けたボードを手にやって来て、体育館の真ん中で声を上げた。

「学科の採点が出た。今から呼ばれた者、ここへ集まるように」

同じように、各教室の試験官なのだろう、数人の二十代の士官がやって来るとボードを見ながら名前を読み上げ始めた。体育館のあちこちで「はい」「はいっ」と大きな返事の声がした。

呼ばれた者は、駆け集まって行く。

龍之介の教室で、一緒に学科試験を受けていた少年たちが、名を呼ばれると嬉々《きき》として「はい」と返事し、体育館の中央に立つ大尉の周囲へ集まる。

ほとんどの者が呼ばれたようだった。

大尉が「以上」と言って、ボードを小脇に挟《はさ》んだ。

龍之介は呼ばれなかった。

検査の中断した体育館の床に、膝を抱えて座り、試験官の大尉の周囲に笑顔で集まっている受験生たちを龍之介は見た。『別にいいや』と思った。

（いいや。俺は受かりたくて、ここにいるんじゃないし――）

息をついた。

検査が終わったら、どうやってここを脱出しよう……。

周囲を見た。

龍之介と同じに、床に取り残されて座っている受験生は、ほかに十数人いた。残念そうにうつむいている者もいる。

だが
「いま名を呼ばれた者たち。君たちは、もう帰ってよい。午前の学科の点数が規定に達しなかった。これ以上検査を受ける必要はないから、服を着て帰宅しなさい」

大尉は集まった者たちを見回して、告げた。

「予科練以外にも、日本のために貢献出来る仕事はたくさんあるぞ。元気を出して、明日からも励むように」

「――」

「――」

体育館の空気が、一瞬で静まり返った。

「呼ばれなかった者は、そのまま検査を続けて受けるように」

朝には駅の構内を埋めつくすほどいた受験生たちは、ほとんどが退出させられ、体育館の中は急に静かになってしまった。

残った十数人――自分を入れて十二人だった――と一緒に、龍之介は残りの検査と医師による問診を受けた。

続く検査は〈適性試験〉と言われた。まず四色のランプが無数に配置されたボードの前に座り、点灯するランプと同じ色のボタンを素早く押す試験。電光管に五桁の数字が無作為に表示され、それを素早く声に出して読む試験。目隠しをして走らされたり、ハツカネズミの運動具のような鉄製の輪の中に両手両足でつかまって転がされたり、最後には五台も縦に繫げた平均台の上を、全力疾走させられた。

「おい、タイムが良過ぎる。貴様、前にやったことがあるのか」

「いえ」龍之介は頭を振る。「初めてです」

「本当かよ」

係員は、首をかしげながら記録を記入する。

龍之介には、逆に、どうしてみんながあんなに平均台からコロコロ簡単におちるのか、不思議でならなかった。

適性試験と問診が終わると、服を着るよう指示され、今野大尉に引率されて全員で駐屯地の建物の応接室のような部屋へ招き入れられた。

廊下に突き出す黒いプレートは〈司令部第二応接室〉。

「身体検査と適性試験の結果も出た。これより本日の一次試験の、合格者を発表する」

大尉は、係員からボードを受け取ると、目をおとした。

龍之介は、残った十一名と共に横一列に並んで、大尉の手元を見た。

今度は、名前を呼ばれた者が合格なのか。ややこしいな――

両横の、中学生らしい受験生が姿勢を正し、身体をこわばらせるのが分かった。同じくらいの歳《とし》だ。中学の二年次修了予定者か、あるいは高等小学校卒業見込みの二年生に受験資格があるらしい。全員が、間もなく十五歳だ。

「合格者。勝部勇」

大尉の声が告げた。

すぐに返事がないので、若い海軍士官は目を上げた。

「ん？　勝部は誰だ」

「――え、あ、はい」

龍之介は、ここでは自分は『勝部勇』という名なのだ、ということに気づくまで三秒もかかってしまった。

「はい、俺です」

「うむ。合格者は右一名。以上だ」

●留萌　陸軍駐屯地　司令部

「よかったな」

左横にいた体格の良い中学生は、応接室を退出する時、龍之介の肩をどやしつけるように叩いた。

「だが、俺だってあきらめないぞ。高等学校へ進んで、海兵を受けるんだ。絶対海軍のパイロットになってやる。いつか空で会おう」

「――あ、あぁ」

目を赤くした中学生を、龍之介は見返した。

合格――って……。

俺一人が、合格……？

「毎年、一次合格者の一人も出ない試験会場は多いのだが」

部屋の中が龍之介だけになると。大尉は腕組みをして、言った。

「今年は、ここから有望な合格者が一名出たようだ。よかった」

「………」

「どうした、嬉しくないのか」

「あ、いえ。驚いています」

龍之介は正直に言った。

嬉しくないことはない。でも、試験が終わったということは――

だが
「いいか聞け。今回は、一次合格者には特別な措置《そち》が取られる」

大尉は続けて言った。

「勝部勇。貴様には、このまますぐ東京へ行ってもらう」

「えっ」

5

●留萌　陸軍駐屯地　司令部

「今年から、諸般の事情で海軍は搭乗員の育成を急ぐこととなった」

大尉は、驚く龍之介に告げた。

「全国の試験会場から、一次合格者はその日のうちに東京へ向かい、翌々日、神奈川県の横須賀《よこすか》航空隊にて〈飛行適性検査〉を受ける。合格したらその場で海軍飛行予科練習生に採用、入隊だ」

「…………」

龍之介は、言われることがよく呑《の》み込めない。

この足で、軍は俺を東京へ連れていく、というのか……!?

（……東京――）

それは、願ってもないが。

横須賀、というところでまた次の試験を受けろというのか。

「ちょうど、特別任務のため来道されている上級士官がおられる」

大尉は「来なさい」と、龍之介を外の廊下へ導いた。

「貴様の話をしたら、横須賀航空隊まで一緒に連れて行かれるそうだ。不案内でも大丈夫だぞ。会わせよう」

連れて行かれたのは、すぐ隣の応接室だ。

〈司令部第一応接室〉とプレートの出た扉を、大尉はノックした。

「無良《むら》少佐、今野です。入ります」


（……!?）

入れ、という低い声に驚く暇もなく。

無良――少佐……？

応接室の向かい合わせの席にいた、白い軍服の海軍士官に、龍之介は対面していた。

この人――

どこか父に似ている。長身で彫りが深く、髭《ひげ》がある。

そして鋭い目。

もちろん初対面ではない。

「――ほう」

無良少佐、と呼ばれた士官は驚いた様子は見せず、ただ龍之介を見てうなずいた。

「貴様が勝部勇か。優秀な成績で一次を通ったらしいな。さすがだ」

「………」

龍之介は、絶句するしかない。

薬商人っていうのは、やはり嘘だったのか……。

応接の席で士官に向き合っていた、緑色の軍服の中年将校が「では少佐」と立ち上がった。

「大陸の話を、いろいろお聞かせ頂き有意義でした。お礼に司令部の車は、どうぞ自由にお使いください」

「これはかたじけない」

無良少佐――父を訪問する時には『薬商人』だった男も、立ち上がるとその陸軍将校に会釈した。

「では札幌まで、我々二人、送って頂きましょう」

●留萌駐屯地　正門前

「頭を低くしていろ」

運転士に操られる黒塗りのシボレーが正門を出る時。

後席に並んで座る無良少佐が、低い声で告げた。

「警官が、まだうようよしている」

「え」

「見つかるとまずい」

「…………」


無良少佐と呼ばれた、薬商人の男――

頻繁《ひんぱん》に小屋を訪れ、父とは内密に談議していたようだった。

仲間だったのだろうか。

（たいして驚く顔もせず、俺のことを皆の前で『勝部勇』と呼んで……。この人はいったい何者なんだ――いや、海軍士官なんだろうけど）

龍之介は、特別任務を終えて東京へ帰るという『無良少佐』に、同道させてもらうことになった。しかも鉄道には乗らなくていい。駐屯地司令部が運転士付きの自動車を出してくれ、札幌まで送ってもらえる。

「もう頭を上げていいぞ。龍之介」

しばらくして、無良の低い声が告げた。

●留萌郊外　国道

「皆のいるところでは、話が出来なかった」

車が広い道路へ出ると。

無良は後部座席で、前を見たまま言った。

「よく切り抜けたな。龍之介」

「…………」

龍之介は、彫りの深い士官の横顔を見上げた。

長身。父と似た背格好だ。年齢も同じ位だろう……。この人に『龍之介』と呼ばれるのは初めてだ。顔はよく合わせたが、親しく話したことはない。

「どうして、あなたがここに」

「決まっている、お前を助けに来た」

「……？」

「驚いたぞ。朝っぱらから警察の電信網で『指名手配凶悪犯の鏡龍之介を留萌駅で発見』とえらい騒ぎだ。『留萌駐屯地に逃げ込んだ模様、すべての門を監視せよ』と道庁警察部が指示を出した。どういうわけだか知らん、だがこのままではお前は捕まる。海上の捜索を部下に任せ、ここへ跳んで来たのだ」

「海上の――」

「お前には、辛《つら》い事実を」

言いかけて、無良少佐は言葉を濁《にご》した。

「いいか龍之介」

「はい？」

「鏡銀史郎は、お前には伏せていたが、わが帝国海軍で五指に入る戦闘機パイロットだ。本当なら航空母艦で一個飛行隊を率いるほどの男が、俺の頼みを聞いて特別任務についてくれていた」

「――」

「お前にはすまないことをした」

無良はふいに、制帽を取ると龍之介の顔を見て、頭を下げた。

「俺が、あいつに仕事を頼んだせいだ、すまぬ」

「――」

この人は。

何を言うのだろう。

見返す龍之介に
「小屋は、襲われたんだな？　爪浜のやつらに」

無良は訊いた。

「上空からの銃撃も受けたか」

「はい」

「あの時。俺が無電を傍受していた山頂の監視拠点も、やつらの戦闘員に襲撃された。応戦しつつ移動しなければならなかった。警官隊突入の情報が漏れていた。敵の飛行艇と、航空支援も呼ばれてしまった」

「…………」

「だが。お前の父の働きで、重要機密はソ連に奪われずに済んだ」

「…………」

「鏡が発進するところまでは見た。俺が戦闘員の襲撃に応戦して移動した後、あらためて敵の無電を傍受すると、さかんに飛行艇を呼んでいた。鏡が撃墜してくれたらしい」

「…………」

「その後、鏡機の行方は分からなくなったのだが。あいつはやってくれたらしい」

「……らしい、ではなくて」

龍之介は口を開いた。

「撃墜したのです」

「？」

「俺も、乗っていました。父と一緒に」

「何だと」

「――父は」

ふと。

その時、龍之介は思い出した。

海中へ沈む三式艦上戦闘機の操縦席。息がまったくできず、もがきながら沈もうとした自分の背中を、摑んでまるで頭上へ押しやるようにしてくれた――あれは
（あれは、父さんの手だった）

もう動かなくなっていたと思っていたのに。

あれは父さんの手だった。

父さんが最後の力を――

「うっ」

「どうした」

「――」

「どうした、龍之介」

●小樽

「そういうことか」

走り続ける車中で、龍之介から前の晩の経緯《いきさつ》を聞き出すと。

彫りの深い三十代の男は唸《うな》った。

「むう——共産党の暗号無電が飛び交ったかと思えば、一夜明けて町中にお前の『手配写真』。そういうことだったか。奴らは、警察の注意をお前に向けさせ、その隙にこの一帯を脱出して拠点をほかへ移すつもりだ」

「………」

「運転士、小樽港へ寄れ」無良は運転席の陸軍下士官に命じた。「港内の海軍連絡部だ。電話をかけねばならん、急いでくれ」

●小樽港　海軍連絡部

金網の向こうに、停泊する駆逐艦が見えている。

小樽は商業港だが、海軍の施設もあった。港に面したレンガ造りの建物だった。

「待たせたな」

正面の車寄せにつけたシボレーの中で龍之介が待っていると、白い軍服の士官は、十分ほどで戻って来た。後部座席のドアを閉めた。

「すべて、連絡はついた。山田巡査は間もなく逮捕され、お前にかけられた嫌疑は晴らされるだろう」

「――そうですか」

「東京へ行くか」

無良は、確認するように龍之介を見た。

「現在海上を捜索している救助隊からも、報告が入っていた。海面を三式艦上戦闘機の機体の一部と見られる破片が、漂流していたそうだ。だが機体本体は見つからない。お前の話の通りならば、残念だが」

「――――」

「銀史郎が殉職《じゅんしょく》した、となれば」無良は息をつく。「辛いが……茜《あかね》さんにも報告しなければいけない」

「？」

「会いに行くか。お前の母さんだ」

（……えっ⁉）

昨夜からの経緯を話したことと、身の安全が確保されたらしいことで龍之介は身体から力が抜け、シートにもたれていたが。

今、何と言われた。

無良のその言葉に、思わず身を起こした。

「……母さん――ですか⁉」

6

●東京市　白金《しろかね》

翌日。

「あれだ」

運転士付きの車が、緩やかなカーブを上ると。台地の上に屋敷が見えて来た。

緑に覆われ、樹木の間に洋館の屋根がある。

後部座席で龍之介と並んだ無良が「門衛詰め所の手前で止めてくれ」と運転席に指示する。

（――？）

何だろう、ここ――

龍之介は、座席の窓から蔦《つた》が絡まる高い柵を見上げた。

柵の向こうに庭園がある。

西洋建築の屋敷が、さらにその奥に見える。「この白金界隈は、諸国の大使館や公館が多い」と無良に聞かされていたが。

まるで、アメリカの映画に出て来るような屋敷じゃないか……。

「ちょっと待っていろ」

龍之介に告げ、無良は後部座席を降りた。

軍服を縞《しま》の背広に着替えた長身が、レンガ造りの門柱の脇の細長い小屋へ近づく。小屋の前に立つのは巡査か――？　警備に当たっているのか。

（いったい何なんだ、ここ）

龍之介は眉をひそめた。

母さんに、もうすぐ会える――そればかりにどきどきして、無良さんの『説明』なんてろくに頭に入らなかったけど……。

母親のところへ連れて行く、と無良に言われたのが昨日。

小樽の港でのことだ。

茜さん——と無良が口にしても、それが自分の母のことだと初めは気づかなかった。

ずっと昔に父から「母さんの名は茜」と教えられたのを、ようやく思い出した。

小樽港からは、陸軍のシボレーで札幌駅へ向かい、国鉄の函館行き列車に乗った。

無良は「生きている見込みがあるなら、お前の父の捜索をもっとしたいのだが」と言った。やむを得ない、俺もすぐに大陸へ戻らねばならない。そう言った。

「大陸……？」

「支那だ」

無良は目で西の方を指した。

「そして満州だ。銀史郎の働きで、ソ連に新型戦闘機の設計図を奪われるのは防いだ。だがコミンテルンは、きっと手を変えて来る。奴らが支援する国民党の空軍力を増強するため、別の手を打ってくるだろう。情報を探らねばならん」

「……？」

龍之介は、言われることがよく分からない。

コミンテルン……？

国民党……って、何だ。

分からない。

首をかしげる龍之介に
「渡航する前に、お前を母親に会わせるが」無良は言った。「それに先だって、いろいろと説明しなければならん」

「……説明、ですか」

「ちょっと複雑だ」無良は唇をなめるようにした。「お前には、どう言ったものか」

函館から青函連絡船に乗って、夜の津軽海峡を渡り、青森からは寝台特急列車だった。一等寝台車が用意されていた。「我々の特務機関で用意した。お前は功労者の息子だ、遠慮するな」無良は、白いシーツの敷かれた寝台に目を丸くする龍之介に告げた。

さらに驚いたのは、寝台車が青森を出るなり、化粧室へ消えた無良が数分で縞の背広姿に変わって現れたことだった。ほとんど間をおかずに、車掌が「昭和通商の無良さまはおいでですか」と一等個室をたずねてきた。

「昭和通商の無良さま。電報です」

「ご苦労」

無良は当然のようにうなずき、細長い紙を受け取ると、扉を閉めて封を切った。

内容を一瞥《いちべつ》し「ふん」とうなずいた。

「——何なのです」

不思議に思って訊くと
「別件だ。お前とは関係ない」

無良は、電報の紙を上着のポケットへ入れながら
「コミンテルンとの見えない戦いは、続いている。ここだけでなく、各地でだ」

「——？」

「俺たちは、その戦いをしている」

「コミンテルン——って」

「世界共産党本部のことだ。すなわち、今はソ連と名を変えたロシア」

共産党——

その言葉を聞くと。龍之介の脳裏にすぐ浮かぶのは、あの少女——瑛実だった。

無事に、羆から逃れただろうか。山から脱出できただろうか……？

ちらと考える龍之介をよそに、無良は続けた。

「龍之介。日本の最大の脅威はロシアだ。さきの日露戦争は危なかった。もしも負けていたら、満州《まんしゅう》から朝鮮半島まですべてロシア領土となり、モスクワから釜山《ブサン》までシベリア鉄道が直通して、軍用列車で大軍勢が押し寄せただろう。そして釜山から対馬《つしま》伝いに大上

陸部隊が来襲し、〈元寇《げんこう》〉がもう一度起きただろう」

「……〈元寇〉？」

「そうだ。そしてロシアの大上陸部隊は、台風くらいでは全滅してくれん。今頃、この日本は占領されていた」

「…………」

「日露戦争では、さまざまな条件に助けられ、かろうじて勝つことができた。ロシアを、満州から北側へ追い返すことができた。だが奴らは、まだ日本をあきらめていない。こうして内部から革命を起こさせようと画策し、大陸では十数万の犠牲を払って獲得した権益の地から、我々を追い出そうとしている。日本に留学した孫文《そんぶん》がつくった国民党も、今ではモスクワ帰りの蔣介石《しょうかいせき》が支配している」

龍之介は、授業で歴史も学んでいたが。日露戦争に負けていたらもう一度〈元寇〉が起きていた――という話は初めて聞かされた。

「お前の、母さんのことなのだが」

「はい」

「実はな、今、独りじゃない」

「え」

「話すとな」無良は唇をなめるようにした。「凄く長い」

「……?」

母さんが——独りじゃない、というのはどういうことだ……?

いったい、母さんはどうして、俺と父さんと別々に暮らしているのだ。

父さんは、どうして母さんを「死んだ」なんて……。

首をかしげる龍之介に
「満州、知っているな」

無良は訊いた。

「満州国だ。今年、旧清朝《しんちょう》の皇帝が帝位につかれ満州帝国となった」

「——はい」

龍之介は、とりあえずうなずく。

「満州国がどこだか、知っているか」

「いえ、あの」龍之介は頭を振る。「地理の授業では、まだ地図が出来ていないからって、先生の話だけで」

「そうだろうな」

無良はうなずく。

「日本から見ると、大陸は一緒くたに『中国』と呼ばれるが。乱暴な話だ。だいたい中国という国は存在しないし、中国人という民族も存在しない」

「……?」

「あの大陸には、これまでいくつもの帝国が立てられてきたが。元、明《みん》、清とも、つくった民族が全部違う。中国大陸は、巨大なテーブルが一つあって、その上に無数の民族が雑居している。その中でその時代に勢いのあった民族が全土を平定し帝国をつくる。一つの帝国が出来ると、前の帝国の王朝は皆殺し、文物もすべて焼き捨ててしまう。つまり数百年おきに、テーブルの上のものを全部払いおとしてリセットしている。五千年も続いた歴史や文化など実はありはしない」

「………」

「元は、モンゴル人がつくった。明は、我々が普通『支那人』と呼ぶ漢人の国。そして先ごろ滅んだ清は、実は満州人の国だった。満州つまりマンチュリアは、万里《ばんり》の長城《ちょうじょう》の外側、大陸東北部に位置して、モンゴルやウイグルやチベットと同様に、漢人以外が支配する支那の周辺地域の一つだ」

母さんの話をすると言ったのに、どうして満州の話になるんだ……?

龍之介は訝《いぶか》ったが。

無良は続けた。

「清は、日清戦争で一度は日本と戦ったが。日本に負け、日露戦争で日本がロシアに勝つと、近代化しなければならないと方針を変えた。科挙を廃止して、明治維新の成功に学ぼうと一万人の留学生を日本へ送り込んできた。だが時は遅く、同じ日本に留学した漢人の孫文がおこした辛亥革命《しんがいかくめい》で滅びてしまった。清朝最後の皇帝は、北京《ペキン》の紫禁城《しきんじょう》に国民党によって軟禁され、北京にいた満州人たちは故郷の地へ逃げ延びた。しかし孫文の病死後に国民党を支配した蔣介石は、本来満州人のものである満州の地を『中華民国の領土だ』と言い出し、北伐と称して軍勢を送り込み征服しようとした。満州は満州人の地であり、漢人のものではない。このままでは中華民国は、モンゴルもウイグルもチベットも自分たちのものだと言い始めるかもしれない。日露戦争以来、満州で権益地の警備に当たっていた日本の関東軍は、国民党とそれにつながる軍閥《ぐんばつ》の勢力を迎え撃って満州から一掃した。放っておけばどこでも『自分たちの領土だ』と主張し始める支那人に『引っ込め』と言ったのだ」

「…………」

「こうして、二年前、満州の地には日本の協力によって満州国が成立した。もちろん、日本には多くの権益がもたらされたが、満州の地は満州人によって統治されなければいけない。満州の民がリーダーとして仰ぎ、敬愛しているのは清朝皇帝だ。ところが最後の皇帝は、北京の紫禁城に国民党によって軟禁されている。皇帝のお体を紫禁城から脱出させ、奉天《ほうてん》までお連れするのは不可能と言われた。だが満州国を磐石《ばんじゃく》にするには、やらねばならない。

日本のある外交官の男が、それをやった。ひそかに紫禁城へ潜入、銃殺された政治犯の遺骸とすり替えて皇帝を棺《ひつぎ》に押し込み脱出、国民党軍や軍閥と呼ばれるならず者軍団の跋《ばっ》扈《こ》する荒野を一〇〇〇キロも馬車で走破した。皇帝は無事奉天へ到着され、お前も知っているとおり、今年の夏に満州国の帝位につかれた」

「…………」

「それをやった外交官の男の名は松村紘一郎《まつむらこういちろう》。実は鏡銀史郎と、松村と俺は海軍兵学校の同期生だ。そして松村は――現在の茜さんの旦那だ」

「…………」

「おい龍之介、聴いているのか」

●白金　松村邸前

どうしたのかな。

龍之介は、無良がなかなか戻らないので、自動車の後部座席から道へ出てみた。

（――）

柵の緑を見上げた。

ここに、母さんがいるというのか……？

高い鉄製の柵。レンガ造りの門の横には、巡査が警備に立つ詰め所がある。無良は詰め所の中から、電話で屋敷の内部へ取り次いでもらっているらしい。

見回していると
「龍之介、龍之介」

ふいに声がした。

（……!?）

柵の内側の庭園だ。

声の主は見えない。でも母ではない。若い、十代の少女の声だ。

すぐにワン、ワンッと吠え声がして、緑の中を大型の茶色い犬が駆けていくのがちらと見えた。

何だ、この家――

見回していると。

ポケットに手を入れた長身が、詰め所を出てきた。

「出直そう、龍之介」

「え」

出直す……？

浮かない顔をしているな、と無良を見て思った。

「今、執事に取り次いでもらったのだが。『奥様はお会いになられません』と言う。何度頼んでもだめだ。松村は満州へ赴任中だ。どうしようもない」

「………」

龍之介は、犬がどこかへ駆け去った庭と、緑の上に屋根の突き出す屋敷を見上げた。

少女の声も、もうしない。

この中に、母さんがいるのか……。

でも、会えないのか。

「急に来たから、仕方ないのかも知れんが」

無良は、屋敷を見上げて舌打ちした。

「ったく、いくら昔のことがあるとはいえ——茜さんよ、実の息子だぞ」

●松村邸　邸内

庭園に突き出すような二階の窓から、表の通りが見下ろせる。

屋敷の二階は、客を招いて晩餐会《ばんさんかい》も催せる、広い居間となっていた。

「――――」

柵の外を、黒塗りの自動車が動き出すところだ。

高い天井から床まで、緞帳《どんちょう》のように吊られたカーテンを少し開け、裾《すそ》の長いドレスを着た後姿がその様子を眺めていた。

ドレスの女性は三十代半ば。白い横顔で、走り去る車を追うようにする。

その背後。

開いたままの樫《かし》のドアで、コツ、とブーツが床を踏む音がした。

もう一つ、ほっそりしたシルエットが後姿で居間の入口に立った。速い口調の発音で、何か呼びかけた。

後姿は白い乗馬ズボンにシャツ、黒い乗馬ブーツ。

「仁美《ひとみ》」

女性は表通りから目を離さず、横顔のまま言った。

「日本語をお使いなさい、家にいるときも」

すると

「はい。お母様」

十代の少女は、言葉を切り替えた。短い髪。後姿は少年のようだったが、ぴったりした乗馬ズボンからブーツにかけての線は丸みを帯び、女の子とわかる。茶色の大型犬が、その足元でハッ、ハッと息をしている。

「お母様、龍之介を散歩に連れて行きたいのですが。今日は警護の者が一人お休みで。わたし一人で出てもよいですか？」

「駄目よ」

女性は、外を見たまま頭を振る。

「警護の者なしで、出てはなりません」

少女の後姿は、足元の犬と顔を見合すようにする。小さく肩をすくめる。

「門に、自動車が来たようですね」

「――」

「お客様？」

「――いいえ」女性は背を向けたまま頭を振る。「来客ではありません」

●庭

「せっかく顔を立てて訊いてあげれば、こうだもんな。あの人」

庭へ降りると、少女はブーツの脚を石段に投げ出すようにして、頬杖《ほおづえ》をついた。

その横にハッ、ハッと舌を出して犬が座る。

十代半ばの少女は、庭の向こうへ視線を上げる。

「つまんない」

つぶやいた。

少女は肌は白く、職人が精魂を傾け彫《ほ》った人形のように整った顔だちだった。しかし、わざとだろうか黒髪を粗野に短く切って、少年のような服装だ。

「わたしたちだけで、行っちゃおうか龍之介」

ワン、ワンッ
「わかってるよ、一人で出歩くと、この間みたいに家来が総出で探し回って、迷惑がかかるわ。上に立つものには我慢の義務がある。仕方ないね」

ワン
「ふう」

軽く頭を振った。

「弁髪をおとしたから。頭が軽いわ」

●白金　路上

「龍之介。お前、お姫様を見たか」

「え？」

動き出した車の座席で、無良が急に言うので。

龍之介は、目をしばたたいた。

「お姫……？」

「さっき、庭を犬と歩いていたろ」

無良少佐は、また何を言い出すのだろう。

龍之介は思った。

お姫様……？

何のことだ。

いったい、この無良という人は、何者なのだ——

父さんと親しいのは、わかっている。でも最初は薬商人として小屋に現われ、海軍士官になって見せたかと思えば、流行の縞の背広で商社員として振舞う。だいたい、上野の駅に迎えに来たこの黒塗りの車だって、〈昭和通商〉という三角形の社旗を立てているが……。軍の士官が、商社にも勤めているというのか。

●乃木坂　カフェ

「養女がいるんだよ。あの家」

「――？」

白金の丘から坂を下り、市街地へ戻ると、車は通りに面したカフェの前に止まった。茶でも飲んで行こう、と無良が言ったのだ。

氷の入ったアイスコーヒーというものを、初めて飲んだ。席は、歩道に面したテラスにテーブルが並び、屋根はない。周囲には背広の外国人もいる。金髪の男が一人、横文字の新聞を広げている。

「お前と会うのを拒んだのも。その子がいたせいかも知れん」

無良は葉巻に火をつけながら言った。

「いきなり行けば、無理もない」

「あの」

「ん」

「いろいろ、ありがとうございます」

龍之介は、とりあえず、礼は言わなくては——そう思った。

母さんとは会えなかったけれど、ここまで連れて来てくれたのだ。この人の正体はわからないけれど……。

すると
「お前は盟友の息子だ、気にするな」

無良は頭を振る。

「お前が海軍に入るのなら、お前自身がこれからは盟友だ」

「…………」

「俺の同期の松村紘一郎だが。茜さんとの間に子供はない」無良は煙を吐いた。「しかしあの家には養女が一人いる。たしか十五歳だ」

「……そうなんですか」

「凄い屋敷だったろ」

「は、はい」

「外交官は、みんなあんな屋敷に住んでいると思うか？」

「そうなんじゃないんですか」

「馬鹿言え。松村のやつは海軍から外務省へ出向しているが。兵学校出の士官の俸給で、あんな屋敷が持てるものか。釣合いを取るために国が用意したんだ。最近になってな」

「つりあい……？」

「養女というのは、満州国皇帝の娘だ。十四人いる中の末娘だが」

「……!?」

「皇帝が、紫禁城脱出のときの松村の働きに感銘され、末娘を養女にくだされた。満日の友好の証《あかし》、両国の〈絆《きずな》〉としてだ。皇帝がじきじきに下さるというのだから、日本政府も断わるわけに行かん。あわてて東京での住居用に、あの屋敷を用意した」

「………」

「養女の名は松村仁美。本名はちょっと発音できん。清朝最後の皇女というわけだが、現在国籍も日本に帰化している。松村の家は士族だったが、爵位も与えられた。一代限りの子爵だが。俺の同期生も偉くなったものだ」

　皇帝の娘を、養女……？

龍之介が目を丸くしていると。

「これは昭和通商のムラさんじゃありませんか」

妙なアクセントの声がした。

（……？）

目を上げると、金髪の背広の男が横に立っている。

「おう」

無良は親しげにうなずく。

「アレキサンダー、大連《だいれん》以来だな。生きてたか」

「はい」

金髪の男は、ちらと龍之介に視線を向けた。

無良は『話しても大丈夫だ』というようにうなずく。

金髪の男はかがむと、彫りの深い無良の横顔へ耳打ちした。

「ムラ、今入った情報だが」

龍之介は、聴力がよいので聞こえてしまう。

でも、何を話しているのかわからない。

「狼がキツネを支援し始めた」

「何」

「キツネを強くして、いずれ中ソ国境で羆《ひぐま》と対峙させるつもりだ。そうすれば羆はヨーロッパの戦力をアジアへ振り向けねばならず、狼に有利となる。一方ではキツネは赤いキツネも仲間に入れて、コミンテルンの支援も受けている。キツネは狼と羆を両方手玉にとって、自分のために利用するつもりだ」

「まともな神経じゃない」

「キツネは狼の援助で、上海《シャンハイ》外周に何か造り始めた。我々も注視している。市場の治安が乱れれば利益は減る、何とか協力して対処したい」

「わかった」

7

●東京市　乃木坂　カフェ

「あれは英国の商社員だ」

金髪の男が行ってしまうと。

無良は、その後姿を横目で指して言った。

「正体は英国政府の諜報員《ちょうほういん》だが、商社の仕事ももちろんする」

「――」

龍之介は、カフェの中を見回した。

ほかにも、外国人の姿がある。

日本語を話せる英国商社員――アレキサンダーと無良が呼んだか――は、店の奥にある公衆電話のブースに入ると、漏斗《ろうと》のような受話器を耳に当て、どこかと通話し始めた。

「仕事をしていると、あいつとは世界のあちこちで会ってしまう。たまに酒も呑む。呑めば『日英同盟が存続さえしていれば』――と、その愚痴ばかりだ」

「あなたと、同じような人が多いのですか。ここ」

「まぁな」無良は葉巻をふかす。「だが東京は平和だ。上海《シャンハイ》はもっと凄い。租界《そかい》と言って、欧米各国や日本の租借した街区がパズルのように組み合わさっている。カフェや酒場では諜報員でない奴を探すほうが難しい」

「………」

龍之介は、カフェの空気を見回すのはやめて、無良に向き直った。

「あの、無良少佐」

「ん」

「横須賀《よこすか》っていうところ、どこですか」

「ん？」

「教えてもらえれば、俺、一人で行けます」

「そうか」

無良は葉巻を置くと、うなずいた。

「明日の最終試験を受けて、親父のあとを継ぐか」

「あとを継ぐとか――そういうことじゃないけど。あなたの話を聞いてわかりました。父は戦闘機パイロットだった。どんな仕事なんだろうって、思います」

龍之介は、急になんだかとても、忙しくしたくなった。

ぼうっとしていると、父の最期や、ついさっき目にした屋敷の高い柵や、庭園の中から聞こえた少女の声などが頭に繰り返し蘇ってしまうのだ。

ほうっておくと、涙が出てくる感じだった。自分を何かに集中させて、忙しくすれば、その感じを防げるような気がした。

「場所、教えてください。できれば、今夜泊まれる宿も」

「わかった、ちょっと待て」

無良は立ち上がった。

カフェの奥にある電話機を見た。英国人が、話を終える気配だ。

「海軍省の知人に、いま掛け合ってやる。『勝部勇』のままじゃ、まずいだろ」

「――はい」

「試験は、物の弾《はず》みだったんだろうが。めぐり合わせかな」

「――」

●白金　松村邸

「ねぇ龍之介。どう思う」

髪の短い少女は、石段でひざを抱え、日の暮れていく庭園を見ていた。

横には、大型の犬がハッ、ハッと舌を出している。

少女は目を伏せた。

「父はなぜ、わたしを――姉さまたちでなくこのわたしを、こんなけがいの地へ養女に出したの」

ハッ、ハッと息をする犬は、松村家に前から飼われていたが。

最近では、この少女の一番の話し相手だった。ワンとしか言わないので、少女は頭の中のことを何でも話すことができた。

日本語で話すこともあったし、北京語のときもあった。

どちらで話しても、犬は返事をした。

「日本の人たちが、嫌いなんじゃない」

ワン

「みんな大好き。でもこれは、わたしの価値の問題なの」

ワン、ワン

「末娘のわたしを、重要に思わなかったからこそ、気軽に出した――思いたくない、そうは」

第Ⅲ章　上海の紅い牙

1

●茨城県　霞ヶ浦飛行場　上空
1937（昭和12）年　8月

二年十ヶ月後。


ここだ、降下開始――

龍之介が操縦桿を前に押すと。

ぐうっ、と機首は下がり、カウリングの下に隠れていた地平線――緑の大地が、目の高さへせり上がって来た。

前方視界は、湖と、その向こうに草原。

霞ヶ浦《かすみがうら》の飛行場だ。滑走路というものはなく、一面の草地だ。

だが、今日は特別だった。広大な草地の只中《ただなか》に、〈目標〉が描かれている。

（よし、軸線に乗った――）

白い小さな長方形が、カウリングの上に現れた。草地の中に描かれた幅三〇メートル、長さ一五〇メートルの白線の囲い――上空の進入コースから見ると、まるで一五センチの定規《じょうぎ》みたいに小さい。

湖上からの進入。高度三〇〇メートル、あの〈目標〉着地点まで三マイル。

龍之介は操縦桿を操り、目の前のカウリングのすぐ上に白い長方形を『置く』ようにすると、スロットルを絞った。

バルルルッ――

滑空降下。

星形エンジンが息をつき、プロペラが回転をおとす。顔に当たる風圧が減り、同時に推力が減って機首がさらに下がり、プロペラ回転の低下で機首が右へ振れようとする。龍之介はカウリングの上に見えている地上の長方形がその位置で動かないよう、操縦桿を引いて機首を支え、左ラダーを踏んで横振れを止めた。

ぐん、と地上の〈目標〉が揺れかけて、止まる。

初めて飛行機を操縦した時には、このプロペラ効果の仕組みもわからなかった――

（――――）

操縦しながら、そんなことをふと思うのは。

この一回の着陸が、霞ヶ浦での訓練の最後――締めくくりとなるからか。

もうこの九三中練――九三式中等練習機を、教官なしの単独で飛ばすようになって半年になる。

先週は、同期の訓練生だけで三機の編隊を組み、北海道の函館《はこだて》飛行場まで長距離往復飛行を敢行《かんこう》した。

よい機会だから、北海道出身で郷土訪問飛行をしたい者は申し出るように、と言われ、ちょうど函館出身だった野分《のわき》という同期生が母校の中学の上空を宙返りするのに龍之介もつきあった。

「鏡、お前、留萌《るもい》なんだろう。函館からはすぐそこなんだから、行こうぜ」

出発前、野分にそう言われたが。

龍之介は「いいよ」と言った。

「どうしてだよ」

「俺は、いい」

「相変わらずだな」

普段から口数の少ない龍之介を、同期生たちは「シャイなやつだ」と言ったが。

恥ずかしがり、とは少し違う。

予科練に入った後、龍之介の操縦士訓練生としての成績は抜群だった。入隊して二年後の〈適性コース分け〉でも問題なく『戦闘機搭乗員』に選抜された。

でも、同期の皆の中で騒ぐことはせず、いつも一歩引いたような生活態度だった。

三年前の、あの出来事が影響している。

龍之介には分かっていた。

思い出したくはないのに、思い出してしまう。

実の母親が生きていると知って、会いに行ったら『お前なんか知らない』――

気にしないようにしていたが。

三年近くたって、もうすぐ十八となる今でも、ワッと嬉しくて騒ごうかと思うことがあってもそのことが脳裏をかすめた瞬間、気が沈んでしまう。

年に数回、予科練では家族が面会に訪れる日がある。そういう時は、龍之介は外出して独りで映画館で過ごした。

郷土訪問飛行は、故郷に喜んでくれる肉親や、自慢して得意になりたい友達がたくさんいる奴がすればいいさ。

それに――

(母校の上を宙返りなんかしたら、思い出してしまう。よかったことも、思い出したくないことも……)

片手間にそんなことを考えながら、九三中練の降下姿勢がぶれないのは。

龍之介のパイロットとしての技量が、一人前の域に達しつつあるしるしだった。

(ここだ)

湖を飛び越し、飛行場区画へ。

目の前に白い長方形が一杯に迫った瞬間。風と機体の行き足を読んで、龍之介の左手がスロットルをカットした。

バルルッ
機体が浮き、沈む。白線の手前の端が足の下へ消えた。機体が沈む。沈むに任せる、操縦桿を引くのはわずかでいい。尾輪を先に着けるんだ――

●飛行場　ピット

「よし」

白い絹のマフラーを巻いた教官の大尉が、集合させた訓練生たちを前に、成績表のボードをめくった。

遠く筑波《つくば》山の上に、白い入道雲がもくもく盛り上がっている。草地の飛行場には、発動機を止めたばかりの九三中練が十三機、橙色の機体を横一列に整列させている。

「今の〈定点着地〉の成績を発表する。一度で合格した者が三名いる。野分《のわき》」

「はいっ」

「周防《すおう》」

「はい」

「鏡」

「は、はい」

「お前たち三名は、甲板の三番ワイヤーを着艦フックでヒット出来た。合格だ。ほかの者は全員、母艦の艦尾にぶつかるか、止まり切れずに海へおちた」

あはは、と笑い声が立つ。

立ち並ぶのは、みな十七、八歳の少年たちだ。学歴は高等小卒か、中学二年修了だが、数百倍の競争率をかいくぐって全国から採用された。それでも初めに八十名いた同期生は訓練途中で次々に脱落し、偵察要員、大型機コースへ行く者、艦上爆撃機・攻撃機コースへ行く者と分かれ、最後に戦闘機操縦コースに残ったのはわずか十三名だった。

飛行適性に恵まれた者ばかりのはずだが、それでも地上に引かれた三〇メートルかける一五〇メートルの枠内の一点に機体を着地させるのは、至難《しなん》だった。

しかし
「笑い事ではない」

大尉は一喝《いっかつ》した。

「いいか。今日は、この霞ヶ浦訓練課程の最終卒業試験だったわけだ。ここを終えれば、お前たち十三名は実戦部隊へと配属され、いよいよ本物の戦闘機に乗ることになる。帝国海軍の戦闘機パイロットとなるのだ」

しん

静まり返った訓練生たち。

全員を見回し、大尉は背後の草地を指した。

「お前たちがいま機を降ろした、あの白線の囲いは、新鋭空母〈加賀〉の上部飛行甲板と同じサイズだ。配属した新人が空母へ降りられないのでは、話にならん。よって、今日出来なかった者は卒業させない。このまま居残りで訓練を延長、出来るようになるまで特訓を行う」

「えっ」

「えっ!?」

飛行服の訓練生たちは、顔を見合わせる。

聞いてない、という表情だ。

「本当ですか」

「まじですか」

「赴任休暇はどうなるんです」

「定点の課目は、ワクの中にさえ降りられればいいって、先輩から――」

「馬鹿者っ」

　大尉はまた一喝した。

「わが国を取り巻く情況は、今までと違うのだ」

「いいか。皆聞け」

　大尉は、十代の訓練生たちを睨《にら》み渡すと、続けた。

「日本が先ごろ国際連盟を脱退したことは、周知だろう。中華民国が、『満州国は日本が不正に占領した傀儡《かいらい》国家だ』と訴え出て、国連の主要各国がその宣伝に乗せられ、日本を非難したからだ。満州国を中華民国へ返せ、などと見当外れな決議をする委員会まで出る始末だ。日本は反論したが、なぜだか国際社会では、中国の宣伝の方がいつも先を行く。満州国は国連で承認されず、このままでは存立も危うくなる。一方では日露戦争、さきの世界大戦を経てわが国が獲得した大陸の各権益地へ、国民党を始め漢人たちの勢力による攻撃が散発的に繰り返されている。中国大陸は、歴史上、誰のものでもない。漢人たちの所有物では決してない。だがこのままでは、中華民国が全面武力対決を仕掛けて来ることも避けられないかもしれない」

「――」

「――」

「戦争を始めるのは、政治だ。我々に口出しは出来ぬ。我々は、どのような外国に対しても、ゆめ日本を相手に戦争をしようなどという気が起きないよう、強い抑止力とならねばならん」

「――」

「そのためにお前たちは、世界一の戦闘力を持った海軍航空兵力とならねばならん。日本の空母機動部隊は、世界一強い。あんな強い機動部隊を相手にするのは御免だ、と世界中から言われるようにならねばならん。時には鉄拳をもってお前たちを鍛《きた》えたのも、すべてそのためだ」

満州国、か――

（――）

龍之介は、同期生の皆と一緒に話を聞きながら、ふと別のことを考えた。

高台の洋館。

高い柵と、その向こうの庭園。あの屋敷には『お姫様』がいる、という――

唇を嚙《か》んだ。

いいさ。母さんに一生、会えなくたって……。

「野分、周防、鏡」

龍之介は、また涙が出そうな感じがして、呼ばれても返事が遅れてしまった。

「おい鏡？」

「──は、はい」

「卒業試験でも、いつもの実力が出せたな」

大尉は三名を呼んで、一歩前へ出させると、飛行場の司令部の本棟を指した。赤と白の吹き流しがひるがえっている。

「お前たち三名は優等賞だ。卒業辞令と、恩賜《おんし》の銀時計が授与される。今から司令官室へ行くように。あぁ、飛行服のままでいい」

●霞ヶ浦訓練航空隊　司令部

「九六戦か」

野分務《つとむ》が声を上げた。

草地の飛行場から、連れだって司令部本棟へ入ると。

司令官室へ行くには、航空隊の正面玄関ホールを横切ることになる。壁には戦果を上げた歴代卒業生の肖像などと並んで、真新しい大きな写真パネルが掲示されていた。

低翼単葉、流線型の機体が、富士山を背に飛行している。その姿は、上下二枚の主翼の間に張線を張った複葉機にばかり乗った目には、別の次元の乗物に見えた。パネルの下にプレートがある。〈九六式艦上戦闘機〉

「新型だ。九試単戦と呼ばれていたけど、去年正式採用になったんだな」

「なんてかっこいいんだ」

周防雅彦《まさひこ》も声を上げる。

「乗りたいなぁ」

「まだ無理だ」野分は、わけ知りに頭《かぶり》を振る。「実戦部隊には、今度ようやく配備されて来るらしいぜ。まだ空母にも載せられていないんだ。一番のベテランの先輩から機種転換をするから、俺たちは当分九〇戦だよ」

「――――」

龍之介も二人の横で、流麗な銀色のシルエットを見た。

全金属製か……。主翼は一枚だけれど、主脚は出たままだ。トップ・スピードはどのくらい出るのだろう、I16よりも速いだろうか――

（これが、父さんが護《まも》った設計図の）

心の中でつぶやきかけた時。

「おい、そこの撃墜王三人」

廊下の向こうで扉が開いて、司令部付きの士官が呼んだ。

「新型機に見惚《みと》れていないで、早く来い。銀時計いらんのか」

「は、はい」

「はいっ」

「――――」

●霞ヶ浦訓練航空隊　食堂

飛行練習生卒業の辞令授与式は、あっさり終わってしまった。

年に四回も卒業生を送り出す場所だから、無理もなかった。そして霞ヶ浦の練習航空隊を卒業しても、大分《おおいた》県の佐伯《さえき》航空隊において九〇式艦上戦闘機への機種転換訓練を受け、合格しなければ海軍の戦闘機パイロットになったとは言えない。

「この制服もなぁ」

三人で、夕食前のがらんとした食堂へ下りて、七つボタンの制服の上着の肩に鷲《わし》と錨《いかり》の航空特技章を縫いつけた。飛行練習生を卒業したしるしだった。

優等賞として授与された銀時計は、新しい桐《きり》の箱に入っていて、ついさっき司令官から手渡されたのだが。三人とも、蓋《ふた》を開けずにテーブルの上にそっと置いていた。

まだ九三中練を卒業しただけで、実戦機である九〇戦を乗りこなしたわけではない。

ここでいい気になってしまうと、危ないのではないだろうか――

何となく、そんな気がして、三人とも桐の箱は開けなかった。一人前の戦闘機乗りとなった時の楽しみに、取っておけばいい。

「大分の佐伯空へ赴任した時点で、もう着ないんだよな」

野分が言うと
「そうだな」

周防がうなずく。

「せっかく特技章を縫いつけても、一週間くらいだな」

「――――」

龍之介も、一緒に針を動かしながら「そうだな」と思った。

紺に金色の七つボタン。白い帽子と手袋。留萌の試験場で、先輩が着ている姿を初めて目にした時、警察に追われる最中だったけれど「スマートだな」と感じた。

これを自分でも着るようになって、もうすぐ三年か……。

実戦部隊へ行けば、普通の海軍の下士官の制服に変わるのだ。赴任《ふにん》と同時に、二等飛行兵曹の階級が与えられる、と聞いている。

「鏡、お前、どうするんだ」

「え？」

野分に聞かれ、龍之介は顔を上げる。

「どうするって」

「赴任休暇だよ。どうやって過ごすんだ」

「あぁ――」

龍之介が口ごもると。

「どうだ鏡、うちへ来ないか」

野分が言った。

「佐伯に赴任するまで、明日から一週間あるんだ。函館は涼しいし、うちで過ごそう」

「あぁ、うん」

龍之介は、父・銀史郎《ぎんしろう》が極秘任務中に殉職《じゅんしょく》したことから、国の機密を話すわけにはいかない。本当のことを同期生たちに語っていなかった。

天塩《てしお》山地の小屋で猟師をしていたが、災害で家がなくなってしまった――

そのように話していた。

母親も、なくしたと言っていた（本当は東京で生きているのに——）。

予科練に入ってからの訓練中、実は一番こたえたのは訓練のきつさではない。家族面会の日に、同期生たちの家族が訪問してきて楽しそうにするのを、見せられることだった。龍之介は見ていると哀《かな》しくなる気がして、独りで外出し映画館へこもったのだった。

霞ヶ浦の課程を優等で卒業して、実戦部隊への赴任まで一週間の休暇をもらっても、龍之介には行くところがなかった。

野分の家へ呼んでもらったら、きっと楽しいかもしれないが——その分、自分がこの世に独りなんだ、と思い知らされるような気もした。

「俺は——」

言い掛けた時。

「鏡」

食堂の出口で声がした。

「鏡、お前に面会だぞ」

呼んでくれたのは、白いマフラーをした教官の大尉だ。

成績表のボードを手に、ちょうど飛行場から上がってきたところか。

「はい」

龍之介は立ち上がると、姿勢をただして応えたが。

面会……？

誰だろう。

「叔父さんだということだ。応接室へ行け」

叔父……？

俺に、そんな親族がいたか。

●航空隊　応接室

「よう」

ソファで龍之介を待っていたのは、縞《しま》の背広の長身の男だった。

「三年ぶりか。立派になったな」

「無良《むら》――少佐」

龍之介は目を見開いた。

この人か――

「驚かして、すまんな」

無良は笑うと、龍之介に「座れ」と促《うなが》した。

「親族だ、とでも言わないと怪しまれるからな。ま、お前にとって俺は叔父のようなものだ」

「……はぁ」

無良は葉巻を灰皿に置くと「すまんな」とまた言った。

「一度くらい、家族面会の日に、来てやりたかったのだが。大陸じゅうを任務で駆けずり回っていては、休みも取れん」

「……いいんです」

龍之介はうなずくと、さしむかいのソファにかけた。

三年ぶり、というのは本当だ。

でも、北海道で身を救ってくれ、東京の白金へも連れて言ってくれたことは、まるで昨日のように近く感じる。

「少佐」

龍之介は、一礼した。

「ここへ入る前には、世話になりました」

「少佐はよせ、無良さんでいいよ。少なくとも、この格好をしている時はな」

「はい」

「それに、もう中佐だ」

「そうですか、それは」

「いい。それより、お前も立派になったな龍之介。模擬戦で教官を負かしたそうだな」

「え」

「血は争えん。今日、優等で卒業するらしい、と手を回して情報を集めてきた。無駄足になるといけないからな」

「……？」

また、言われていることがよく分からない。

無良は、親族の叔父を装って面会に来てくれたが。

事前に海軍省の知り合いを通じてだろう、龍之介の訓練中の成績や、今日卒業する予定であることまで、調べていたのか。

「ちょうどいいタイミングで、卒業してくれた」

無良は言った。

「どうだ、一緒に旅行に行かないか」

2

●霞ヶ浦航空隊　応接室

「旅行……ですか?」

いきなり、旅行に誘われた。

どういうことだろう。

でも——

三年間、龍之介には一度も家族の面会がなかった。でも予科練卒業の日に、親族ではないけれど無良中佐が来て、こうして訓練の労をねぎらってくれた。

この人は父さんの盟友だった……。前に山中の小屋で、酒を酌み交わして一晩じゅう語らっていたのを思い出す。二人は猟師と薬商人ではなく、海軍兵学校の同期生だったのだという。

「龍之介」無良は言った。「実用機転換課程は、大分の佐伯空だったな」

「はい」

「九三中練を卒業したら、次は九〇戦か」

「はい」

「長崎のほうへ、行こうと思うんだ。付き合わんか」

「長崎ですか」

「赴任休暇があるんだろう。あっちで過ごしてから、赴任日に佐伯へ行けばいい」

●航空隊　兵舎

龍之介は急いで兵舎の大部屋へ戻ると、佐伯航空隊へ別便で送る自分の荷物をまとめ、航空特技章を縫いつけたばかりの制服に袖を通した。

七つボタンの上着は短ジャケットと呼ばれ、動きやすいよう独特の形をしている。腰のベルトが見えるくらいの丈だ。腰ベルトには短剣を吊す。

無良に「制服で来い。昭和通商に乗物の席を用意させる」と言われた。また一等車でも取ってくれるつもりか。そこまで、してもらわなくてもいいのだが――

（どのみち、よそいきの服なんて、何も持っていないからな）

壁の姿見に、全身を映して服装を点検した。

間もなく十八歳になる。予科練に入ってからも少し背が伸びた。鏡の中に、格好だけは一人前の帝国海軍の下士官がいた。

「よう、嬉しそうじゃないか。どうした」

野分が戻ってきて、笑った。

龍之介は「親戚の人と、旅行へ行くんだ」と言った。

「ふうん」

野分は、珍しいものでも見たように、うなずいた。

「どこへ行くんだ」

「長崎さ」

「お前の嬉しそうな顔、久しぶりに見たな」

「そうか？」

「一緒に家に帰れないのは残念だが。よし、じゃあ佐伯で会おう」

「ああ」

着替えを入れた小さな鞄《かばん》ひとつを手に、訓練生活で住み慣れた大部屋を慌ただしく出ると。

兵舎の廊下で「鏡」と呼び止められた。

低い声は、教官の関口《せきぐち》大尉だ。

「鏡、もう行くのか」

「はい」

龍之介は振り向いて姿勢を正すと、海軍式に短く敬礼した。

「教官、お世話になりました」

「儀礼はいい」大尉は近づいてきて、言った。「戦争になれば、またどこかの母艦で一緒になる。その時は戦友だ」

「はい」

「鏡、一つ言い忘れていたのだが」

飛行服の教官は、白い絹のマフラーを手で緩め、窓の外を見た。広大な草地の飛行場の列線に、橙色の複葉練習機がずらりと並び、これから夕方の整備を受けるところだ。

「いいか、俺は認めるが」

「はい？」

「お前には、天性の〈勘〉のようなものがある。ほかの者には真似出来ない。素晴らしい素質だ。だが危険でもある」

「……？」

「一度、模擬空戦で俺を負かしたな」

「はい」

「やられそうになった瞬間、逆転した」

「はい」

「どうやって俺の後ろを取ったか、覚えているか」

「……無我夢中でした」

「うむ。俺は思うんだが——ぎりぎりに追い込まれた瞬間、お前の素質の中にある何かが働いて、自分でも気づかぬうち反撃したのだろう。というのは、飛行二〇〇時間に満たぬ訓練生にあのような失速反転宙返りがうてるわけがないんだ、本当はな」

「…………」

「一つ間違えば、機体が分解する機動だった。いや機動と呼べる代物ですらない、わざと操縦不能にして石ころのように落下させ、相手の後ろで回復させる——普通の人間があれをやったら分解している。いいか鏡」

大尉は、龍之介の肩を右手でがし、と摑んだ。

「お前の〈勘〉は、ときに機体の性能限界を超えた機動をさせようとする。気をつけるのだ。そういう、ぎりぎりに追い込まれる窮地にならんよう普段から用心しろ。それが生き残る秘訣だ」

「は、はい」

●霞ヶ浦航空隊　正門

三角形の社旗を立てた黒塗りの車が、正門の前で待っていた。

その後席に、縞の背広の無良が新聞を手にしていた。

また〈昭和通商〉の車か――

「お待たせしました」

「うん」

龍之介が乗り込むと、無良は英字新聞を畳んで、運転士に車を出すよう指示した。

「東京へ着くのは、夜になるが――ちょうどいい、今夜は夜行だ」

「無良中――いえ無良さん。長崎は〈仕事〉なのですか」

「ん。あぁ、半分な」

●東京

ずいぶん疲れていたのだった。龍之介は柔らかい自動車の後席シートで、いつの間にか寝入っていた。はっ、と気づくと、車はもう都会の街路を走っていた。

寝てしまった。

もう、夜なのか。外が暗い。

「起きたか？」

「すみません」

「いい。あれが見えるか。勝鬨橋《かちどき》だ」

無良は、流れる街路の灯の向こうを指した。

車は、大通りを走っている。東京市内なのだろう、でもどのあたりなのか見当はつかない。

「隅田《すみだ》川にかかっている。大掛かりな機械式の橋だ。汽船が通るときには、人間が万歳をするように二つに割れて持ち上がる」

「――――」

窓を見やると。

電信柱が横に流れ、その向こう、商店やビルディングの上に、巨大な鉄のトラス構造が上半分を見せている。夜を徹して工事中なのか。溶接の火花の閃《ひらめ》きと、投光器の光柱がその姿を浮かび上がらせる。

「もう間もなく完成だ。あの橋の向こうの佃《つくだ》島が、東京オリムピックの会場となる」

「オリムピック――って、なんですか」

「国際スポーツ大会だ。世界中から国を代表する選手が集まって競う。優勝して金メダルを取れば、その種目では世界一、ということになる」

オリムピック……。そうか、高等小の社会の授業で、話を聞いた気がする。確か、ギリシアが起源だ。

「もともと、西洋人たちの祭典だが。一九四〇年の開催権をフィンランドのヘルシンキと争って、東京が勝ち取った。開催されればアジア初となる。開催されれば、な」

「……？」

「東京オリムピックの開催は、実は危うい。日本が国際社会で非難され、国連を脱退してしまったからな」

「………」

「満州国の件で、日本がやむを得ずそうしたのは、知っているな？」

「はい」

龍之介はうなずく。

ついさっきも、関口大尉に聞かされた。

満州国──

いったい、どんなところなんだろう。

「国際社会で日本を非難して、孤立させようとする動きがあるのは確かだ。だが、国連で演説している連中の思惑とは正反対に、実体経済は真逆の状況だ」

無良は「いいものを見せよう」と、茶色の書類鞄を膝《ひざ》の上に開いた。

大判の書類袋を取り出すと、龍之介の手に渡した。

「中を見てみろ」

「……？」

龍之介は、自動車の後部座席の暗がりで、書類袋の中身を取り出した。大判の写真が、何枚も入っている。

これは——

（なんだろう）

大都市の写真だ。

目に飛び込んできたのは、広い舗装された道路。片側に四車線、両側で八車線もあり、自動車が走っている。

車道の両側には樹木が並び、石畳の歩道となっている。その外側には高い壁のように、立ち並ぶ石造りのビルディング。それも三階や四階建てではない、もっと高い。鐘楼《しょうろう》のついた建物もある。

どこだろう、欧州のどこかの大都市だろうか——

めくると、同じような広々としたビル街の写真だ。

これらの写真は、無良の〈仕事〉に関わるものだろうか……？

「どこだと思う」

「どこか――って、ヨーロッパですか。パリとか、ロンドンとか」

それにしては、建物が古い感じはしない。

ヨーロッパでなければ、アメリカのどこかの都市か。

「西洋じゃない」無良は頭を振る。「そこは新京《しんきょう》だ。満州国の首都だ」

「――えっ」

「訪れた人間は、東京の丸の内の三倍も立派なので、皆驚く」

一瞬絶句した龍之介に、無良は「次の写真を見てみろ」と促す。

めくると、次の一枚は赤茶けたような、地平線まで続く荒れ地の光景だ。強風が吹いているのか、土煙が立っている。今にも風でつぶれそうな小屋が、いくつか見える。

「同じ場所の、三年前だ」

「え!?」

「三年前は何もなかった。ただの広大な荒れ地――馬賊《ばぞく》が荒らし回り、貧しい農民が細々と大豆を育てては軍閥《ぐんばつ》に襲われて全部取り上げられ、娘をさらわれて泣いていた。文字通り、無法の荒野だった」

写真の違いに、目を見開いていると。

車はいつの間にか道路を外れ、どこか開けた場所へ出た。砂利を鳴らすようにして一軒の平屋の建物の前に止まった。

「おう、着いたな」

無良が言った。

「降りるぞ」

「――?」

龍之介は、写真から目を上げて『何だろう』と思った。

開けた場所。

ここは――東京駅じゃないぞ……?

どこだろう。

星空の下に、何もない、開けた空間が広がる。平屋の建物の上に赤いネオン・サインが点灯している。周囲が暗いので、照明の代わりになっている。

〈東京国際飛行場　国際線出発〉

●羽田飛行場

「無良さん、ここ」

ここはどこですか——？　車を降りた龍之介が、そう訊《き》きかけると。

縞の背広の長身は、すたすたと先を行きながら

「お前なら、見れば分かるだろ」その辺を指して言う。「民間用の飛行場だ。ここは羽田の海岸だ」

「羽——」

羽田……!?

聞いてない。

「夜行で行くんじゃ」

「夜行の飛行機だよ」

夜行の飛行機……？

無良に続いて、早足で飛行場の建物を廻《まわ》っていくと。

ざわざわざわ

次の瞬間、龍之介は目を見開いた。

そこは駐機場だった。

銀色の機体が一つ、作業員に囲まれ出発準備にかかっていた。投光器に照らされ、巨鯨《きょげい》のようなシルエットが両脚を踏ん張り、半ば天を仰《あお》ぐ姿勢で止まっている。

何だ、あれは——

素早く、そのシルエットを目で確かめた。全金属製に、低翼単葉——巨大なプロペラが左右にある。

（双発大型機だ……）

でかい。アメリカ製か……？

近寄ると、見上げなければいけない。夜なのに銀の地肌がまぶしいくらいだ。

「大日本航空の新鋭旅客機、ダグラスＤＣ３だ。長崎経由上海《シャンハイ》行き。旅券は必要ない。荷物は運ばせるから、すぐに乗れ」

「しゃ——」

今、何と言われた……？

「上海って」

（……！）

「そうだ」

「長崎へ、行くんじゃないんですか」

「長崎のほう、と言ったんだぞ。俺は」

「――――」

「方角は、間違ってないだろ」

「旅行って、支那まで行くんですか」

「そうだ。海外渡航許可なら心配ない。海軍省に手を回して、すでにお前の渡航許可は取ってある。海軍下士官の身分で、そのまま行ける」

「………………」

「上海へ連れて行く、なんて言ったら霞ヶ浦で大騒ぎになる。せっかく、お前の手を借りられると言うのに、台なしにはしたくない」

手を借りる……？

思わず、立ち止まると。

「龍之介」

無良は、振り向いて言った。

「仕事を頼みたいのだ」

「――？」

「今、日本では、能力ある者が国のために自分の出来ることを最大限やる。そうして、この日本と、日本人みんなの暮らし、みんなの未来を支えている」

無良は、ぐっと龍之介を睨《にら》むようにした。

「だから、お前にも頼みたい」

ご搭乗ください、と飛行場係員がカンテラを手に、ふれて廻る。「大日本航空〇〇一便長崎経由上海行き、間もなく出発でございます」

「乗ってくれ」

無良は、頭上の銀色の機体を指した。

「上で話そう」

3

●伊豆半島上空　大日本航空〇〇一便・ＤＣ３機内

「いったい」

龍之介は、ゆったりと揺れる機内の空間を見回した。

ほの暗い照明。

長崎経由、上海行き……？

いったい俺を、どこへ連れて行こうと言うのか。

「俺に頼みたいことって、何なのです」

羽田では、出発時刻が迫っていたらしい。

つい十数分前のことを思い出す。

後部カーゴ・ドアが貨物の積載を終えて閉じられ、地上機材が離れていくＤＣ３の横で、あわただしく係員に搭乗をせかされた。

機体へ乗り込むタラップの手前で『どういうことなのだ』と無良を見返していると、背後で声がした。

「よう、君か」

妙なアクセント。

「姫を護衛する騎士は、君かね」

「……？」

振り向くと。長身のスーツ姿——金髪の男が立っていた。

この人は。

見覚えがあった。それ以上に、声に聞き覚えが。

(この人は、前にカフェにいた――)

どうして、ここに?


いぶかる龍之介に近寄ると、金髪の男はポケットから右手を差し出した。

「私はアレキサンダー・ビショップ。ブリティッシュ・エイジアン・エンタープライズの極東販売部長をしている」

「――?」

「英国人と、握手はしないのかね」

「あ、いえ」

龍之介は、手を握り返した。

深みのある、香水の匂いがする。年齢は無良中佐と同じくらいか――

「よろしく。君の名は?」

「鏡龍之介です」

「その制服、海軍のパイロット候補生か」

「――はい」

「そうか。適任だな」

「何をきょとんとしている、早く乗りたまえ」

「？」

英国人の男は、銀色のＤＣ３を指した。

「上で、話をしながら飯を食おう」


それが、つい十五分ほど前のこと。

龍之介は、ＤＣ３の内部はどうなっているのだろう――？　という興味も手伝って、とりあえずタラップを上ったのだった。

無良と龍之介とその英国人以外に、乗客はなかった。間もなくＤＣ３は青い灯のともる羽田を轟然《ごうぜん》と離陸した。

「お食事の用意が整いました」

双発機が力強いエンジン音を少し絞り、機体が水平になると。

青い制服を着た二十代の女性が、通路を前方から来て告げた。

「おう」

無良はうなずく。

「乗客は、今日は俺たちだけのようだな。ラウンジで食べさせてもらおうか」

「かしこまりました」

女性は、この旅客機の乗務員なのか。

細いタイトスカートの制服の胸に、流星をかたどったバッジをつけている。

(女の人を、飛行機の乗員にしているのか)

龍之介は、その後ろ姿を思わず目で追った。

「あれは、エアガールというのだ」

無良が言った。

「いい女だろ」

「え」

「ムラ、少年をからかうな」

英国人が、通路を隔てて隣の席で言った。

「大事な任務の前だ」

機内の通路を、立って歩けるのにも驚いたが。

もっとびっくりしたのは、客室前方の空間にテーブルがしつらえられ、白いクロスがかかっていたことだ。

飛行機の中なのに。

まるで、戦艦の士官食堂だ──

龍之介は、短い洋上実習で見学した戦艦〈比叡《ひえい》〉の艦内士官食堂の様子を、思わず頭に浮かべた。パイロット・コースとは言え、海軍の士官を目指すのだから、予科練の訓練課程には洋上の軍艦に一週間程度乗り組む実習がある（航空母艦が望ましかったが、手近にいなければ戦艦になる）。外国を訪問した時のためにそこでテーブル・マナーの講習も受けたのだった。

「どうぞ」

エアガールが、龍之介にも椅子を引いてくれた。

無良と、英国人ビショップとともにテーブルを囲んだ。

「無良さま。今夜は海軍パイロットの方がご一緒なのですね」

「盟友のせがれだ、いい男だろう。手を出すなよ」

言われると、エアガールの女性は口元に手を当てた。

つんと、酸《す》っぱいような匂いがした。

食事は、厚切りのロースト・ビーフに西洋わさびが添えられ、温野菜とともに皿に載せられて供された。

「俺は、そのソースはいらん。醬油《しょうゆ》をくれ」

「かしこまりました」

「シャトー・ジスクールはあるか」

「いつものですね。ございます」

タイトスカートのエアガールは、無良とビショップのグラスに赤い葡萄酒《ぶどうしゅ》を、龍之介のグラスに泡の立つ水を注ぐと、一礼して下がった。

「いったい」

龍之介は周囲を見回し、無良に訊いた。

「俺に頼みたいことって、何なのです。無良さん」

「その前に」

ビショップが引き取るように言った。

「乾杯しようじゃないか」

「お互いの利益のために」

「うむ」

チン、と無良とビショップが葡萄酒のグラスを合わせ、おくれて龍之介もそれにならった。

とりあえず口に運ぶと、泡の弾ける音がする。うまい水だ。

「鏡龍之介」ビショップが訊いた。「君は無良から、新京の写真を見せられたか」

「――はい」

「君はどう思う」

「――」

「凄いと思ったか」

「はい」

「私もそう思った」

英国の会社の販売部長、と自己紹介した男は、皿の肉を切りながら
「実は今、満州ではこんなことになっている。『新京や奉天に支店を開きたい』と、欧州各国の商社から当局へ請願《せいがん》が殺到している。国連では『満州国を承認しない』と言っている当の国々からだ。日本が支援して皇帝が統治し、治安のよい満州国では今産業が急速に発達している。大豆をはじめ農産物が獲《と》れ、鉱物資源も産出し、人件費が安い。安心して稼げると、周辺から労働力もどんどん流入している。これまで国民党や地元のならず者軍団に収奪されていた無法地帯が、一大産業国に生まれ変わりつつある」

「――」

「もちろん、わが社も支店を開いた。工場用の工作機械が今、飛ぶように売れている。そ

こでだ」

アレキサンダー・ビショップは、龍之介を青い目でぐいと見た。

この人は——

龍之介は思った。

三年前、東京市内のカフェでも偶然に会っている。英国の商社員を装っているが、無良の話では英国政府の諜報員《ちょうほういん》だという。

「考えてみたまえ」

「？」

「もしも大陸全体がこのように治安良く、安定して産業が発展すれば。今の十倍、ものが売れる」

ビショップは西洋人らしく、腕を広げるような仕草をした。

「英国はすでに、大陸に莫大な投資を行い、製品や産品の組織販売網を作り上げている。治安が良くなり民の収入が増えれば、自動的に儲《もう》かるようになっている。もしも大陸全体が満州国のようになれば、英国の貿易利益は今の十倍、いや百倍にもなるだろう」

「…………」

すると
「英国は今」

無良が口を開いた。

「日本と満州国を支援しよう、と考え始めてくれている」

支援……？

龍之介が見返すと、無良はうなずく。

「そうだ。具体的には、国家間で同盟を結ぶ。日英同盟を復活させる」

●DC3 機内

大日本航空の長崎経由上海行き定期便は、どうやら今夜、無良とビショップにより貸し切られているようだった。

機内ラウンジの、白いクロスのかかったテーブルで、二人がこれから企てようとしている〈計画〉について龍之介は説明を受けた。

しかし、わからないこともあった。

俺はなぜ、ここにいるんだ……？

「鏡龍之介」

英国人ビショップは、無良が足元に置く書類鞄をちらと見て、言った。

「君は、当然大陸へは行ったことはないだろうが」

「——はい」

龍之介は、内容は理解できるが、話について行くのはやっと、という感じだ。大げさな身振りで話す西洋人も、初めて見た。日本語でしゃべってくれるのは、ありがたいが——

「別の写真を見たか。新京の大都市ができる前の、三年前の荒れ地の姿だ」

「見ました」

「実はあの様子は、かつての満州だけではない」

「……？」

「馬賊や軍閥に荒らされ、農民が窮乏《きゅうぼう》する荒れ地。あの光景は、三年前の満州だけではない。支那の大陸、ほぼ全土が今あの状態だ」

「…………」

「清朝が倒れ、孫文が革命半ばで世を去った後、大陸は混乱が続いている。日本の歴史で言えば、戦国時代のようなものだ。国民党が一番強いようだが、各地の豪族である軍閥も勢力を持っている。農民から絞り上げるのも似ている。国民党の幹部や軍閥の係累《けいるい》だけが民衆から絞り取った富を蓄え、上海、広州のような大都市で別世界のような、途方もなくぜいたくな暮らしをしている。欧州各国の商社も、彼ら一部の金持ちを相手に商売しているが、それには限界がある。だが——無良、見せてくれ」

ビショップは無良に促し、鞄から写真の束を出させると、皿を横にどかして並べた。

「どうだ。大陸のあちこちがすべて、このようになるとしたら？　治安が良く、誰でも、どんな民族・人種でも働けて、発展する産業の恩恵を受ける。交易する外国も、製品が売れ、資源を安定して買うことができ、つきあって得になるばかりだ。大陸を、全部この新京のようにする力を、徳を、日本は持っている」

ぐらっ
気流の乱れに遭遇したのか。

DC3は、波に乗ったように揺らいだ。卓上のグラスの葡萄酒が揺れ、赤い影が写真の上で躍った。

「英国は」

無良が、ビショップを見て言った。

「こいつらはずいぶんと遠大なビジョンを、描き始めているらしい」

「その通りだ」

ビショップはうなずいた。

「将来的にはな。だが今は、われわれの手で同盟の復活を——いや新しい同盟の締結を、成功させねばならない。姫はどこだ」

「そうだな」

無良は、腕時計に目をやると、うなずいた。

「この機が、羽田へ引き返すような可能性も、もうなさそうだ。お出ましいただくか」

「……？」

「龍之介」無良はテーブルに肘《ひじ》を突いたまま、後方を指した。「貨物室へ行ってくれ。そこに郵便の大袋がある。たくさんあるが、桃色のタグがつけられた袋だ。封を破り、中身を取り出して欲しい」

「郵便を、ですか」

「そうだ。封を切ればわかる」

「勝手に貨物室へ入って――」

「この機は〈昭和通商〉が全席買っている。貸切だ。構わん」

●後部貨物室

機内の通路を最後尾まで行くと。

つき当たりの壁に、軍艦の水密ハッチのようなハンドル付きの扉があった。

これか。

ハンドルを回し、手前へ引き開けた。

ごぉおおお
真っ暗に近い空間が、目の前に現われた。灯《あか》りは、天井に赤い小さな豆電球が一つあるだけだ。

ごぉおお
（――――）

貨物室内へ入る。垂直尾翼に近い後部なので、揺れる。

左右に積み上げられた木箱。何が入っているのかは分からない。上海まで運んでいく貨物だろうか。郵便袋……？　どれだろう。

（――あった）

室内の最後尾に、大きな褐色《かっしょく》の布袋――巾着《きんちゃく》のようにてっぺんで縛って留めるようになっている――がいくつか、積み上げられて載っていた。一つが高さ一メートルくらい。

郵便物がぎっしり詰め込まれているのか。

「桃色のタグ――って」

褐色の大袋は、全部で七つあった。無良に指定された袋を見つけ出すのに、上に積まれた袋をどけなければならなかった。重い。

「これか」

いったい、重要な郵便とは何だろう――

桃色の札が、目印のようにつけられた袋は、重たいせいか下の段に積まれていた。札を取り外し、上部を縛った紐《ひも》を解こうとする。

だが
（何だ、結び目が固いぞ――）

無良は『中身を出せ』と言う。仕方がない。龍之介は腰の短剣を抜き、刃で封印の紐を切った。とたんに
もぞもぞっ
袋の中身が、動いた。

「えっ」

まさか。

目を見開く龍之介の鼻先で、しかし『中身』は袋の開いた口から頭を出すと、せき込むように呼吸した。

「――はぁっ、はぁっ、ごほっ」

人間……!?

ひざを抱えるような姿勢で、郵便袋に押し込められていたのか。暗がりでも龍之介には

見える。髪は短い、しかし人形のように整った白い顔は——

(女の子……!?　まさか)

さらに龍之介の目を見開かせたのは、その少女——少年のように細い体型だ——の上半身を包む紺色の上着だった。

この制服——

驚きが、隙《すき》になった。服に気を取られ、龍之介は少女が自分を睨《にら》みつけ、右手が平手打ちのモーションに入るのに気づくのが遅れた。

「無礼者っ！」

ばしっ

「うわ」

目の前に星が飛び、龍之介は貨物室の床へひっくり返った。こんな至近距離から他人に殴られたのは生まれて初めてだ。

その頭上から、きつい声。

「わたしを、窒息《ちっそく》させる気か。この無礼者！」

「——ぶ」

無礼者……って。

●DC3　機内

袋から出て来るなり、平手打ちを食らわせた少女。

龍之介は、いったい何者なのだろう？　と思った。

「無良中佐はいる!?　案内して」

無礼者、と怒鳴りつけた次の台詞《せりふ》が、こうだった。

「わたしに、こんな服を着せたかと思えば、理由も告げずに袋へ押し込んで。いったい、ここはどこ」

「…………」

龍之介は、絶句するばかりだ。

郵便袋を脱ぐようにして立ち上がった姿は、細身だった。そして龍之介と同じ七つボタンの短ジャケット——予科練の制服を着ていたのだ。腰の短剣、白い手袋まで一緒だ。

どういうことだって訊きたいのは、こっち……

だが絶句する龍之介に、少女はきつい声で「案内して」と言うのだ。

さらに驚いたのは。

龍之介が少女を先導するように、機内の通路を前方へ戻って行くと。

ラウンジのテーブル席にいた二人の男が立ち上がり、姿勢を正すと軍隊式の敬礼をしたのだった。もちろん龍之介にではなく、後ろの少女に対してだ。

「皇女には」

「ご機嫌も麗《うるわ》しく」

ふん、と龍之介の背中で少女は息をした。

「結構よ。座って」

少女の許しを得るようにして、二人の男は再び席に着く。

紺色の予科練の制服に身を包んだ少女は、無良とさしむかいの位置に立った。

でも、自分では椅子を引かない。

無良が、龍之介に目で促《うなが》した。

（え……？）

龍之介が気づいて、横から椅子を引くと。

七つボタンに短剣を下げた少女は、当然のように腰かけた。

テーブルは四人がけで、無良と少女がさしむかい、龍之介とビショップが先程と同じくさしむかいだった。龍之介が最後に着席すると、右横で少女が『気がきかないわね』とでもいうように、ちらと睨んだ。

何だ、こいつ――

電灯の下で、あらためて見ると。少女は髪は粗野な感じに短く切っていたが、白い顔はまるで人形のようにきれいだ。その顔が、不機嫌そうにする。

「いったい、どういうことですの。無良中佐」

「話し方が、少し大人っぽくなったかな？」

「はぐらかさないで」

「そう、怒るな」無良は苦笑した。「君の身の安全のためだ。仁美《ひとみ》」

仁美……。

龍之介は、また少女の横顔を見た。

化粧気はない。でも紅はさしていないのに、唇が桃色だ。

「わたしにこんなものを着せて、袋に押し込んでトラックに載せて。ここは？　飛行機の中ですか」

「そうだ」

無良はうなずいた。

「突然、屋敷から拉致《らち》するように連れ出して申し訳なかった。だが、ことは秘密裡に運ばねばならなかった。君を連れ出した〈昭和通商〉の社員――つまり我々の特務機関の工作員にも、目的は知らされていない。ただ君を、父上の命令でさるところへ行かせろ。それだけだ」

「――父の？」

「そうだ」

無良はまたうなずくと、書類鞄を開いた。

今度は写真ではなかった。

封蠟《ふうろう》を施した、がっしりした大判の封筒と、少し小ぶりの封筒。

二つを、無良はテーブルの上に並べて置いた。

「仁美。新京で、君の父上から託されてきた」

「どっちの父？」

「両方だ」

「――」

4

●東シナ海上空
大日本航空〇〇一便・DC3機内

(―――――)

龍之介は、微《かす》かなローリングをして揺れ続ける寝台のシーツの上に、服のまま仰向《あおむ》けになっていた。

ごぉおおお――

暗くされた機内に、エンジン音が響き続ける。

目が冴《さ》えて、眠れない……。霞ヶ浦から東京までの車中で寝たせいか――いや。

それ以上に、つい先ほどまで食事のテーブルで話されていた内容が、頭を占めていた。

無良中佐に頼まれた〈仕事〉のことだ。

あの後。DC3は給油のため長崎飛行場へ着陸したが、すぐに離陸して引き続き機首を西へ向けた。

女性の乗員――エアガールというらしい――の案内によると、夜通し飛び続けて上海への到着は明朝四時になるという。上海と日本に時差はなく、そのまま日本時間が使えるらしい。

寝台が引き出され、セットされたのにも驚いた。米国製の最新鋭旅客機ＤＣ３は、十二名の乗客のために折り畳み式の寝台を備えている。夜通しの飛行でも、寝台特急のように乗客は寝て過ごせる。寝台を装備しない場合は、二十五名ぶんの客席を設置出来る、という。

「アメリカ人は、このＤＣ３を造った。航空技術は素晴らしい。認めよう。しかし、やっていることはまるで感心しない」

頭に蘇るのは、金髪の英国人――いま通路を隔てて斜め向かいの寝台でいびきをかいている、アレキサンダー・ビショップの言葉だ。

「アメリカは、支那の大陸へ進出したのは後発だから、企業が市場へなかなか参入出来ない。そこで最近では蔣介石《しょうかいせき》を支援して、既存の社会システムを一度全部ぶち壊そうとしている。スクラップ・アンド・ビルドというやつだ。われわれ英国が、大陸の治安をよくすることで経済を発展させようと考えているのと、真逆のことをやろうとしている」

「あなたがたは、仲間ではないの」

少女――なぜか予科練の制服を身につけた男装の少女が、訊いた。

松村仁美。

そう紹介された。

歳は、龍之介と同じくらいだろうか。


（――――）


あの少女――

龍之介の脳裏には。

さらに、その数分前の『場面』が呼び起こされる。

テーブルでの会話。

「小さい封筒は、父上からの言づてだ」

無良中佐が、少女の前に置いた大小の封筒――大きい方は封蠟がしてある――を指して言う。

「まず、それを読みなさい」

「――――」

少女は一瞬、無良を睨むようにすると、卓上の封筒を手に取った。

封を切り、黙って読んでから、書面を伏せて置いた。

「何と書いてあった」

「父は、わたしにこの仕事を託す、と」

続けて少女はつぶやいた。十四番目の娘なんて、覚えていてくれたのかもわからなかったのに――


龍之介には、わけが分からなかった。

突然に現れた少女。

なぜ、「姫」と呼ばれているのか。

なぜ予科練の制服を――男の服装をしているのか。

「君は、すでに日本へ帰化した身だが」

無良は少女を見て、告げた。

「日満両国の絆として、両方の国籍を維持している。今回の秘密交渉では、満州国皇帝の娘として、父上の名代を務めてもらう」

「――――」

少女は、無良を睨み返すようにする。

その横で
（満州国皇帝の、娘……!?）

龍之介は息を呑んだ。

だが
「交渉は」

驚く龍之介に構うそぶりもなく、無良は続ける。

「明日の正午、上海の英国租界のキャセイ・ホテルで民間企業の商談を装い、極秘に行われる」

「そうだ」ビショップもうなずいて言う。「日英満・三国同盟協定締結のための、秘密事前交渉だ」

日英満・三国同盟。

ビショップの口から発せられた言葉は、少女にはプレッシャーを与えたのか。

白い顔が唇を嚙《か》んだ。

「それで、わたしにこの格好……？」

「そうだ」

無良はうなずく。

「身の安全のため、偽装しなくてはならない。君には帝国海軍のパイロット候補生に扮してもらう。そちらの鏡龍之介は、君の警護役だ。男子二人、予科練の同期生同士の休暇旅行ということにする。これから交渉終了まで、いつも二人で行動しろ。彼が君を護《まも》る」

「!?」

声を上げそうになったのは龍之介だ。

そんなこと――聞いていない。

それに、この子は……。

「龍之介」

無良は、龍之介に言った。

「こちらは満州国第十四皇女。つまり清朝最後の皇女、松村仁美だ。日本名で呼んでいい、本名は発音しづらい」

「………」

龍之介は絶句した。

（松村、仁美――？）

思い出した。

「身の安全のためって。誰が、わたしの生命《いのち》を狙うの？」

少女は、きつい目で周囲を見回す。

「たとえばアメリカだ」

ビショップが応えた。

英国商社員を装う諜報員は、このDC3旅客機は立派だが、アメリカのやることは感心しない——という話をした。蔣介石を支援し、大陸の秩序をぶち壊そうとしている。

「あなたがたは、仲間ではないの」

「冗談ではない。アメリカの一党を、英国の身内だと思わないでくれ。あいつらは欲のためなら何でもする。かつて英国国王から財産を奪い取り、アメリカ先住民族から土地を奪い取り、自分たちの産業を発展させるため奴隷を買ってきて使った」

「…………」

「アメリカには、徳というものがない」

「徳……？」

「そうだ」

「アレキサンダー・ビショップ。世界中を植民地にして、父の国にかつてアヘン戦争を仕掛けたあなたがた英国が、徳なんて言葉をつかうの？」

「あのアヘンの輸出は、清国との貿易赤字を解消するため仕方なくやった」

ビショップは、両腕を上げて弁明するようにした。

「英国が清国から茶を大量に買うのに、清国は英国から、近代化に役立つはずの製品や産品を何も買おうとしなかった。アヘンしか買わなかった。そのうえ英国に対し『朝貢しろ』と言ってきた。あの時代の清は、世界をよく見て近代化すべきだったのだ。君の、もう一人の父の国のように」

「口先男」

ふん、と少女は横を向く。

無良が「仁美」ととりなすが
「ひどいことをしたのに、立派なこと言われたって、信用できないわ」

清朝最後の皇女だという松村仁美と、英国人は言い合い——議論を始めたが。

（————）

龍之介は、話の内容など頭に入っては来なかった。

この少女は。三年前、声だけを聞いている。そういえば、聞き覚えがある。

白金のあの屋敷に、母さんと一緒に住んでいるのか——

無良、ビショップとは、面識があるらしい。

母と一緒に暮らしているらしい少女。

それもほぼ同い歳だ。

無良中佐は、そして俺に、なんと言った。この子を護れ……!?

「いいかね仁美。君からはわれわれ英国が世界中で植民地を支配し、悪魔のように富を収奪しているように見えるかもしれないが、少し違う。われわれは尊重すべき相手は尊重する」

ビショップは、仁美を相手に強調した。

「最近ではフランスでも革命がおきて、王朝が民衆によって倒された。しかし英国では革命は起きていない。それは、身分の低い者でも実力があれば認め、貴族に取り立ててきたからだ。全世界の植民地でも、現地民に対して実は同じように接している。実力のある者は人種にかかわらず、認めて処遇している。だからこれだけ版図が広くとも、秩序ある支配が永く成立している」

「――――」

「大帝国を運営するのに、品のないやつは駄目だ。徳がなくては駄目だ。日本にはそれがある。一九〇〇年の北清事変で北京《ペキン》の共同租界が義和団《ぎわだん》に包囲されたとき、救援に駆けつけた日本軍の働きは、すばらしかった。勇猛果敢、しかも戦場で兵士が誰一人略奪をしない。一糸乱れぬ戦いぶりに、英国軍ですら学ぶところがあった。だから日英同盟を組んだ。パートナーにすべき国と考えたからだ」

「――――」

「英国はそれまで、どこの国とも対等の同盟など結ばなかった。『誇りある孤立』を矜持《きょうじ》としてきた。その英国が、有史以来初めて他国と対等なる同盟を結んだ。相手が有色人種国の日本であったことに、世界が驚いた。だが驚くには値しない、同盟を組んだことで日本は日露戦争に勝ち、満州へのロシア進出を阻んで、五大国の一員となった。見事に実力を見せてくれた。

その後、日本の興隆《こうりゅう》を喜ばないアメリカの差し金で、一九二一年のワシントン軍縮会議の場で、無理やり解消させられてしまったが。今それを、復活させようというのだ。しかも今回は二国間だけのパートナーシップではない、日英満・三国同盟だ」

「英国は」無良が言った。「ここ三年の満州国の治安の良さと、産業の発展ぶりを目にして、日本だけでなく満州国とも同盟しようと考えたのだ」

「その通りだ」

しかし

「何よ、その上から目線」

少女は腕組みをして、ぷいと横を向いた。

「イギリス人。やっぱり自分たちが、世界の王様だと思ってる」

「仁美」

無良が口を挟《はさ》んだ。

「満州国は、存立の危機にある。父の国を救うには、この交渉を成功させるしかない。せっかく日本と協力して、これだけのものを築き上げたのだ。世界世論が『満州国は中華民国のものだ』と決め付け、アメリカとソ連が軍事干渉してきたらどうする。国民党はそれを狙っている」

「…………」

「しかしいくら国連が『承認しない』とか言っても、大英帝国が対等の相手として同盟を結べば、これを無視できる国はほとんどない」

「…………」

「ただ一つ問題は、満州国自体に、その覚悟があるのか。国家創立に日本の手を借りたのは、日本自身が明治維新に外国の手を借りたのだから、似たようなものと言える。だがいつまでも、傀儡国家とか言われているようではだめだ。今後は同盟国として、独り立ちしていく覚悟があるのか。皇帝自身が、その意志を示さなければ」

「…………」

「その役目を仁美、君がする。親書を携えて交渉の場へ赴き、皇帝の名代として、英国交渉使節団の前で満州国の決意とビジョンをプレゼンテーションしろ。君にならできる」

横を向いて、腕組みをした少女が、きっと睨《にら》むように無良を見た。

「わたしは――」

だが、言いかけた少女を遮るように

「無良さま。電報です」

ラウンジの前方、操縦室のドアを開け、制服のエアガールが出てきた。早足で近寄ると、無良へ一枚の紙を手渡した。

「至急電だそうです」

●DC3　機内

ごぉおおぉ――

「――――」

龍之介は寝られずに、寝台を出た。

今、どのあたりを飛んでいるのか……。

暗い通路を前方へ歩くと、食器を片付けられたラウンジのテーブルの横に窓がある。

歩み寄って、覗《のぞ》くと。

外界はうっすらと層状の雲が下にあり、濃い藍《あい》色の空間が広がっている。

夜明け前の、東シナ海か。

長崎からは汽船ならば一昼夜かかる行程を、飛行機は四時間で飛び越すと言う。

（――――）

窓からはDC3の主翼と、回り続けるプロペラが見える。翼端には、緑色の航行灯。

高度は、一〇〇〇メートルくらいだろうか。

自分なら、もしこの機が敵の重爆撃機だとして、どう攻撃するだろう――

本能的に、そんなことを考えた。猟師の子として育った。あの翼端の緑のランプは、よく目立つ。

俺ならあれを目印に、斜め上方から一撃浴びせるか……。

九三中練を駆って、仲間や教官と模擬戦に明け暮れていた。霞ヶ浦での訓練期間中は、毎日、暇さえあれば頭の中で空中機動をイメージしていた。

それが……。

龍之介は、客室内を振り向くと、カーテンのかかった寝台の一つを見やった。

――『下士官の見習いに』

きつい声が、蘇《よみがえ》った。

――『下士官の見習いに、わたしのエスコートをさせるの？』

唇を嚙んだ。

すると
「どうした、龍之介」

声がした。

横の寝台のカーテンが開き、アンダーシャツの無良が上半身を起した。

「寝ておくのだ、龍之介」

「無良さん」

「どうした」

龍之介は、無良の寝台の傍へ行くと、床にひざをつくようにして
「いったい、どうしてなんです」

無良に尋ねた。

「どうして、俺があの子を護るんです」

「知りたいか」

「あの。話を聞いていてなんとなく、極秘の国家間の交渉へ出かけるというのは、わかりました。あの子が、満州国皇帝の娘だって――白金の屋敷に住んでいる養女だってこともわかった。でも、身辺警護なら、あなたの特務機関の工作員にいくらでも」

「みな、大人だ」

「え」

「うちの組織には皇女の——仁美の警護ができる工作員は、大人しかいない。見る者が見れば、皇女を身辺警護しているとすぐばれる。だが同い歳の少年なら、警護官に見えない。仁美を男装させ、少年二人に見せれば、なお安全だ」

「………」

「あの子は胸がない。遠くからなら、少年にしか見えん」

「でも」

龍之介は、自分の制服のシャツに手を当てた。

「俺は、飛行機の操縦なら得意ですけど」

「いいや」

無良は龍之介を見返した。

「皇女の警護も、出来るはずだ。お前は三年前、爪浜の共産党アジトへ単身乗り込んで、同級生だった工作員の少女を『救出』した」

「えっ」

「十数名の共産党戦闘員を相手に格闘し、津島瑛実《つしまえいみ》という名の未成年工作員を、粛清される寸前に助け出して脱出した」

「……どうして」

龍之介は三年前、予科練の試験に紛れ込んで、無良に助け出されたとき。共産党に捕まりかけて逃げた——とは話したが。瑛実を助け出したことは、話した覚えはない。

どうして、無良は知っているのだ。

それに俺は、瑛実の苗字《みょうじ》も知らないぞ……!?

「どうしてそれを」

「山田巡査が、逮捕された後に特高の取調べで吐いたのだ」

無良は言った。

「お前の〈活躍〉は、調書で見た。銃三丁で狙われようと構わずぶつかって行き、少女を助けた」

「………………」

絶句する龍之介。

「追われる過程で、その子とははぐれたのか？」

「……はい」

「そうか」

無良は右手を伸ばし、龍之介の肩を摑《つか》んだ。

「津島瑛実は、共産党を裏切ったかどで、組織に追われる身となった。こちらへ引き入れれば貴重な人材だ。特高警察も捜しているらしいが、見つからないそうだ」

「………」

「どこかで、生きているといいが」

それだけ言うと、無良は寝台に仰向けになり、シーツをかぶってしまう。

「無良さん」

「寝ておけ。着いたら大変だぞ」

それきり、無良は寝てしまった。

ごぉおおお――

龍之介は、エンジン音が低く反響する客室の空間で、並ぶ寝台の一つを見やった。

俺に、あの子を――警護しろって言うのか……？

つい一時間ほど前のテーブル席での会話。操縦室からもたらされた電報を無良が受け取ったときのことを、思い出す。

その時。無良は紙片を覗くなり眉をひそめた。

「まずい」

至急電だ、とエアガールが言った。何か緊急の知らせなのか。

「蔣介石の国民党軍本隊が、要塞を出て動き始めた。上海へ接近している。まずいな、租界を包囲するつもりか」

「本当か」

ビショップが、身を乗り出す。

「例のドイツに造らせた要塞か」

「そうだ」無良はうなずく。「浦東《プートン》の海岸要塞群が、完成したらしい。動きを察知して、帝国海軍の機動部隊が東シナ海洋上から上海へ接近し圧力をかける」

「五年前の上海事変のような、武力衝突になるのか」

「わからん」無良は頭を振る。「だが、狙い澄ましたようだ」

龍之介は、二人の男の会話から、これから向かう上海に不穏な動きがあるらしい――とは感じ取った。だが大陸の情勢は複雑で、海軍に入って三年になるのに、よく理解できない。

「この機は、虹橋《ホンチャオ》飛行場へは着けるのか」

無良が訊くと。

「今のところ、引き返しの指示は来ていません」

エアガールは、カールした髪の頭を振る。

「機長に、急ぐよう伝えてくれ」

「わかりました」

松村仁美は、その様子を見て「戦闘が起きるの？」と訊いた。

「わからんが、可能性は高い」

無良は言う。

「蔣介石は五年前にも『上海から日本人を追い出す』と言って攻撃をかけてきた。日本の租界地区だけでなく、日本租界が存在するととばっちりを食うぞ、といわんばかりに他国の租界も攻撃した。上海事変と呼ばれる事件だ。あの時は日本が援軍を送り込んで撃退したが、今度は国民党は、海岸線にドイツの協力を得て要塞を建設している。援軍を上陸させない構えだ」

「つまり」

仁美は、きっと無良を睨むようにした。

「上海へ行けば、危険なのね」

「そうだ」

「わかった」

髪の短い少女は、うなずいた。

「では、行ってあげる」

龍之介は、思わず少女の横顔を見た。

桃色の唇が結ばれている。

「父の親書を持って、キャセイ・ホテルの交渉の場へ行けばいいのね」

「そうだ」

無良はうなずく。

少女は、封蠟を施された大判の封筒を持ち上げた。

「中を、見てもいい？」

「構わんが」

無良が了承すると。

少女は腰の短剣を抜いて、封蠟を切った。

中の書面を取り出して、読んだ。

「――満州国は日本とともに大陸の秩序ある発展をのぞむ。そのために英国と手を組みたい。日英満・三国同盟に参加を表明する、この親書をわが娘に託す。愛新覚羅《あいしんかくら》溥儀《ふぎ》」

「――」

「――」

読み上げる顔を、二人の男と、龍之介が見た。

危険だ、と告げられた途端、少女は「行く」と表明した。

いったい、何を考えているのだろう――

訝《いぶか》る龍之介を、少女のきつい目が見返した。目の光は、強い。

龍之介は「うっ」とのけぞる感じだった。

「この人が、わたしをエスコートするのね」

「そうだ」

無良は改めて、少女に龍之介を紹介した。

「鏡龍之介だ。つい昨日、予科練の課程を卒業した」

「鏡――」

「龍之介だ」

するとー

くっ、と少女の目は一瞬、苦笑するようにしたが。

すぐに表情を戻して、白い手袋を取ると、左手を差し出した。

「よろしく」

「？」

龍之介は、一瞬戸惑った。握手するのか……？

でも、左手だし。手の甲を向けてきた。なんだろう。

「あぁ、違う」

ビショップが口を出した。

「皇女が左手を出されたら、椅子から立ってひざをつき、口づけするのだ」

「……えっ？」

「愛新覚羅家の女子は、英国式に教育されている」

「……？」

わけがわからないでいると

「ふん」

松村仁美は、つまらなさそうに手袋を戻して、龍之介を見た。

「あなた、階級は？」

「え、あぁ。二等飛行兵曹――になる予定だけど」

「無良中佐、下士官の見習いにわたしのエスコートをさせるの？」

「そう言うな」

「おまけに、うちの犬の」

「それも言うな」

「いいわ」

少女はうなずいた。

「エスコートしてもらうけど。騎士とは言えないわね。せいぜい番犬ね」

「ば——」

龍之介は絶句する。

な、何を言うのか。

どうして俺が、こんなやつのガードを、命がけでやらなければいけないのか。

だが、ムッとした龍之介の表情になど構わず、松村仁美——満州国の第十四皇女は訊くのだった。

「どうだ。制服の着こなしは、これでよいか」

「——?」

「これからわたしは、男言葉を使う。あなたも——いや貴様も、わたしを男の同期生として扱え。龍之介」

仁美は立ち上がると、龍之介に自分の立ち姿を見せた。

「ふだんから、乗馬姿で出歩いている。男装なら、堂に入ったものだろう」

でも予科練の七つボタンの短ジャケットはぴったりしているので、いくら少年体型だといっても、近くで見れば微妙な胸の膨らみがわかってしまう。

「さらしを、胸に巻いたほうがいい」

龍之介は仕方なく、言った。

「いくら胸が小さくても、これじゃ女の子だってわかる」

「はっきりと、ものを言うのね」

「だって」

「もっと、言い方というものがあるでしょう」

ぷいと横を向くと。

仁美は「もう寝る」と言って、エアガールのセットしてくれた寝台へもぐりこんでしまった。

それが、一時間前だった。

上海へ着いてからの〈仕事〉を考えると、寝ておいたほうがいいのはわかる。

でも龍之介は寝付けなかった。

客室は、寝台をセットしてしまったので、座るところがない。仕方なく、自分が起き出して来た寝台へ戻ろうとする。

（――――）

一台の寝台の、カーテンの前で足が止まった。

エンジン音の響きの中でも、龍之介にはあの少女――低い声で男言葉を吐いて見せた松村仁美の寝息が、聞こえてしまう。

（――君の）

龍之介は、心の中で問うた。

寝台のカーテンの中の少女に、訊いた。

君の今のお母さんは、どんな人なんだ……？

何でもいいから、話してくれないか。

いや、そんなこと訊いたら――

「訊いてみたいけど……」

カーテンの中の寝息は、気にしないようにしようと思うと、ますますはっきりと聞こえてしまうのだった。

龍之介は、立ったまま唇を嚙んだ。

「く――」

だが、その時。

気をつけろ。

龍之介の中で、またあの〈勘〉――戦闘のときに助けてくれる何かが、もぞっと動いた。

気をつけろ、何か来る。

（……!?）

はっ、として顔を上げた。聴覚に何か感じた。少女の寝息に混じって、右斜め上方――客室の湾曲した天井のさらに上、はるかな高みから、圧力のようなものが急速に迫る。

何だ――

危険。

危険だ、離脱しろ

5

●東シナ海上空　DC3

だが〈勘〉が教える暇もなく。

ブンッ！　と空気を切り裂く気配がしたと思うと頭上から衝撃が襲った。

バカンッ！

「うわっ！」
何が起きた――と思う間もなく龍之介は横ざまに吹っ飛ばされ、寝台に叩きつけられた。
同時に
ズシィンッ
ぶわっ
機体が上方から打撃されたように上下し、機内の固定されていない全ての物が宙へ舞い上がった。
龍之介はなすすべなく、カーテンを突き破って寝台へ放り込まれた（だがおかげで機外へ吸い出されずに済んだ）。「きゃあっ」と胸の下で悲鳴。
「――何するのよっ！」
「つかまれっ」龍之介は自分が下敷きにした少女に怒鳴った。「吸い出されるぞ、つかま――うわっ」
同時に自分も、寝台の細い金属支柱をつかんだ。身体が浮き上がる――！
（どこか大穴が、開いたかっ）
ぶわわっ
猛烈な風圧。舞い上がる毛布。きゃあっ、と悲鳴を上げて少女がシーツの上から吸い出されそうになるのを、とっさに右腕で抱きかかえるようにして止めた。

数秒で風圧はやむ。だがぶぉおおっ、と凄まじい風切り音。

く、くそっ。

顔をしかめ、抱きかかえた短髪の少女の頭を放そうとすると、寝台が傾いた。大きく、ひっくり返りそうな角度に……！　「きゃあ、何するのよっ」胸の下に組み敷く形の少女が叫ぶが、やむをえない。龍之介は少女の手首をつかみ、支柱につかまらせると、自分は転がるようにして寝台を出た。

「うっ」

斜めになった床へ落下し、叩きつけられる。機体がロールしている――四十五度を超えてる、下手をすれば背面になるぞ……！

ぐぉおおっ

床に手をつく。立てない、Gがかかってる。くそっ、機は操縦されているのか……⁉　さらに傾斜する。止まらずに、すべてが逆さまになっていく。まずい――これは背面急降下だ……！

ばさばさばさっ

物が頭上から落ちてくる。はっ、と目を上げると、天井が三分の一なくなっている。えぐり取られたように、Vの字に裂けている。

「くっ」

あれは。

まさか。大口径機銃を食らった……!?

何ものかに、撃たれたか。

「くそっ」

このDC3は攻撃されたのか。

機体が回転する。操縦席へ、行かなくては――!

龍之介は歯を食いしばり、風圧の中、斜めの床を這い進んだ。天井の破口から猛烈に空気が押し寄せる。太い胴体を持つDC3の機体は、三六〇度ロールしながら急激に機首を真下へ向けていく。通路が下り坂――いや機首に向かって垂直の壁に。遠心力のGに抗して膝立ちになり、龍之介は床を蹴って前方操縦室のドアに飛びついた。飛びつくと言うより、頭から落下してドアにぶつかった。

がんっ
「うわっ、くそ」

ハンドルをつかみ、ひねると、ドアは向こう側へばんっ、と開いた。龍之介はそのまま頭から操縦室へ落下するように飛び込んだ。右側操縦席の背面に、頭からぶつかった。

とっさにシート・バックにしがみつくと、身体がふわっ、と浮く。

(――!?)

ぶぉおおっ
自由落下に入った……!?

左右の操縦席につく民間操縦士は二名とも、ぐったりと動かない。コンソールの左右の舵輪式操縦桿は、そろって勝手に動いている――

やばい。

藍色の壁のようなものが、前面風防の向こうから回転しながら迫ってくる。

(――錐揉《きりも》みだ……!)

機体はへさきを真下に、ロールしながら落下していた。龍之介は右側操縦席の背面につかまって宙に浮いていた。右手を伸ばし、操縦桿をつかもうとするが
「――操縦士が、じゃまだっ」

自由落下で、ほとんど無重量状態だ。龍之介は左手で操縦席のシート・バックをつかんで宙に浮いたまま、右手を伸ばして操縦士の座席ベルトのバックルを探った。あった――つかんで、回すとカチッと外れた。気を失った操縦士の身体が浮く。宙に浮く操縦士を押しのけ、懸垂《けんすい》のように左手をひきつけ、右横から操縦席へ滑り込んだ。

ぶぉおおっ
「くっ」

旋転は、どっちだっ……!?
錐揉みの回復方法は、練習機も大型機も変わらぬはず――機体の回転は左だ、右ラダーを踏めっ……!
ぐんっ
思い切り足を踏み込むと、方向舵が利く感覚がして、藍色の壁が回転を止めた。だがもう目の前に迫る。龍之介は両足を方向舵に踏ん張りながら、操縦桿をつかみ、引いた。
だが
(――重い……!)

●東シナ海　上空

太い胴体の双発旅客機が、頭部をまっさかさまに、落下していく。

高度一〇〇〇メートルを飛行していたＤＣ３は、突如、斜め上方から襲った正体不明の航空機に攻撃を受けたのだった。一連射の機銃弾のうち一発は胴体背面を斜めに貫通、もう一発が左主翼エンジンを直撃して破壊した。大型双発機は着弾の衝撃で大きく左ロール、操縦士が二名とも失神し、コントロールを失って旋転急降下――錐揉みに陥った。

今、方向舵が操作されて機軸まわりのロール運動は止まったが。大型の機体は依然左翼から煙を引きつつ、まっさかさまに真下の海面へ突入する。

●DC3

「――舵《かじ》が重いっ、くそ！」

龍之介は舵輪式の操縦桿を両手で握り、手前へ引き寄せようとしたが。

複葉練習機の九三中練よりも、昇降舵ははるかに重かった。大型機の舵は、こんなに重いのか。いや急降下で限界速度を超過しているのか……!? 足を踏ん張ろうとするが、無重量状態で身体が浮いてしまう……！

「くそっ」

力が――！

そのとき。

もう一本の腕が、龍之介の左肩の後ろから伸びてくると、一緒に舵輪をつかんだ。

「……!?」

「これ、引くんでしょっ」

耳元で、きつい声がした。

「何やってるのよ、早く引きなさい！」

松村仁美の声が怒鳴ると、龍之介の握る操縦桿に白い左手、ついで右手が重なって、一緒に舵をつかまえた。指の関節が白くなり、龍之介の腕とともに、手前へ引いた。

ぐうっ

(動いた……!)

途端に

ざぁああぁっ

凄まじい風切り音とともに、前方視界いっぱいの藍色の壁が、下向きに流れた。機首が上がる——! 猛烈な勢いで視界が下へ流れ、同時に無重量状態はなくなって強いプラスGがかかり、龍之介の身体を座席へ叩きつけた。

「きゃあっ」

仁美の悲鳴がして、白い手が吹っ飛んで消えた。操縦席の背面にしがみついていた姿勢から、どこか後ろの床面に少女が叩きつけられる気配がしたが、振り向くことはできない。龍之介は目の前に水平線が現れるまで、機首を引き上げつづけた。

ぶわっ

前面視界が真っ白に。

一瞬、海面に突っ込んだか——!? と感じたが、違った。潮のしぶきを前面風防に浴び、

ＤＣ３は腹で海面を擦るようにして水平飛行に入ったのだった。

グォオオオッ――

「はぁっ、はぁっ」

龍之介は操縦桿を握りながら、肩で息をした。

水平に、戻った――

だが今度は、ほうっておくと機体は左へどんどん傾いて、偏向しようとする。傾く。

左か。左エンジンが動いてない。右ラダーだ。右方向舵で、推力の不均衡を支えるんだ

（発動機が、右か左、どっちかやられてる……！）

……！

右足を踏み込んで、偏向が起きないように支えると。どうにかＤＣ３は、まっすぐに飛ぶ。

「だ、大丈夫かっ」

夜が明ける寸前の、藍色の水平線を睨みながら、龍之介は背中に訊いた。

「立てるかっ」

「――う、うるさいわ。わたしを誰だと」

「左、見てくれっ」

龍之介は、大型機は初めてだ。水平線から、目を離すことが出来ない。

「左エンジンが、どうなっているか見てくれ」

「……！」

少女が、情況を察知したのか、操縦室の左側面窓に取りつく気配がした。

「……あれがエンジン？　プロペラが、なくなってる。煙を噴いて──」

だが同時に

（──！）

龍之介の〈聴覚〉が何か感じ取った。

音ではない、耳に感じる。これは気配だ。右の、後ろ斜め上方、何か圧力のようなものが来る……！

かわせ。

〈勘〉が教えた。

やられるぞ、かわせっ。

「くっ」

龍之介はとっさに、舵輪式の操縦桿を思いきり引きつけると、不均衡推力を支えるため踏んでいた右足をさらに一杯に踏み込んだ。

ぐううっ

スロットルはこれか。左手で中央コンソールのレバーを全開へ叩き込む。唸《うな》りを上げ、機首が瞬間的に天を向いて、水平線が窓の下へ吹っ飛び藍色の空だけになる。同時に空全体が右回りにぐるっ、と回転した。
「きゃぁぁあぁっ」
左の窓で外を見ていた仁美が悲鳴を上げるが、構っていられない、龍之介はさらに操縦舵輪を右へ思いきり切った。大型旅客機でバレル・ロールが出来るのか――？　などと考える余裕はなかった。
ずざぁああっ
機体が軸まわりに回転。身体が浮き上がり、頭上に海面が――いやDC3が今背面になっているのだ。髪の毛が逆立つ。その頭のすぐ上を、真っ赤に灼《や》けたアイスキャンデーの群れが後方から前方へ通過した。
ズババババッ
目もくらむ、衝撃波。
ドシィンッ
「ぐわ」
ショックは食らったが。機銃弾の直撃はかわした。そのままバレル・ロールを続ける。天地は廻り続け、数秒ですべてが元の位置へ戻る。DC3が、軸まわりに宙を一回転したのだ。

同時に
ブォッ
何かが、後方から頭上を追い越した。

水平に戻った操縦席の上すれすれを、何かの影がかすめて追い越して行った。疾《はや》い。

複葉のシルエット。

(……何だあれは)

たちまち小さくなる。目を凝《こ》らす。

あれが、銃撃をしたのか……!?

シルエットは急上昇し、窓枠の上へすぐ見えなくなる。

「い、今の何っ」

松村仁美が、気を失った左席操縦士の上半身にしがみつくようにして、後ろから風防を指した。

「どこかの戦闘機?」

「わから──」

龍之介は複葉の機影らしきものを目で追うが、その途端

ボンッ

機体の左側で、爆発のような響きがして操縦席がぐらっ、と揺れた。

（うっ!?）

操縦桿で、姿勢を支える。

ビーッ

中央コンソールのスロットル・レバーの横で、赤い警告灯が点灯し警報音が鳴った。

何だ。

〈1〉という数字のランプが、真っ赤に光っている。

ハッ、と息を呑んだ少女が左の窓へ取りつく。

「燃えてる、左エンジン！」

く、くそ。

龍之介は歯嚙みする。

今、無理をかけたせいかっ……！

ビーッ

そこへ

「おい、どうしたっ」

客室から、寝台を這い出して来たのか。無良とビショップの声が背中で呼んだ。

「て、敵の攻撃かっ」

「つかまっていてくれっ」

龍之介は、怒鳴り返す。

どうする。

天空を一周して、今の奴はもう一度攻撃をかけてくるぞ……

いつか、Ｉ16に襲われた時と同じだ。

(どうする)

闘え。

龍之介の中で、また何かが言う。

敵を倒せ。

「燃えてるわっ」

左の窓で仁美が叫ぶ。

「どうすればいいの。消す方法はっ」

ががが っ
機体が、上下に激しく振動し始めた。

ががっ

「みんな、つかまれ」

龍之介は叫んだ。

「もう一回バレル・ロールをやったら分解してしまう。このまま着水させるぞ、つかまって衝撃に備え――」

だが龍之介が最後まで言い終わらぬうち、
バガンッ
爆発の衝撃がして、前方視界が急激に左へ傾いた。

「うわっ」

支えを失ったかのように、左へ傾く。とっさに操縦桿を右へ取る。フルに切るが、駄目だ、傾きは戻らない――！

エンジンが爆発して、主翼がもげたかっ……！

「つ、つかまれっ」

●東シナ海　海面

左翼エンジンが爆発し、エンジンから外側の主翼がもげて無くなったＤＣ３は、操縦者の必死の操作で仰向けにひっくり返るのだけは防ぎながら、そのまま傾いた姿勢で斜めに海面へ突っ込んで行く。突っ込む直前、昇降舵の操作が行われて機首が上り、かろうじて尾部から波頭を打った。

瞬間、凄じい水煙が、まるで水中爆発のように立ち上がって機体を隠した。

●DC3

ズバババババッ

「うわぁあっ！」

龍之介は舵輪式の操縦桿を一杯に右へ取って手前に引き、何とか尾部から機体を海面へ接触させたが。

次の瞬間、前面風防の目の前が真っ白になった。同時に凄じい減速ショック。ハーネスを締めていない上半身が、計器パネルに叩きつけられた。

「ぐわっ」

DC3が海面に突っ込み、つんのめるように止まったか……!? 風防ガラスが吹っ飛ぶように割れ、白い海水が頭の上から怒濤《どとう》のようになだれ込んだ。

ザバババババッ

（……うっ）

息が、出来ない……！　龍之介はパネルに手をついて上半身を起こし、水の上に顔を出そうとしたが、出来ない。たちまち天井近くまで濁流《だくりゅう》に呑み込まれていく。息を止めたまま、パネルを足で蹴るようにしてなだれ込む海水の上へ浮き上がった。

「――ぐはっ」

必死に呼吸する。そのまま、まるで急流に跳び込んだかのように身体が運ばれる。手足を動かしても、どうしようもない。

たちまち操縦室扉から、客室内へ運ばれる。キャビンもすでに空間の大部分が、濁流に呑み込まれていた。

やばい、沈むぞ……！

大破した全金属製の機体だ、浮いていられるわけがない。

渦のような濁流に運ばれ、すでに無良、ビショップの頭が水面に見えている。水面はどんどん上がる。天井との間隔はもう五〇センチもない。

「天井に、破口がある」

龍之介は怒鳴った。

「そこから、外へ」

「姫はっ」

無良が、振り向いて叫び返した。

「姫はどこだっ」

「……!」

はっ、として龍之介は見回した。濁流の水面に、松村仁美の頭は――浮いていない。見えない。

操縦席の後ろにいた。俺より先に、客室へ流されたはずだ。

(――水の下……!?)

泡立つ濁流の水面を見た。何も見えない。

その時。天井のV字形の破口から、光が差し込んだ。

「うっ」

眩《まぶ》しい、斜めの光。

太陽が、昇ったのか。同時に逆巻く海水を通して、足の下に客室――寝台の並んだキャビンの様子が見えた。龍之介の足の下、一台の寝台のカーテンが水流に翻《ひるがえ》っている。そのカーテンに見え隠れして、白いシャツに紺のズボンのシルエット。

(――いた!)

溺《おぼ》れているのか。間に合うといいが……!

龍之介は息を大きく吸うと、潜った。

思い切り腕を掻き、数メートル下へ。

（……!?）

水の中で、目を見開いた。

少女は、溺れているのではなかった。自分の寝ていた寝台の中へ上半身を入れ、手探りで何か捜していたのだった。

何を、しているんだ……？

斜めの太陽光が差し込んで、シーツの白と、松村仁美の制服のシャツの白が光った。

短い髪が、水中で揺れる。

白い横顔が、何か見つけたようだ。腕を伸ばして寝台の奥から何かつかみ取った。

早く、上がるんだ。

龍之介が手で合図すると。

少女の白い顔は、こちらに気づいて、きつい目でうなずく。その両腕に大事そうに大判の封筒を抱えている。だが
ゴキキキッ
水中に鈍い金属音がして、少女が半身を入れていた寝台の壁が斜め上から潰れるように倒れて来た。

「……！」

少女の顔が驚きの表情に。急いで浮上しようとしたが、腕に封筒を抱えているので水を掻《か》けない。ズンッ、という響きとともに寝台を吊っていた金属のフレームに、少女は右の足首を挟《はさ》まれた。

しまった……！　龍之介は目を見開く。ＤＣ３の胴体が、水圧でひしゃげたか。

すぐに腕を掻き、松村仁美の右足首を挟み込んでいる金属フレームに取りついた。両手でつかみ、持ち上げようとした。動かない。

（……く、くそっ）

大丈夫かっ。

目を上げると少女と視線が合う。苦痛をこらえる表情。でも両腕に抱えた封筒は放そうとしない。

早く、脱出しなくては。

ＤＣ３を攻撃したあの戦闘機が、とどめの銃撃を加えにまた襲って来るだろう。だが床に足を踏ん張って持ち上げようとしても、仁美の足首を挟み込んでいるフレームは微かにしか持ち上がらない。

く、くそっ。

仁美は。溺れていないか……!?　目を上げると、苦悶する目は『早く外して』と龍之介に言う。両腕に封筒は抱えたままだ。

そんなもの、持つな。

龍之介は少女の手から封筒を奪い取ると、そのへんに放り捨て、『一緒に持ち上げろ』と手で示した。

仕方なくか、少女も一緒にしゃがみこむようにして、自分の足を挟んでいる金属フレームに手をかけた。龍之介とともに持ち上げようとする。

（……うっ）

わずかしか、上がらない。

もう少しだ、頑張れ。

龍之介は少女を目で叱咤《しった》したが。仁美の人形のような顔は、ふいにコポッと唇から泡を吐き、白目を剝《む》きかけた。

まずい、息が切れる……！

龍之介はとっさに、少女の白い顎をつかむと、その唇に自分の唇を合わせた。口腔《こうこう》の中へ息を吹き込んだ。

「……！」

少女の目が開き、驚きの表情で龍之介を見返した。

同時に

ゴキュッ

足下で金属の動く響きがして、フレームが持ち上がった。

（……!?）

驚いて見ると、無良とビショップだった。長身の男二人がいつの間にか潜って来ていて、二人がかりで仁美の足を挟むフレームを持ち上げてくれた。

仁美の足が抜けた。四人で同時に床を蹴るようにして、浮かび上がった。

ざばっ

「――――！」

水面へ出ると、もう天井との間隙はほとんどなかった。

水没しつつある。この機体は、間もなく沈む……！

「早く、天井の穴へ！」

龍之介は叫んだ。

その横で

「ごほっ、ごほっ」

仁美が、激しく息をついた。

「大丈夫か、泳ぐんだ」

龍之介は少女の肩をつかんで、引いて行こうとするが
「ごほっ」

仁美は、その腕を払うと、また息を吸って下へ潜ろうとする。

な、何を考えているんだ。

「やめろっ」

龍之介は仁美のシャツの首の後ろをつかむと、無理やり引いた。

「──何するのよっ」

「死にたいのか、出るんだっ」

「また敵機が来るぞっ」

無良が叫んだ。

もう龍之介の〈勘〉によらなくても。

ごぉおおっ──という爆音が、DC3の天井のずっと上の方から迫って来る。

「姫、一緒に早く」

ビショップが袖をまくったワイシャツの腕を伸ばし、龍之介に引かれる仁美の腕を取った。

無良が先に天井の破口をよじ登って機体の背に上り、ビショップから仁美の腕を受け渡されて、引き上げた。

「跳び込んで、機体から離れるんだ！」

龍之介は叫んだ。

ごぉおおっ、と爆音が迫る。聞いたことのない音——どこ製のエンジンだ……？

仁美が跳び、無良、続いてビショップが跳ぶ。最後に龍之介が破口によじ登り、ほとんど水没しかけた銀色の機体の屋根を蹴った。

龍之介が海面へ跳び込むのと、斜め後ろ上方から襲って来た複葉の戦闘機が銃撃を加えて来るのはほぼ同時だった。

6

●東シナ海　海面

「くっ」

龍之介が息を止め、跳ぶのと同時に

ズバババババッ！

凄じい水柱が列をなし、水没しかけたＤＣ３の上に殺到した。

爆発。

ドドォーンッ！

「──うわっ」

一二・七ミリで、掃射されたかっ……⁉

なすすべなく吹き飛ばされ、海面に叩きつけられ、そのまま水中へ押し込まれた。真っ白い渦の中をもがき、やっとのことで浮き上がった。

「ぐはっ、はぁっ」

激しく呼吸すると、そのすぐ頭上を影が轟音とともに通過した。

ブォッ

（……！）

目を上げて追うと。

見たこともない、戦闘機だ……。

機影。大口径機銃で水面を掃射して行った敵は、複葉の戦闘機だ。

それに──

「カーチス・ホークⅢだ」

すぐ横で、ビショップの声。

「アメリカ機だぞ」

米軍機……!?

「くそ」

嵐のように上下する海面で、龍之介は離脱して行く機影を目で追った。

DC3は、米軍戦闘機に襲われたと言うのか……!?

(だけど——あのマーキングは何だ)

龍之介の視力は、上昇旋回するダークグレーの機体の細部を捉《とら》えた。

国籍マークが、どこにもない。その代わりに——

「米軍ではない」

近くで、無良の声がした。

「機首に、牙が描かれている。あれはフライング・タイガースだ」

「……!?」

龍之介は、波間に浮かんでいる無良の頭と、上空の機体を交互に見た。

今、何と言った。

フライング——

しかし聞き返す暇はない。機影は大きく旋回し、天空を一周すると再びこちらへ機首を向けて来る。

龍之介には、はっきり見えた。カッと牙を剥《む》き出す口が、その機首に描かれている。

（……くそっ）

また海面を、掃射するつもりか……!?

どうすればいい。

波間で、ほとんど身動きは取れない。

だが
ブォオッ
ダークグレーのカーチス・ホークは、ふいに接近をやめると、引き起こして上昇に転じた。そのまま龍之介の頭上を通過して飛び去った。

代わりに
（――別の爆音……?）

背後を振り仰ぐと。

別の方向の水平線から、何かが来る――昇る太陽に横から照らされ、複数の機影が接近して来る。

三つ。

龍之介の目には、今度はすぐシルエットが識別出来た。

「九〇戦だ」

主翼に日の丸を描いた複葉の戦闘機が三機、急速に近づくと頭上を通過した。

ブォッ

ブワォッ

九〇式艦上戦闘機だ。そのうちの一機が、海面に浮かぶ残骸に気づいたか、低空で旋回を始めた。

「おおいっ」

ビショップが腕を振った。

「ここにいるぞっ、助けてくれ」

●東シナ海

帝国海軍駆逐艦〈いかづち〉艦橋

一時間後。

「国籍不明の戦闘機が、洋上で民間の旅客機を攻撃している——と、哨戒《しょうかい》中のうちの水上偵察機が報告してきたのです」

水平線に姿を現して、救助に駆けつけてくれたのは日本海軍の駆逐艦だった。

艦腹に〈いかづち〉の艦名。

こんなところに日本の戦闘機と、艦艇がいた――

龍之介は驚いたが。

無良は大して驚きもせず、海面から救助されると自分の身分を明かした。

艦橋で面会してくれた駆逐艦〈いかづち〉の艦長は少佐だったので、無良に対してはていねいな口調だった。

「ただちに母艦〈加賀〉に打電し、艦載機を出動させてもらったのです。国籍不明機は国民党の雇った傭兵《ようへい》部隊のようですな。速度が速くて、逃げられたようだが」

「艦長」

無良は、濡れたシャツの上に毛布をひっかけた格好のまま、頼んだ。

「国の特別任務で、上海へ向かう途中だった。近くに〈加賀〉がいるなら、見好《みよし》という参謀が乗艦しているはずだ。無線で取り次いでもらえまいか」

その横で。

ビショップは海図台のチャートを覗こうとして、航海科士官に「駄目です」と止められている。

「私は、英国海軍中佐だと言っただろう。現在位置を見せてくれ」

「だったら、なおさら駄目です」

龍之介は、戦闘服に双眼鏡を下げた士官たちが立つ、艦橋の様子を見回した。

この駆逐艦、作戦行動中なのか……？

振り向くと、艦橋後方の床には毛布を被《かぶ》った松村仁美が膝を抱え、うずくまっている。

駆逐艦の艦橋には来客が腰かける座席はない。

「大丈夫か」

仁美は、海面から駆逐艦に救助される最中にも、一言も発しなかった。

龍之介はそばに膝をつくと、うつむいた顔を覗いた。

「気分でも悪――」

だが最後まで言わぬうち
ばしっ
いきなり少女の右手が一閃した。

あっ、と思った時には龍之介は張り飛ばされていた。

「――な」

何をするんだ……!?

頬の痛みに目をしばたたくと。

仁美も、もの凄い目で龍之介を睨んでいた。睨みながら、肩で息をし始めた。

「……？」

平手打ちの音が響いたのか。艦橋の士官の何人かが、こちらをけげんな表情で見る。

龍之介は声をおとして「どうしたんだ？」と訊くが。

「………」

松村仁美は目を伏せ、桃色の唇を噛むと。

ばさっ
ふいに毛布を肩から脱ぎ捨て、立ち上がった。そのまま背を向け、艦橋の後方扉を駆け出て行く。

●駆逐艦〈いかづち〉　舷側

「おい」

カン、カンと鉄階段を鳴らして、龍之介は仁美の背を追いかけた。

松村仁美は、龍之介と同じく予科練の制服シャツに紺のズボンのままだ。その後ろ姿が、艦橋側面の階段を駆け降りて行く。

舷側《げんそく》へ降りると、〈いかづち〉の掻《か》き分ける白波がすぐ下にある。

「おい、待てよ」

いったいあいつ、どうしたんだ。

さっき海へ跳び込んで脱出した時から、何もしゃべらない――

龍之介が呼ぶと。

またふいに、仁美の後ろ姿が止まった。

潮風に吹かれ、シャツがふくらむように見える。

その肩が上下する。

「さっきは、すまなかった」

龍之介は歩み寄ると、仁美の背中へ言った。

「怒るのは、分かる。君の大事な書類だったんだろう。でも、あんなもの持ってたら」

「――違う」

「え」

「それもあるけど、違うっ」

少女は、振り向いた。粗野に切った短い髪を強風に吹かれ、龍之介を睨みつけた。

「無礼者」

「え？」

わけが、分からない。

「あの」

だがそこへ
「そこの訓練生二人」

後ろから、声をかけられた。

振り向くと。

海面から助け出される時にも世話になった、船務科の若い士官が立っていた。

「舷側を、ふらふら歩いているんじゃない」

「す、すみません」

龍之介は敬礼し、わびた。

さっきから、わびてばかりだ――

「本艦はこれより全速を出す」

船務科士官は言った。

「二〇マイル先行している母艦〈加賀〉に追いつくのだ。想像以上に揺れるから、こんなところにいると海に放り出されるぞ」

「――〈加賀〉に、ですか」

加賀……？

加賀、といえば航空母艦〈加賀〉しかない。

最新鋭空母が、この近くに……？

そういえば艦長が話していた。さっきの三機の九〇戦も、〈加賀〉から発艦して飛来したのか。

「そうだ」士官はうなずく。「貴様たち客人を、移乗させることになったそうだ。乗り移る支度をしておけ」

●東シナ海

さらに一時間後。

海面を突進する〈いかづち〉の遥《はる》か前方、上下にピッチングする水平線（駆逐艦が四〇ノットの速力で進んでいるため、水平線が上下に揺れて見える）の下から、朝日を浴びて黒い角ばった島のようなものが次第に姿を現した。

（何だ、あれは……）

艦橋の後方に立って、龍之介は目を見開いた。

水平線に現れた、巨大な黒い島のようなものに〈いかづち〉はみるみる追いつくと、それを左手に見て速度を合わせ、並行に進み始めた。

「移乗用意。間隔縮め。取り舵《かじ》一度」

「取り舵一度。速度合わせ」

艦橋の左舷の窓に見える、巨大な黒い角ばった島のようなもの――大きさは目で測ると全長三〇〇メートル近く。それも〈いかづち〉が幅を詰めて寄って行くと、たちまち見上げるようなそそり立つ黒い壁になり、前後は分からなくなる。

（……凄い）

龍之介は左舷の窓に駆け寄った。

黒い巨大な構造物は、白波をかき分けて進んでいた。壁のように見えるのは下半分で、振り仰ぐと上部は鉄骨に支えられ、三段に重なる構造だ。顎《あご》が痛くなるほど見上げないと三段構造のてっぺんは見えない。

これが、航空母艦か――

長大な浮かぶ要塞。三段に重なっているのは、飛行甲板か。

（これが〈加賀〉か）

龍之介は、正規空母の実物を見るのは初めてだった。予科練の艦隊実習では機動部隊が近くにいなかったので、戦艦に乗ったのだ。〈加賀〉の量感はそれ以上だった。

●帝国海軍航空母艦〈加賀〉

小型艇で乗り移るのかと思ったら、違った。

駆逐艦〈いかづち〉が、黒い壁のような空母の舷側へ接近すると。〈いかづち〉の艦橋から火薬銃でロープが撃ち出され、黒い壁の中ほどに四角く開いた搬入口へ渡された。

後は、無良、ビショップ、仁美、最後に龍之介の順で一人ずつ籠《かご》に乗せられて、まるでロープ・ウェーのように空中を通って移乗したのだった（作戦行動中の空母は滅多に停止したりしない）。

「こちらへ」

壁の中腹の搬入口に降り立つと。

駆逐艦の時と同じように、船務科の若い少尉が出迎えて、案内してくれた。上着をなくしたとはいえ予科練の制服姿の龍之介は、自分より階級が上の少尉に敬礼したが、仁美は横を向いてしまう。

「おい」

龍之介は、横の仁美を肘《ひじ》で小突いたが

「知らない」

仁美は、ぷいとあっちを向く。

こいつ――

「俺と、同期生のふりをするんだろう」

「ここでは、そんなことする必要ない」

「そんなことはない」龍之介は、並んで歩きながら小声で言った。「その格好をしていて上官に敬礼せずに歩いたら、その度に『お前は何だ』って文句言われるぞ」

「――」

でも仁美は、昇降機の乗り場へ案内される間、通路で上級の士官とすれ違っても一度も敬礼しようとはしなかった。

龍之介は、文句を言われたら、かばうのが大変だなと思ったが。

心配したことは起きなかった。逆に、仁美の態度が堂々としているので、中年の少佐が向こうから仁美に敬礼したほどだった。

「宮様が乗艦されているのか？」

「いや、聞いていないが」

すれ違った後ろから、話し声が聞こえた。

「これから昇降機で、艦橋へ上がります」

案内の少尉が、振り向いて言った。

「見好参謀から、ご一行を特別に作戦艦橋へお連れするよう、言われておりますが」

「頼む」

無良がうなずいた。

「しかし――」

少尉は、ビショップをちらと見た。

「構わん」無良は、金髪の男を顎で指した。「これから同盟国となる英国の士官だ」

「同盟……?」

「そういうことだ少尉」

ビショップもうなずく。

「うまくいって、大陸の未来を救えるかどうか。この艦の協力にかかっている。大げさに言うのではない」

「………」

●空母〈加賀〉艦内

「この昇降機は、格納庫内の空間を貫くように上昇し、三段の甲板を通過して上部艦橋へ向かいます」

鉄製のゴンドラは金網扉を閉じると、がくん、と揺れて上昇を始めた。

少尉が説明した。

「ちょうど艦載機が残らず発艦し、ご覧の通り、艦内格納庫は空になったところです」

ゴン、ゴンと金網に囲われたゴンドラは上昇する。巨大な黒い鉄の箱の中を、上がって行く感じだ。

これが、船の中なのか――？

龍之介は目を見張った。

眼下に広がるのは、まるで大きな工場だ……。見渡すかぎり鉄の壁に囲われた空間。その壁面をゴンドラは上がっていく。

案内の少尉が『格納庫は空』と言った。確かに、大空間には、修理中なのか分解された複葉の機体が二つ三つ置かれるだけで、何もない。

ここが格納庫だとすると。〈加賀〉にはいったい、何機搭載出来るんだ……？

「この艦には、今何機積んでいるんだ」

無良が訊いた。

「一応、機密ですが」少尉はまだビショップを気にしながら言う。「八九式艦上攻撃機、九四式艦上爆撃機、そして九〇式戦闘機が合わせて六十機です」

「それらが全力出撃か」

「つい三十分前、発艦作業を終えました。そうでなければ、皆さんを迎え入れることなど出来ませんでしたよ」

「ううむ」無良は唸《うな》った。「やはり国民党軍の攻勢が始まったか。艦爆隊と艦攻隊の攻撃目標は。上海の海岸要塞か？」

「機密です。参謀にお訊き下さい」

「そうだな」

無良は腕組みをする。

「搭載六十機のうち、九〇戦は何機だ」

「十四機です」

「そうか」

ゴンドラが上昇して格納庫の天井に達すると、ごぉおっ、と周囲はいったん鉄の壁だけになり、数秒で次の空間へ出た。

（……ここは？）

天井付きの、横に広がる空間だ。

おそらく艦首方向へだろう、まっすぐ伸びる空間は二〇〇メートル近い長さ。トンネルのように低い天井に頭上を覆われ、両脇を柱のように鉄骨が立ち並ぶ。はるか先には外界の海が見える。

「下層飛行甲板です。大型機の発艦用ですが、今は使っていません」

すぐにゴンドラは上昇して周囲はまた鉄の壁になり、数秒で似たような空間に出た。

今度も、床と天井に挟まれた長い空間。

航空母艦の三段構造の中を、昇っているわけか。

「中層甲板です。攻撃隊の発艦には、ここと上層甲板を使います。ここまでエレベーターで格納庫から艦載機を上げ、発艦させるのです」

中層飛行甲板の天井の高さは、五メートルもなかった。すぐゴンドラは天井に達しようとする。

その時。

（……!?）

龍之介は、甲板のスタート位置付近にたたずむシルエットに、目を引きつけられた。

あれは。

一機だけ、その機体があった。

それは両足を踏ん張るような姿勢で止まっている。明るい灰色の流線型だ。目を引く。

低翼単葉で、翼の先端はピンと張っている。

あれは、まさか――

だがすぐ昇降機は、中層甲板の天井に達した。

●空母〈加賀〉甲板上

昇降機が上がり切って、上層甲板へ出ると。

まぶしいほど明るかった。風の吹きさらす、何もない平たい島の頂上だ。

「こちらへ」

空母が海上を進んでいるため、風は強い。

ゴンドラの金網扉が開くと、少尉が先に立って案内した。

「上層甲板は、海面から二一メートルの高さです。ご覧の通り、手すりも何もない。おちたら生命がありませんから気をつけて」

強風の飛行甲板を、白い作業服の整備員たちが叫び交わしながら駆け回っている。

三十分前に全機発艦させたという。艦載機たちはいずれ戻ってくるのだろう、受け入れ準備をしているのか。

「作戦艦橋は、この上です」

●空母〈加賀〉　作戦艦橋

「無良」

飛行甲板の右舷舷側に突き出すようにして艦橋があり、作戦艦橋はその最上階の一つ下、三層目にあった。

警備兵の立つ防水扉をくぐると。一方の壁には通信士のコンソールが並び、前方に窓、中央には海図台が据えられ、戦闘服の士官たちがそれを囲んで立っていた。

双眼鏡を胸に下げた目の鋭い士官が、進み出て白手袋の手を差し出した。

「久しぶりだな」

「すまぬ、見好。厄介になる」

無良は握り返す。

双眼鏡の士官も、階級章は中佐だ。

「さっき〈いかづち〉から報告を受けたが。貴様たちの乗った民間旅客機が、何ものかに襲撃されたのか」

「〈牙〉つきのカーチス・ホークだった。おそらくシェンノートの手下だ」

「むう」

士官は唸《うな》った。

「無抵抗の民間機を、襲って撃墜したのか」

「まともにやられていたら、全員死んでいた。〈いかづち〉が海面を捜索してくれたが、我々のほかに生存者はなかった」

「むう」

「おそらく、機密がどこかから漏れていた。蔣介石は傭兵部隊の戦闘機を使って、我々を上海へ行かせず、消そうとした」

「上海──」

士官は、唇を結んだ。

何か、思い当たる表情になった。

「無良。貴様、例の交渉へ行く途中だったのか」

「そうだ」

「話には聞いていた。本当に実現するのか」

「本当だ」

無良がうなずくと。

この空母の――機動部隊の参謀らしい士官は、また腕組みして唸った。

「むう――日英満・三国同盟か」


その言葉に。

海図台に向かっていた士官、前方の窓を見ていた士官たちも、振り向いて注目した。

「紹介しよう」

無良は、横に立つ金髪男を指した。

「こちらは、英国諜報部ＭＩ６のアレキサンダー・ビショップ中佐。三国同盟の交渉成立に尽力されている」

「よろしく」

金髪男が手をさし出した。

「今、ムラがうっかり口にしたＭＩ６というのは忘れてくれ。私は商社員だ」

「見好兼行《かねゆき》です。帝国海軍第一航空艦隊、先任参謀。無良とは兵学校の同期だ」

英国人と参謀は握手した。

その様子を、龍之介は仁美と並んで後方から見ていた。

（――）

ここは、空母〈加賀〉の作戦艦橋。あの人が先任参謀か……。機動部隊の作戦を、実質上、あの人が仕切っているのか。そして無良中佐と海軍兵学校の同期ということは――

「見好」

無良が声を低めた。

「今回の交渉成立の成否は、満州国皇帝の覚悟の示し方にかかっている。我々はその鍵として、交渉の場に名代をお連れする」

すると

「そちらは――」

見好という参謀も声を低め、龍之介の横に立つ仁美をちらと見た。

「松村の養女か？」

「そうだ」

「分かった」

見好参謀はうなずくと、作戦艦橋の人々に振り向いて、声を張り上げた。

「司令。皆さんにも紹介申し上げる。こちらにおわすのは愛新覚羅群羊《ぐんよう》。日本名は松村仁美、満州国の第十四皇女にあらせられる。日英満・三国同盟樹立のため、上海へ赴かれる途中だった」

すると。

おぉ
おう――

声にならぬどよめきが起き、男装の仁美に視線が集中した。

「――――」

仁美は、龍之介の横で居心地悪そうにするが
ざっ
踵《かかと》をつける響きがして、士官たちが全員、仁美に向かって敬礼した。

仁美はしかたなく、という感じで答礼する。

答礼しながら「嫌いなんだ、こういうの」と小さくつぶやいた。

(……?)

小さな声だったから、つぶやきを聞いたのは龍之介だけだった。

思わず、白い横顔を見た。

仁美が、龍之介に聞かせたくて、つぶやいたような気もしたからだ。

7

●東シナ海
帝国海軍航空母艦〈加賀〉

「皇女。第一航空艦隊司令官の大八木《おおやぎ》です」

作戦艦橋の士官たちの中で、一番年かさに見える白髪の人物が、進み出て一礼した。

肩に桜が一つ。将官——少将だ。

「本艦隊は作戦行動中ゆえ、略式の挨拶にて失礼いたします」

「構いません」

松村仁美は、うなずいた。

龍之介は、本物の将官を間近に見るなんて、海軍に入って初めてだったが。

それよりも横に立つ仁美が「嫌いなんだ、こういうの」とつぶやいた二秒後には鷹揚《おうよう》な顔つきに変わって、まるでどこか外国のお姫様（実際その通りなのだが）みたいに振舞うのに驚いた。

（凄いな……こいつ）

龍之介は、姿勢を正して立ったまま、視野の横でやり取りを見た。

「お乗りの旅客機が撃墜され、漂流のうえ救助されたとか。ご無事で何より」

少将は言った。

「取り急ぎ貴賓室《きひんしつ》を用意し、着替えを運ばせましょう」

だが
「結構です」

仁美は、頭を振った。

ほっそりした少女は、鍛え抜いた海軍司令という印象の少将を見上げ、遠慮ない口調で続けた。

「それよりもお願いがあります。司令官」

「何でしょう」

「わたしの身を、この艦の飛行機で上海まで運んでください」

「――――」

絶句したのは、大八木少将だけでなく、作戦艦橋の士官たち全員だった。

思わず——という感じで、中央の海図台に目をやる者もいた。

龍之介は、仁美があまりにも直接的に頼み事をしたので、その横顔を見てしまった。

（……!?）

上海へ運んでくれ……!?

「司令」

横から、無良が言った。

「実は、先任参謀を通してお願いするつもりでおりました。本日、上海市内にて——」

だが無良が言い終る前に

「通信参謀、緊急入電！」

艦橋の通信コンソールに向かう通信員の一人が、振り向いて声を上げた。

士官の一人が顔色を変え、駆け寄った。

「取れ」

「はっ」

士官たち全員も、それに注目した。モールス符号で送られて来る通信が平文に直されるところを、動作を止めて見守った。

「艦攻隊指揮官機より入電です」

通信を担当する参謀が、紙をひったくるようにして読んだ。

「艦攻隊、艦爆隊、国民党軍海岸要塞へ突入。敵の対空砲火きわめて強力なり。第一回の爆撃で艦攻・艦爆とも半数を喪失、これより反復・第二回攻撃にかかる」

「………」

「………」

顔を見合わせる士官たち。

「ううむ――ドイツに造らせた要塞かっ」

見好参謀が、拳《こぶし》を握った。

その後ろから

（あれは……？）

龍之介は、作戦艦橋中央に据えられた海図台を見やった。

台には、海図ではなく、どこか海岸に面した都市の地図が広げられ、その上にたくさんの駒のようなものが置かれている。

「皇女」

大八木少将が、海図台を指した。

「ご覧頂けますか。上海はいま戦場になりつつある――いえ、なってしまった」

「見せてください」

仁美が少将について海図台へ進んだので。

龍之介も、まるで従者のように、その横について覗き込むことが出来た。

「上海は」

少将は説明した。

「このように、S字状の川――黄浦江《こうほこう》の両岸に沿って、市街地が広がります。黄浦江は揚子江《ようすこう》と合流して東シナ海へ注ぐ。上海は、海岸からやや内陸の、湾曲する川に沿って展開する都市なのです」

「知っています」仁美はうなずく。「行ったことが、ありますから」

「ならば、上海の中心街が、租界《そかい》と呼ばれる外国人街――列強各国の治外法権区域で構成されているのもご存知でしょう。上海の大きさが、ちょうど東京市に匹敵するとすると、各国租界は東京の区にも相当する。一番眺めのよい川岸の、大部分を占めるのが英国租界とフランス租界です。他にもアメリカ租界、日本は共同租界の中に日本人街がある。英国租界はここ、共同租界はここです」

少将は、図の上のS字状の川の沿岸をなぞるように指した。

龍之介は、仁美の横から図の様子を見た。上海の街の地図なんて、目にするのは初めてだ。

「実は数年前から、蔣介石率いる国民党軍は、この上海市全体を外側からぐるりと取り巻くように、ドイツの協力を得て要塞を建設していた。要塞と言っても、実に総延長三〇〇キロメートル。対空砲火と大砲と機関銃トーチカを一定の間隔にずらり配置した、万里《ばんり》の長城《ちょうじょう》のようなものです。前の上海事変では、国民党軍は上海市を占領しようと攻め込んだが、日本軍の援軍がやってきて敗退した。今度は、外から援軍が入れないよう周囲を固めた上で、上海市街へ攻め込み、我がものにしようとしている。狡猾《こうかつ》なのは『日本を出て行かせるために攻め込むのだ』と宣言して、列強各国を敵に回さないことだ」

「ドイツは」

見好が横で言った。

「蔣介石の中華民国が強くなれば、ソ連が中ソ国境へ兵力を配置しなければならなくなるので、欧州での戦略が有利になる。そのために蔣介石を支援しているのです」

「皇女。実は数週間前、大陸北方の通州《つうしゅう》というところで、日本人街が襲撃され、住民数百名が虐殺されている。蔣介石の国民党は日本人を目の敵《かたき》にし、大陸から追い出そうとしている。かつて南宋がモンゴル人にやられ、明が満州人によって滅ぼされたのを覚えていて、今度は自分たちが日本人にやられるのではないか、と恐れているかのようだ」

「――――」

仁美は、上海市とその周辺図を見下ろした。

少女が横顔で唇を嚙むのが、龍之介には見えた。

「現在、上海市の共同租界を護っているのは」少将が中心街を指した。「日本海軍陸戦隊がわずか三〇〇〇名。国民党軍本隊が攻め込んで来れば、二日ともちません」

「――援軍は？」

「山東省にいる陸軍部隊が、間もなく輸送船で青島《チンタオ》を出発します。黄海から東シナ海を南下、このように海に突き出した半島を回り込み、上海の南側の海岸から上陸するのが一番速い」

少将は、今度は南側の海岸線を指した。

「しかし南側海岸には、最も強力な敵の要塞が布陣されている」

「わが機動部隊が、現在その南側海岸の要塞を攻撃し、援軍が上陸出来るようにしているところです――無良」

見好参謀は、無良に向いて訊いた。

「今日の交渉は、どこでやるのだ」

「予定では今日の正午、英国租界のキャセイ・ホテルだ」

「戦闘が起きても、交渉はやるのか」

「それは分からん」

無良は頭を振った。

「しかし、英国交渉使節団は秘密裡に、すでに上海入りしホテルに逗留《とうりゅう》している」

「日本の使節もか」

「特命全権大使が、すでに行っている」

　そこへ
「上海市内、海軍陸戦隊より入電です！」

　通信員の一人が声を上げた。

　モールス信号が平文に直され、通信参謀へ手渡される。

「報告。上海中心租界地区、国民党空軍により空襲される。機銃掃射および爆撃により被害発生」

「何」

「何っ」

「次の電文です」

　通信参謀が続けて読み上げる。

「敵、空軍勢力。爆装した戦闘機、少なくとも三十機。空爆されている地区、共同租界の日本人街および英国租界。両地区とも火災発生、住民に死傷者発生、現在避難中」

「――――」

「――――」

(空爆……!?)

それに、機銃掃射――?

龍之介も絶句した。

国民党軍の戦闘機の機種は、何なのだ。機銃の口径はいくつだ……?

一二・七ミリ連装機銃の掃射の威力は、身に沁《し》みている。まさかあれを、三十機以上が普通の市街地に対して……!?

「先任参謀。我が方の戦闘機隊は」

大八木少将が訊く。

「はっ。九〇戦は全機、艦攻隊・艦爆隊の上空支援に当たっております」

見好参謀が地図を指す。

上海市街の南、海岸に沿ったライン状の要塞のマークの上に、三色の駒が置かれている。要塞と市街地とは一〇マイル以上離れている。

「ううむ」

少将は唸った。

「要塞の対空砲火が強力ならば、敵は戦闘機隊で我が攻撃隊を迎え撃つ必要はない。代わりに国民党は、空軍力を市街地の無差別攻撃に振り向けたのだ。参謀」

「はっ、ただちに、我が戦闘機隊を市街地上空へ向かわせます。しかし」

見好はずらりと並ぶ通信席を見た。

「戦闘機は、無線を積んでいません。ここから命令の変更を伝えるには、まず艦爆か艦攻の指揮官機を呼び出して伝え、そこから手信号で、戦闘機隊の指揮官機に伝えさせなくてはなりません」

「急がせよ」

「はっ」


大変なことになった……。

龍之介は、通信キーをもの凄い勢いで叩き始めた各通信席の様子に、息を呑んだ。

数年前にも、上海事変と呼ばれる戦闘があったと言う。

今度も、大規模な戦闘になるのか。いや、これを機に日本と国民党は、全面戦争状態になってしまうのではないか……?

「艦攻隊指揮官機、応答しません」

「艦爆隊指揮官機も、応答せず」

「ほかの機でいい、連絡のつく機を呼び出せっ」

騒然となった艦橋の空気の中で。

ふいに、龍之介のシャツの肘《ひじ》を、何かが引っ張った。

「……?」

見ると。

横で仁美が、海図台の地図に目は向けたまま、右手の指で龍之介のシャツをつまんでいるのだ。

「龍之介」

「え」

「わたしを乗せて、飛んで」

今度も囁《ささや》くような声。

「……えっ」

「飛行機、出払ったって言ってたけど。下の甲板に、速そうなのが一機あった」

「…………」

「艦攻隊三番機より緊急。〈牙〉つきが出た——以上で途切れましたっ」

「何!?」

見好と無良が、顔を見合わせた。

「〈牙〉つき――」

「奴らが、出たか」

●〈加賀〉作戦艦橋

それから数分間。

要塞攻略に出撃した〈加賀〉の艦載機部隊は、応答しなかった。

応答する暇がないのか、あるいはやられてしまったのかもしれなかった。

「陸戦隊より、さらに入電。英国租界に対して、爆撃繰り返される。中心街キャセイ・ホテル付近を狙う」

「ううむ」

新しい電文に、大八木少将が唸った時。

「司令官」

海図台の前から、少女の声が呼んだ。

「もういいわ。行きます。飛行機を貸して」

低く、はっきりした声に騒然とした空気が一瞬静まった。

艦橋の士官たち、通信員までもが手を止め、声を発した少女を振り返った。

「皇女」

大八木少将は息をつくように
「無茶をおっしゃらないでくれ」

「承知で言っています」

「飛行機は、ないのです。パイロットもいない」

「下に一機、あったわ。速そうなのが」

「あれは」

参謀の一人が、口をはさんだ。

「発着艦性能のテストのために、一機だけ積んできた新型機です。この戦闘がなければ、来週メーカーのテスト・パイロットが来て、運用試験をするはずだった」

「じゃあ飛べるのね」

「パイロットがいません」

「彼が飛ぶわ」

（……えっ）

急に指さされた龍之介は、のけぞりそうになった。

全員が、自分に注目した。

あいつは誰だ……？　という視線が集中する。

「予科練の訓練生のようだが？」

「そうです」

少女はうなずく。

「予科練の卒業生よ」

「戦闘機の操縦経験はないだろう」

参謀たちは、口々に言った。

「新米には無理だ」

「あの九六戦は、本艦のパイロットでも飛ばした者はまだいない」

「だいたい、どうやって単座機に二人」

「お黙り」

仁美は、ぴしゃりと言った。

「飛ばした者がない？　それなら誰が飛ばしても同じはず。それからわたしは細いから大丈夫。詰めれば乗れる。そうでしょう龍之介」

「――え、あ、あぁ」

龍之介は、うなずくしかない。

だが

「皇女、お考え直しください。今飛び込んできた緊急電をお聞きになったか。要塞上空に〈牙〉つき――つまりフライング・タイガースが出たのです」

参謀たちは、口々に言い返した。

「国民党空軍のポリカルポフI15なら、怖くはない。搭乗員の技量も高くない、九〇戦で互角以上に闘える。しかしアメリカ義勇空軍のフライング・タイガースは、世界中の戦場で鍛えられたプロフェッショナルが、金で雇われて群れ集まっている」

「奴らの、機首に〈牙〉を描いたカーチス・ホークⅢは、残念だが性能でも優れている。九〇戦でも食いつかれたら助かりません」

「そんなことない」

仁美は頭を振り、また龍之介を指した。

「彼はついさっき、その〈牙〉つき戦闘機の銃撃をかわしてみせたわ。エンジンの片方壊れたDC3旅客機で」

「――――」

「――――」

「敵を倒す必要はない、逃げて、逃げて、逃げまくればいい。そしてキャセイ・ホテル前の道路へ、わたしを降ろしてくれればいい。あとは走ります」

「し、しかし」

一人の参謀が言った。

「この戦闘状態で、上海のホテルでの交渉が、予定通り行われるとは――」

「交渉は、やるさ」

ビショップが口を開いた。

全員が、腕組みをする金髪の男に注目した。

「戦闘が起きたくらいで。英国人をなめるな。ロンドンではデパートが爆撃されて壁に穴が開いても、入口を拡張しましたと書いて平常通り営業する。それが英国人だ」

「――」

「――」

「司令官」

仁美は、つかつかと大八木少将へ歩み寄った。

「飛行機を、わたしにお貸しください」

「あ、いや」

「司令官。日本人となった身でも、わたしは清朝最後の皇女です。父の満州国を救い、この世に根付かせるために、民族のために、わたしはゆきます」

「あ、あぁ――」

大八木少将は、うなずきかけたが。

そこへ
「待て」

見好参謀の胸板が、割り込んだ。

「行かせるわけには、いかん」

「どうして」

「皇女、あなたを死なすようなことになれば、父上に申し訳が立たん」

「どっちの」

「両方だ」

「十四番目の娘よ。わたしが死んだって代わりはいる」

「そういうことを」

見好は、仁美を睨みつけた。

「そんなことを、言うもんじゃない。警備兵っ」

●空母〈加賀〉艦内

扉の外の警備兵が呼ばれ、龍之介と仁美は無良、ビショップと共に作戦艦橋からつまみ出されてしまった。

「貴賓室へお連れして、休んで頂け」

見好参謀は警備兵に指示した。

仁美は、見好を睨《にら》みつけたが、無良がとりなした。

「ひとまず、下がろう。姫」

ビショップも食い下がろうとしたが、無良は「ひとまず下がろう」と促した。

龍之介は、無良が「下がろう」と言うので、とりあえず従うことにした。

銃を持つ警備兵四名に囲われ、艦橋の階段を降ろされ、上層飛行甲板へ出た。

さっきの船務科少尉が、そこで待ち受けていた。

「皆さんを貴賓室へお連れして、着替えを用意するよう指示されています」こちらへ、と先に立って歩き出した。

「――――」

仁美は、うつむいて一言も発しない。

おとなしく、ついては来たが。

あれだけ大人たちを相手に力説して見せた少女が、押し黙ってしまった。

姫の〈役目〉を演じている時の仁美と、龍之介の横で不機嫌そうにする少女は、まるで別の人格みたいだ。

(——上海か……)

龍之介は横を並んで歩きながら、ついさっきの少女の言葉を反芻《はんすう》した。

わたしを乗せて、飛んで。

先任参謀によって却下されてしまったが。

もしも、さっき中層甲板にあったあの新型機——あれで空母を発艦し、上海上空へ飛ぶとしたらどんなだろう——と思った。

(——あれは九六戦だ。九六式艦上戦闘機だ)

昇降機に乗せられ、一階層下がると、赤絨緞《あかじゅうたん》の通廊に出た。

「士官居住区です。貴賓室はこの奥です」

だが昇降機を出ると。

絨緞の廊下には、別の長身の士官が立って待ち構えていた。

「ご苦労、貴様たちはここまででいい」

士官は、船務科少尉と警備兵たちを追い払うようにすると、無良に対して敬礼した。

「空母〈加賀〉作戦主任、桂《かつら》大尉であります」

「うん」

「見好参謀の命令で、参りました。着替えをご用意し、『貴賓室』へお連れします」

桂と名乗った士官は、後ろに控えさせた二名の下士官に「着替えを差し上げろ」と指示した。

若い下士官は、なぜか仁美と龍之介だけに「どうぞ」と油紙の包みを差し出した。

受け取ると、どさりと重い。

（……これは⁉）

龍之介には、その中身が何なのかすぐ分かった。

「飛行服だ」

思わずつぶやくと。

横で、受け取るのを嫌がる素振りだった仁美が「え？」と龍之介を見た。

「なぜ、飛行服を」

「こちらへ」

桂大尉と名乗った士官はそれには答えず、四人を先導すると、昇降機ではなく防水扉を開けて階段を下りた。

「見好参謀から伝言です。大人の事情を理解されたい。うちの艦隊司令官は、あと半年で定年退官なのです」

「そんなことだろうと、思った」

無良は階段を下りながら、驚く素振りもなく応えた。

「最初から分かっていたが」

「何だよ。あれは芝居か」ビショップがあきれたように肩をすくめる。「日本人と言うのは、英国人と同じくらい面倒だな」

鉄階段は一度折れて、すぐに下の階層へ出た。

空気の流れがある。

見覚えある空間が、目の前に広がった。

（中層飛行甲板……！）

鉄板のフロアに立つと、龍之介は目を見張った。

甲板のスタート位置で、明るい灰色の流線型が、すでに多数の整備員に取りつかれて発艦の準備に入っていた。

その胴体の日の丸。

「飛行機は、あなたがたで勝手に『盗んで』行ってください」

桂大尉は、甲板の流線型――真新しい九六式艦上戦闘機を指して言った。

「艦橋は知らぬ振りをします。もしも還《かえ》れなかった時は、帳簿上、海におとして損失したことにします。ちょっと苦しいですが」

8

●東シナ海
帝国海軍航空母艦〈加賀〉　中層飛行甲板

「――――」

龍之介は、十歩ほど離れた位置で、整備員に発艦前点検を受ける流線型を見た。明るいグレーは、上空で強い陽光を浴びたら、銀色に光るだろう。

両足を前に踏ん張るような姿勢で、九六式艦上戦闘機は静止していた。低翼単葉。三翅《さんし》プロペラ。主翼先端は尖《とが》ったように上を向き、全体がつるっ、と滑らかな印象だ。

全部、金属なのか……。二枚の主翼の間に、張線をたくさん張った複葉機にしか乗ったことのない龍之介には、別の次元の乗物に見えた。

こいつが、九六戦か……。

シルエットに見入ったのは数秒だったが。

背中をどやしつけられるまで、無良がそばに立ったのに気づかなかった。

「やれるな」

「えっ」

「姫を乗せて、敵中を突破し上海中心街まで。なに、距離は一〇〇マイルもない」

それから数分。龍之介が甲板待機所で飛行服に着替える間、桂大尉がどこからか海図を持ち出して来てくれた。

待機所前の床に、じかにチャートを広げて、簡単にブリーフィングを受けた。

「本艦の現在位置はここ。上海市南側海岸の四五マイル沖です。発艦したら機首を真北へ向けて飛んでください。本艦の艦攻隊と艦爆隊の攻撃がうまく行っていれば、海岸要塞の対空砲火には『穴』が空いているはずだ」

「――はい」

「要塞を突破したら、そのまま真北へ二〇マイル。多少左右にぶれるのは構わない、黄浦江が見えて来たら、このS字にカーブしている中央部の左岸が英国租界です。キャセイ・

ホテルは租界の中心、尖塔《せんとう》のついた摩天楼《まてんろう》だ。行けば、すぐに分かる」

「ホテル前の道路は広い」

無良が川岸のあたりを指した。

「九六戦なら、スペースを見つけていかようにでも降りられる」

「問題は、敵機だな」

ビショップが言った。

「蔣介石が交渉を潰《つぶ》すつもりなら、英国租界付近にフライング・タイガース機を配置して、日本軍機が近づくのを阻むだろう」

「なるべく、戦いません」

龍之介は言った。

「あの子を、乗せていくんです。Gに耐えられない。戦いは避けます」

「そうだな」

うなずく無良の背中で、キュゥウンッという機械の悲鳴のような響きがした。

全員が顔を上げると、ババババッと空気を掻き、三翅プロペラが回転してすぐ見えなくなった。ぶぉっ、と風圧。整備員の手によって、発動機が始動されたのだ。

ブォオオッ

「その坊ちゃんを、こいつに乗せるんですかい!?」

支度をして（操縦席に二人詰め込むので救命胴衣は着けなかった）、機体へ近づくと。

ブルドッグのような顔をした大柄な古参整備員が、機体の横で驚いて迎えた。

どういうことだ――という表情。

「そうだ整備班長、緊急任務だ」

桂大尉が、発動機の轟音に負けぬように答える。

「搭乗を手伝ってくれ」

「………」

絶句するベテラン整備員に
「整備班長」

無良が、龍之介の飛行服の背を叩いて見せた。

「こいつは、鏡銀史郎のせがれだ」

「――えっ」

龍之介は、航空母艦の古参整備員が、自分のことを驚いた顔で見るので、いったい何だろう――？　と思った。

「あの、鏡大尉の……!?」

「そうだ」

無良がうなずく。

「空母乗りなら、知らぬ者はないだろう。あの鏡銀史郎のせがれだ。センスは保証付きだ。予科練で銀時計も取った。乗り方を教えてやってくれ」

すると
「鏡大尉の」

「大尉の息子さんだとっ」

古参整備員だけでなく、主翼の下にいた二名の整備員も跳び出してきて、龍之介の前に並んだ。

「我々はみな、空母〈鳳翔《ほうしょう》〉時代、大尉にお世話になりました。鏡大尉は、お元気でいらっしゃいますか」

「――あ、あぁ」

「そうですかっ」

整備員たちは、あとは何も言わず、搭乗を手伝ってくれた。

（――俺は）

エンジンを始動した九六戦のコクピットへ、機体側面の把手《とって》を手がかりに上り、操縦席に収まると。

「計器配置、レバー操作も基本的に九〇戦と変わりません。スロットルは気をつけて出して下さい、パワーと加速が段違いのはずです」

古参整備員が、操縦席の外側から大声を出し、簡単に説明してくれた。

「エンジンに自動混合比調節《AMC》がついています。〈自動〉の位置にしておけば、混合比は空戦中、気にする必要がありません」

「分かりました」

「機銃弾は、試験用のものが各銃一〇〇発ずつです。安全装置の外し方は――」

俺は、今でも父さんと共にあるのか……。

龍之介は説明を聞きながら、計器パネルを見回して思った。

まさか、この機体で空母から飛び上がることになるとは――

真新しい操縦桿《そうじゅうかん》を、飛行手袋の右手で握った。

（……これが、父さんが生命をかけて設計図を護った戦闘機）

整備員が「ご無事で」と言って下がると、入れ替わりに細身の飛行服が、コクピットの左側を上がってきた。

仁美はゴーグルを顔に下ろしていたので、整備員たちには女の子だと気づかれなかったようだ。

風防ガラスに手をかけ、龍之介の膝の上にどさり、と乗り込んだ。

「狭いわ」

「単座なんだ、しょうがない」

二人乗り込むことについては、無良か桂大尉が適当に説明してくれたのだろう、整備員たちは九六戦の主車輪から車輪止めを外して、機体のそばから離れていく。

「姫」

最後に無良が機側に上がってきて、二人詰め込んだ操縦席の様子を確かめるようにして言った。

「無事を祈っている。交渉の成功を」

「ありがとう中佐」

「龍之介」

「は、はい」

「同盟が樹立されれば、日本の生命線は保たれる。未来はお前にかかっている。頼む」

それだけ告げると無良も機体を離れて下がる。

『総員に告げる』

天井の拡声器が、ふいに大音量を出した。

『艦長より達する。間もなく攻撃隊が帰艦する。本艦はこれより艦首風上、全速とする。上甲板総員、受け入れ準備せよ』

ぐら、と中層甲板全体がわずかに傾いて、〈加賀〉が向きを変えるのが分かった。

信号係の整備員が、龍之介の視野の右前方で赤い旗を掲げ『待て』の合図をした。

龍之介は、ひざに載せた仁美の下で足を伸ばしてフット・ブレーキを踏み、右手で操桿、左手をスロットル・レバーに置いた。

「本当はね」

仁美が、ぼそりと言った。

「父にいいところを見せたい。それだけ」

「――えっ」

何を言うのだろう。

龍之介は、頬をつけるほど近い、仁美の白い横顔を見た。

「わたしに、群羊なんて名をつけるんだもの。たくさんいる中のどうでもいい一人だって思ってる」

「……？」

「あそこにいるあの人だって、わたしが死んでも代わりはいる、くらいに思っているわ。だから生命がけの任務にもこうやって平気で行かせる。でもいい」

「え」

「わたしが死んだって代わりなんかない──って」

「…………」

「出して。さっさと行きましょ」

「腹に、力を入れろ」

「え？」

「発艦するぞ」

　ばさっ
　信号係が赤旗を振り下ろした。

●空母〈加賀〉　艦橋

「攻撃隊が、間もなく帰艦します」

　通信参謀が告げると。

　艦橋の幕僚全員が、前方窓へ集まった。

「帰って来るか」

「艦攻と艦爆、何機帰って来る?」

「まだ分かりません」

●中層飛行甲板　九六式艦上戦闘機

「発艦」

父さん、行くぞ――!

龍之介は左手でスロットルを全開まで押し進めると同時に、ブレーキを放した。

ぐんっ
一瞬、身体がシートに押しつけられて目の前が白くなりかけた。膝の上に載せた仁美が声にならぬ悲鳴。

「くっ」

軽い、なんていう加速だっ……!?

ブォオオオッ
機首が左へ振られる、瞬間的に右足。くそっ、まっすぐ走れ――!

あっ、と言う暇もなくトンネルのような甲板は後方へ吹っ飛んで消えた。長方形の出口が視野一杯になった――と感じた瞬間には、龍之介はもう空中にいた。

●空母〈加賀〉艦橋

「中層甲板、発艦します」

整備参謀が、艦内電話の受話器を手にしたまま報告すると。

ほとんど同時に、艦橋の前方視界――上層飛行甲板のへさきの下から、小さな流線型の物体が跳び出して行った。

「おぅ」

「おぉ」

●九六式艦上戦闘機

ぶぉっ
甲板を跳び出した機体は、いったん浅い放物線を描くように沈み込む。
ふわっ、と身体が浮く感覚。
視野全体に、青い水平線と海面がせり上がるが。
すぐ速力はつき、一枚の主翼は十分に揚力を発生して、機体を海面と逆方向へ押し上げた。

ぐううっ
海面がカウリングの下へ下がる。

軽く操縦桿を引くと、ぐぐっと機首は上を向き、さらに突き上げるように上昇した。

下向きに押しつけられるG。

「きゃっ」

凄い……！

軽く引いただけで——

龍之介は息を呑む。

ざぁああっ、と風切り音を立てて上昇する。

「ちょっと、乱暴っ」

「戦闘機なんだぞ、文句言う——うわ」

仁美の頭に隠れていて、見えなかった。

龍之介は前方やや左に突然現れた障害物に気づくと、操縦桿を右に取った。

瞬間的にクッ、と九六戦は右六〇度に姿勢を変え、前方からヘッドオンした複葉の機影をかわした。

●八九式艦上攻撃機

「——うわぁっ！」

ブンッ

上下の主翼と胴体に被弾し、やっとのことで空に浮いていた八九式艦上攻撃機は、いきなり前下方から突き上げるように上昇してきた銀色の流線型とすれ違って、ひっくり返りそうになった。

「な、何だ、今のはっ」

「分からん、速くて見えなかった！」

編隊を組むもう一機の八九艦攻からは、その姿が見えていた。

「おい、今一番機とすれ違ったのは友軍の九六戦だぞ」

「馬鹿な、いったい誰が乗っている」

「分からん」

後席爆撃手は、振り返って確かめようとするが。

陽光を浴びるライトグレーの機体は、もう点になって空へ吸い込まれ、見えなくなってしまう。

「あいつ――誰だか知らんが、海岸要塞の方へまっしぐらに行くぞ……」

死ぬ気か、と顔を煤《すす》で汚した爆撃手はつぶやいた。

●九六戦

あまりの高速で機体がガタガタッ、と振動を始めてから、龍之介はスロットルを最大に出したままだったことに気づいた。

(――二五〇ノット。なんというスピードだ)

速度計の針が、震えている。

龍之介は、スロットルを最大出力から巡航出力に絞り、九六戦を水平飛行に入れた。振動が収まるまで減速すると、それでも二三五ノット。

「四五マイルなんてすぐだ」

「キャセイ・ホテルまでどのくらいで着くのっ」

仁美は、龍之介の胸に背中をつけた格好だが、それでも大声を出して訊いた。

九六戦のコクピットは開放式で、吹きさらしだ。前方は風防ガラスで護られるが天蓋《てんがい》はない。

「六〇マイル飛んだって、十五分だ。邪魔が入らなければ」

「助かるわ。ここ、狭いんだもの」

●空母〈加賀〉

攻撃隊の収容に入った空母〈加賀〉の艦橋。

「九六戦は、真北へ針路を取り、視界から消えました」

見張員からの報告を、参謀の一人が読み上げた。

「あれは、どのくらい速力が出る」

大八木少将が、海図台を見やって訊いた。

〈加賀〉の現在位置がマークされている。南海岸の四五マイル沖だ。

海岸には、要塞のマークが記入されている。多数の大砲と高射砲陣地が並ぶ。

「カタログのデータですが、九〇戦の倍近いスピードです」

「では」

「はい。間もなく、あの機は要塞にさしかかります」

「高射砲は、どのくらい潰せたか」

「まだ分かりません」

●上海南沿岸　九六戦

「海岸が見えてきた」

水平飛行に入れて、五分とかからなかった。

カウリングの上、コクピットの風防の向こうの水平線が、茶色い線になった。

空が、黒い……。

陸地の上の空が、まるで水の中に墨汁《ぼくじゅう》をおとしたかのように、黒く染まっている。

「あれ、何」

「対空砲弾が、空中で破裂したんだ、その煙だ」

「空じゅう真っ黒」

「あの中を、通るぞ」

その時。

下げろ。

（……!?）

龍之介の中で、〈勘〉が教えた。

高度を下げろ。

「――そうか」

「何？」

「つかまれっ」

龍之介はスロットルはそのままに、操縦桿を前へ押した。

ふわっ
身体が浮き上がり、目の前が真っ青な海だけになる。

「きゃあっ」

「つかまってろっ」

ぶぉおおっ
九六戦は真っ逆様に降下すると、海面すれすれで引き起こし、水平飛行に入った。

ごぉおおっ
風防の向こうから、潮をかぶるような低さだ。

「――何するのよっ」

「この高さで、対空砲火陣地を突き抜けるっ」

龍之介は風切り音に抗して叫んだ。

操縦桿を、手のひらの中の圧力くらいの微妙なコントロールで前後に動かし、ぎりぎりまで低く降ろして飛ぶ。

ごぉおっ、と前方から海面が猛烈な勢いで足の下へ吸い込まれ、左右の主脚がもう少しで波頭を蹴りそうだ。

「高射砲は上ばっかり向いている。まっすぐ横なんて、撃てるものかっ」

説明し終える前に、前方視界でみるみる岩だらけの海岸線が手前へ迫る。あっと言う間に海岸線をクロスした。

ブンッ
(何だ、ここは……!?)

龍之介は目を見張った。

見渡すかぎりの荒れ地を、半球形の土饅頭《どまんじゅう》のような大小のトーチカがぼこぼこと埋め尽くし、それぞれの土饅頭から黒い針のような物が二本ずつ天を向いている。

その只中を、九六戦は突き抜けるように飛んだ。

単機で、あまりに低く飛んできたので、発見されていなかった。要塞地区の真ん中まで侵入してから、ようやく左右のトーチカからびっくりしたように射撃が始まった。だが

「動くものに、そう簡単に当てられるものかっ」

龍之介の九六戦は、大型のトーチカのてっぺんよりも低く飛んだ。スラロームするように土饅頭の群れをかわし、要塞地区の向こう側へ突き抜けた。

「高度を上げる、川を――」

だが
川を捜せ――そう言い掛けた龍之介の背中を、ぞっ、と悪寒のようなものが襲った。

「う」

後ろだ。

「どうし――きゃっ」

仁美が舌を噛むのも構わず。

龍之介は操縦桿を引くと、右ラダーを蹴るように踏み込んだ。

9

●上海市南方　上空

後ろだ……！

〈勘〉が教えた瞬間、龍之介は回避機動を取った。

ぐるっ

目の前が青い天空だけとなり、同時に右へ回転した。

ブンッ

きゃぁあっ、という仁美の悲鳴に重なって真っ赤に焼けた機銃弾の列が頭の上をすれ違った。そのまま視界は激しく上から下へ流れ、斜めに流れ、天地が回転して元通りの向きに戻ると、魔法のように目の前に複葉の機体の後ろ姿があった。

（――――！）

父さんと同じ技が、使えた……！

龍之介は眼を剝いた。

中練では何度練習しても駄目だったのに。

（何という、性能だ）

ぴたり、と風防の目の前に押さえ込んだ形のダークグレーの機体――複葉戦闘機。そいつは、わけが分からないのか、直進している。後ろ上方から襲って銃撃したはずの相手が消えてしまったので、捜しているのか……？　龍之介が真後ろにつけたのに、三秒たっても気づかない。

その間に九六戦は、ダークグレーの機体へ三〇メートルまで肉薄した。

カチリ
龍之介は、左手の親指で機銃の安全装置を外した。そのまま、相手の背中やや上方からぶつけるように近づいた。こいつが、カーチス・ホークか。

「撃って」

仁美が言った。

同時にすぐ目の前で、複葉戦闘機の搭乗者が吹きさらしのコクピットからこちらを振り向き、恐怖の表情を見せた。

（今頃、気づいたか）

ブワッ
途端に右九〇度バンクを取ると、カーチス・ホークは離脱した。悲鳴が聞こえるかのような慌てた操作だ。

龍之介は追わずに、九六戦を北へ向け直すと、直進した。

「どうして撃たないの」

「戦いに来たんじゃない」

言いながら、再びスロットルを全開に。

九気筒星型エンジンは素直に反応し唸りを上げ、機体を引っ張った。加速。今の奴が、たとえもう一度襲いかかろうとしたって——この九六戦に追いつけるものか。

「機首に、牙が描いてあったわ」

発動機の轟音に負けないように、仁美は大声で言う。

「DC3の乗員の人たちを、殺した奴だったかもしれない」

「時間は」

「え」

「君の頭が邪魔になって、航空時計が見えない。いま何時だ」

頭上の太陽が、高くなっている。

●沖合　空母〈加賀〉艦橋

「陸戦隊より報告」

通信参謀が、入電を読み上げた。

「租界上空に、〈牙〉つき戦闘機あり。わが方の九〇戦編隊と交戦に入る」

「ううむ」

「うむ——」

大八木少将を始め、参謀たちが唸った。

「わが九〇戦の部隊で、租界上空の敵機を殲滅《せんめつ》できるのか」

「フライング・タイガースが出たとなると。簡単ではありません」

「日本人街と同じく、英国租界も、何としてでも護らねばなりません」

見好参謀が、海図台の上海市街図を指した。

「英国の駐屯守備隊には、対空戦力などない。国民党軍飛行隊を防げるのは、われわれの艦載機だけです」

●上海南海岸
国民党軍海岸大要塞　地下中央指揮所

「総統」

まるで鍾乳洞《しょうにゅうどう》の奥のような、分厚いベトンに覆われた地下空間――天井の低い地下室に、赤い絨毯が敷き詰められ、くすんだ緑色の軍服を着た男たちが作戦図台を囲んでいる。

「総統、報告いたします」

狭い階段を駆け下りて伝令が駆け込んでくると、作戦図台の奥に着席する人物へ、踵《かかと》をつけて敬礼した。

玉座のような椅子で、肘掛けにもたれ、作戦図を見ていた人物が、うっそりと顔を上げた。

「――――」

彫りの深い、スキンヘッドの男。ぎょろりとした目を上げる。

その胸には青天白日勲章。

「総統。たった今、日本軍のものと思われる戦闘機に、わが要塞を突破されました」

「それが、どうかしたかね」

スキンヘッドの男は、表情を変えもしない。

「私は忙しいのだよ。大尉」

作戦図台の上では。

未明に要塞を進発した国民党地上軍が、上海市街の外縁で日本海軍陸戦隊の陣営と対峙《たいじ》し、睨み合う様子が、マークと置かれた駒で表わされている。

「は、しかし」

伝令の若い将校は、姿勢をただしたまま
「その戦闘機は、これまでに一度も目撃されたことのない新型機で――驚くべき運動性とスピードで、機銃も高射砲もまったく当たりません」

「日本軍の、新型戦闘機……？」

「は」

「それが、大群をなしてやって来たと」

「いえ、一機だけですが」

「大尉」

男がだるそうに、右手のブランデーグラスを上げると。

そばに控えていた若い当番兵が、すかさず手にした黒いボトルから中身を注ぎ足した。

「私はこれから、上海の日本人を皆殺しにするのだよ。待ち望んだ楽しい時間が始まるというのに、くだらない報告で邪魔しないでくれたまえ」

「――は、はっ」


伝令の将校をさがらせると。

「バウアー大佐」

男は、作戦図を挟んで向かい合う席の西洋人を呼んだ。

「念のためだが、今の報告。どう思われるか」

「問題になりませんな」

銀髪の西洋人は、頭を振った。

ドイツなまりの北京語で応えた。

「戦局は『数』です。日本軍が新型機を一機投入したところで、何も変わりません。ところで総統」

「何だね」

「重ねて申し上げるが、英国租界への攻撃は、慎重に行われたい」

「分かっている」

男はうなずく。

「英国を、まともに敵に回すのは適当でない。英国租界は、日本人を殲滅《せんめつ》しようとするわが革命軍の正義の攻撃の巻き添えを食う。例の英国交渉使節団も、あくまで巻き添えを食って死ぬのだ」

スキンヘッドの男は、グラスの液体をクク、と呑んだ。

●上海市南方　九六戦

「川の上に出た」

カウリングの向こう、前方視界から青黒い広がりが手前へ押し寄せると、たちまち九六戦は広大な水面の上に出た。

ぶぉおお――

高度は五〇〇メートル。機体の下、視野一杯が鏡のような水面だ。

(広いな)

龍之介は、目を見開く。

これは、まるで海のようじゃないか……。

これが大陸か。

「揚子江の本流よ」

仁美が、風防の左右を見渡して言う。

「内陸の南京から、沿岸の上海へ向かって流れて来る。黄浦江は、この先で合流する」

「分かるのか」

「上海、行ったことあるもの」

身体を密着させ、龍之介に後ろから抱かれるような姿勢のまま仁美は話す。

「あなた、キャセイ・ホテルわかるの？」

「川の左岸で、一番高い建物だと聞いた」

「十八階建てよ。てっぺんが尖塔《せんとう》になってる」

「詳しいな」

「泊まったことが、あるもの。英国資本の経営で、嫌らしいほどちゃんとして――あっ」

小さく、声を上げた。

「どうした」

「あれは、何」

少女が顎で指す方向を見やると。

何かいる。左の視界の奥、陽光を反射して鏡のようになった水面を背に、点のように小さなシルエットが浮いている。四つ。

(――!)

複葉機だ――

龍之介の視力もそれを認めたが。同時に、軽い眩暈《めまい》のようなものを覚えた。

敵機らしき影に、驚いたのではない。自分よりも、仁美が先に気づいたことに、驚いたのだ。

俺は、川幅の広さに目が行って、見張りをおろそかにしていたか……? いや、そんなつもりはない。

話しながらも、後方へだって注意を向けている。

「目が、いいじゃないか」

素直にそう口にすると、龍之介は操縦桿を軽く左前へ押した。

九六戦は瞬時にクンッ、と左へ傾くと、空中の軌道を修正した。

同時に機首を下げ、加速した。

視野の奥、三キロメートルくらい前方に見えていた機影四つは、手前へ引き寄せられるように近づいて来る。濃紺の機体。左やや前下方——胴体に青天白日のマーク。

(あれは——)

追い越せば気づかれてしまう。

やむを得ず、少しスロットルを絞った。

真後ろにつけて、観察した。

霞ヶ浦の図鑑で見た。あれはソ連製戦闘機ポリカルポフI15——国民党軍機か……!?

「爆弾を抱いているぞ」

龍之介の眼は、胴体下の黒い丸っこい物体を捉えた。

同時に、海のようだった揚子江の水面が終わって、四機を追いながら九六戦は陸地に入った。高度を下げたので、茶色い荒れ地が眼の下を前方から流れて来る。

荒れ地の上を、四機の濃紺の複葉機は編隊を組んだまま直進している。

(こいつら)

俺が真後ろ上方につけたというのに、全然気づかないぞ……？

やがて、前方にまた水面の青が見えてきた。蛇行する川の上に四機はさしかかった。

「見て、上海」

仁美が声を上げた。

前方を見やると。

確かに、S字だ――

大きく向きを変えて光る流れ。その左岸に、街が広がっている。広い。

高い建物がいくつか、棘《とげ》のように飛び出して見える。茶色だった地平線は、建造物に覆われ、全体がグレーに。その中に緑地や赤い煉瓦《れんが》の色も混じって見える。そして
(戦場に、なってるのか)

ところどころから、黒煙が上がっている。

その上空には、砲弾の破裂したような黒いしみが無数に散っている。〈加賀〉の艦橋で耳にした通り、空爆が行なわれているのか。

●上海上空

「仕方ない」

目の前を、四機の爆装したＩ15は市街地へとまっすぐに向かう。

それを確かめると、龍之介は再びスロットルを入れた。

ブォオッ
九気筒星型エンジンは瞬時に回転を上げ、宙を蹴るように九六戦は加速した。

「こいつらを行かせたら、爆弾をおとす。ここでやる」

編隊の後尾の一機に、軸線を合わせると。濃紺の複葉機の後ろ姿が風防からはみ出すくらいに大きくなった。

すでに機銃の安全装置は外している。

タタッ
スロットルの発射把柄を一瞬握っただけで、カウリングの下に装備された二丁の七・七ミリ機銃が弾丸を空中へ吐き出した。

きゃっ、と仁美が声を上げるのと、数発の機銃弾がＩ15の機首エンジン部へ吸い込まれるのは同時だった。

ボンッ
エンジンから火を噴き、濃紺の複葉機はあっさりひっくり返ると、そのまま真下の水面方向へ見えなくなった。

「次」

まるで猫科の猛獣が獲物に忍び寄って襲うように、九六戦は斜め編隊を組んだI15に次々のしかかると、数発ずつの機銃弾でエンジンに火を噴かせた。

やられかかっているのに気づき、逃げようとしたのは先頭の一機だけだったが、遅い。

ボンッ

「市街地の上に入る」

風防の向こうを、I15の先頭機がくるくる回転しながらおちていくと。代わって視界の前方から、大地を埋めつくして無数の建物の群れが、押し寄せて来た。

低空。高度一〇〇メートル。

たちまち視野一杯が市街地になった。

大都会だ。

九六戦は、黄浦江の水面の上から市街地上空へ滑り込んだ。

10

●上海市街地　上空
〈加賀〉飛行隊　九〇式艦上戦闘機

ブォオオッ

「く、食いつかれたっ、くそっ」

海岸要塞攻略任務から、急きょ上海市街上空へ駆けつけた空母〈加賀〉所属の九〇式艦上戦闘機十四機は、国民党空軍のⅠ15戦闘機群と交戦し、そのほとんどを追い払った。

しかし、上空から襲いかかって来た七機のカーチス・ホークⅢ――機首に〈牙〉を描いた戦闘機隊と格闘戦になると、機数で優《まさ》るのにもかかわらず、次々に撃墜されて行った。

「くそっ」

九〇戦は格闘性能には優れていたが馬力とスピードでカーチス・ホークに劣《おと》っていた。腕のいいパイロットに操られるホークに背後へ食らいつかれると、フェイントをかけても動きを読まれ、どうしようもなかった。

ドドドッ

ドドッ

大口径の一二・七ミリ機銃が至近距離で火焔《かえん》を吐き、一機の九〇戦がたちまち火だるまになって爆発した。

機首に描かれた〈牙〉が、まるで笑うようだ。ダークグレーのカーチス・ホークは、次の獲物を求めて急上昇する。

宙返りの機動を使って、もう一機の九〇戦の背後へ難なくはまり込んだ。

「うわっ」

その九〇戦は、国民党軍のI15を掃討する過程で機銃弾を使い果たしていた。しかし、カーチス・ホーク七機に味方が襲われているのに、自分だけ逃げるわけには行かなかった。味方に食いつこうとするホークに後ろから食らいつき、攻撃を妨害するのに努めたが、ついに自分が食いつかれてしまった。

「くそっ、駄目だ、振り切れんっ」

九〇戦は、眼下の英国租界から天をつくようにそびえる尖塔を巻き込むように、急旋回した。振り切ろうとするが、〈牙〉つきのホークはすぐ後方へ迫る。

やられる――――!

だがその時。

ドンッ

突如。〈牙〉つきホークはエンジンから火を噴くと、落下するように九〇戦の背後から姿を消した。

「な、何……!?」

パイロットが驚いて、振り向くと。

銀色の流線型が、頭の上をすれすれに追い越して行った。

ブォオッ

その主翼下面に日の丸。

「何だ」

なんだ、あれは。

●九六戦

「キャセイ・ホテルの真上が、空戦場になってる」

龍之介は、味方の九〇戦を銃撃しようとした一機のカーチス・ホークに食らいついて、エンジンに命中させ撃墜すると、九六戦をいったん急上昇させた。

戦うのも、やむを得ないのか。

操縦桿を引く。カウリングの向こうが空だけになり、天地が逆さに。

宙返りの頂点から、背面のまま市街地を俯瞰《ふかん》した。

「これじゃ、着陸できない」

「どうするのっ」

一緒に頭上――はるか下の地上へ眼を上げ、仁美が訊く。

仁美の前の計器パネルの隅には、航空時計がある。

「降りられないのっ」

「あんな中でスピードおとして着陸したら、上から狙われる――時間は、まだあるかっ」

「えっ」

「六機いる。しかたない全部やっつけるか、追っ払うしかない」

「六機――って」

「つかまってろ、行くぞ」

龍之介はそのまま、宙返り後半の加速を使って、円を描くように食いつき合う格闘戦の只中へ乱入した。九〇戦の後尾を取ろうとしている一機のカーチス・ホークに後ろ上方から肉薄する。ダークグレーの複葉戦闘機は、まるで止まっているようだ。遅い。

ぶぉおおおっ
軸線を合わす。
見越し射撃。エンジンの、少し前だ……！
タタタッ
ホークの前方の空間へ機銃弾を放り込むようにすると。赤い鞭《むち》のような曳光弾はダークグレーの機首へ吸い込まれ、パッと爆発を起こす。
（まず――一機）

●南海上　空母〈加賀〉艦橋

「市街地の陸戦隊より入電」

通信参謀が、電文を読み上げた。

艦橋には、無良とビショップも上がって来て、参謀たちと共に海図台を見ていた。

「キャセイ・ホテル上空にて空中戦。わが方の九〇戦、半数が撃墜さるも味方新型機の応援にて形勢逆転。すでに〈牙〉つきを三機撃墜」

「何」

「何っ」

「龍之介が、上海に着いたか」

無良が唸《うな》った。

「要塞は突破できたな」

「しかし、どうやって着陸するんだ」

ビショップが市街図を覗いて言う。

「低速で道路に降りたりしたら、たちまち上空から的にされるぞ」

●上海上空　九六戦

（四機目……！）

龍之介が視野の中に敵機の姿を捉え、そこへ行こうと考えただけで。腕が自然に操縦桿を操って、あとは九六戦が難なくその機影の後ろへ食らいついて行く。

何という運動性と、スピードだ……。

カーチス・ホークはまるで止まっているみたいだ。

タタッ
機銃弾は、テスト用のものが各銃一〇〇発ずつしかない。どのくらい撃ったか、覚えていない。出来るだけエンジンに当てて、少ない弾数でおとすんだ。

「照準器は、見ないのっ」

機首から火を噴いてひっくりかえる機影を見ながら、仁美が訊く。今のところ、激しいGはかけないで済んでいる。

「そんなもの見ていたら、動くものに当たらない——次っ」

だが龍之介が、再び九六戦を急上昇させ、上空から次の獲物を捜そうとした時。

（——！）

ふいにまた、首筋に悪寒を感じた。

何だ。

逃げろ。

〈勘〉が教えた。

逃げろ。

危険。

右ラダー、離脱しろ……！

「はっ」

機首を上げかけたところで龍之介は反射的にラダーを踏み、機体を立ち上がらせながら宙にひっくり返らせた。

そうしなければ、死ぬ。何かが教えた。

ぶわっ
失速。

回転しながら、石ころのようにおちる。

きゃぁああっ、と仁美の悲鳴。だがしかたがない、仰向けにひっくりかえって落下する機体の主脚の数十センチ上を、真っ赤な機銃弾の列が横ざまに削り取るように通過した。

ブワッ
不意打ちを食った。

どこから撃たれた……!?

天地が回る。

高度があまりない、錐揉《きりも》みに入った、回復させろ。左足、左ラダーだ……!

上下も何もわからない中、回転するコクピットで龍之介の手足が本能的に動いた。

旋転を止め、操縦桿を引く。パワー入れろ、フルパワー――!

ぶおっ

銀色の流線型の戦闘機は、上海英国租界のメインストリート――幅二〇メートル六車線の道路の真上数メートルで姿勢を回復、そのまま風圧で馬車数台を吹き飛ばし、踊るように地面すれすれを飛んだ。

ブォンッ

その背後頭上から、真っ赤な機銃弾の列が追いかけて来た。

ズバババババッ

超低空を突進する日の丸をつけた戦闘機を、舗装をほじくり返す土煙が殺到するように追う。

ババババッ

「うわぁっ」

どこから撃たれている――!?

分からない。

ビルディングとビルディングの間に入った。

目の前に建物が迫る。引き起こす。ぎりぎりに跳び越える。

「はぁっ、はぁっ」

九六戦は、どうにか市街地の上で水平飛行に入るが

(——!)

後ろだ。

また〈勘〉が言う。

来るぞ、逃げろ横だ……!

「くっ」

操縦桿、右。右九〇度バンク、右ラダー、垂直旋回。瞬時に縦になった視界が、上から下へ流れる。

「きゃぁあっ」

叩きつけるようなGに少女の悲鳴。

ブォッ

頭のすぐ上、髪の毛を吹っ飛ばすかのように機銃弾の列がすれ違う。

何だ、いったい何に狙われて——

「!」

龍之介は眼を見開いた。

一八〇度、瞬間的に向きを変えた九六戦のすぐ上を、ダークグレーの複葉の機体がぶっ

けるようにすれ違って行った。

　一瞬、見えた。

　真っ赤な牙。胴体の赤い帯――

（こいつは、何だ）

●空母〈加賀〉　艦橋

「陸戦隊より、また入電です」

　通信参謀が電文を読んだ。

「英国租界上空の新型機に対し、赤い牙のカーチス・ホークが襲いかかる。胴体にも赤い帯あり」

「――――」

「――――」

「赤い牙のカーチス・ホークだと……？」

「まずい」

　腕組みをして唸る見好に、全員が注目した。

「あの男だ」

「見好参謀。まさか――」

「そうです」

見好は、絶句する大八木少将にうなずいて見せた。

「あの男です。フライング・タイガースの首領、シェンノート大佐。前の上海事変では五機の味方戦闘機が、あの男一人によって撃墜された」

「――」

「空戦の天才、と言われる男です」

●上海市街　上空

「くそっ」

龍之介は、すれ違った複葉戦闘機と出力全開で水平巴戦《ともえせん》に入った。

高度がほとんどない、ビルディングをかすめるようなバンク九〇度の旋回で、互いの後尾を取ろうと食いつき合う――ドッグファイトだ。

だが
「ううぅ」

膝の上の仁美が、うめき声を上げた。

あまりのGに頬がみるみる青ざめる。窒息《ちっそく》しそうだ。

まずい――

操縦桿を引き、スロットルを全開、風防の真上の位置に同じくバンク九〇度で旋回する赤い帯のカーチス・ホークを睨《にら》んだ。もう少しで、あいつの後ろを取れるのに――！

駄目だ、これ以上のGに仁美が耐えられない。

（やむを得ない、いちかばちかだっ……！）

龍之介は、思い切って旋回を止めると、操縦桿を戻して左へ切った。

ずざぁっ

「くっ」

川の上へ出た。低空、まっすぐ。

振り返る。

後方やや上、複葉機が追って来る。高Gの旋回を脱したばかりだ、九六戦でも速度は簡単に回復しない。追いつかれる。真後ろ上方から銃撃される――

だが

（来い、襲って来い）

龍之介は念じた。

膝の上に抱いた仁美の体重を感じる。息はしている。

あの時の――

(あの時の父さんも、こんな感じだったか。予定外に俺を、膝に乗せることになって)

ぶぉおおっ
水面すれすれを突進する。

後方を振り向く。真っ赤な牙を機首に描いたカーチス・ホーク。

襲って来い、もっと食らいついて来い。

射撃軸線に乗られた。

(今だっ)

龍之介の手足が、本能的に動いた。

一二・七ミリ機銃の銃撃が、凄まじい水柱を立てるのと同時に、九六戦は上方へ吹っ飛ぶように舞い上がると、宙でくるくると回転し、ダークグレーの複葉戦闘機の真後ろ一〇メートルの位置へ魔法のように舞い降りた。

「――やった……！」

ずざぁっ、という風切り音とともに目の前の風防一杯にカーチス・ホークがはまり込むと。

龍之介はGに歯を食いしばって耐えながら、左手の発射把柄を握り込んだ。

カチッ

だが

カチ

機銃が――出ない……!?

「しまった、弾丸切れ」

ダークグレーの機体は、一瞬しかその位置にいてくれなかった。

ブンッ、と空気の唸りを残して姿が目の前からかき消えてしまった。

唯一の勝つチャンスを――

しかし次の瞬間。

右へ離脱して行ったカーチス・ホークの真上から、突如明るい灰色の機体が舞い降りると、ぶつかるように被さった。

（――九〇戦……!?）

ズガッ

〈加賀〉飛行隊の九〇戦の一機が、龍之介の空戦を見ながら、助太刀の機を窺《うかが》っていたのだった。しかしその九〇戦にももう弾丸がなかった。上から被さって、体当たりした。

ズガガガッ

ガキッ

金属と布地のぶつかりあう響きがして、二機は上下に、反発しあうように離れた。

赤い牙のカーチス・ホークは機首を下げ、龍之介の真下をくぐりぬけるようにして、遁《とん》走《そう》した。

赤い牙のカーチス・ホークが退却すると。

上空で九〇戦と戦っていたフライング・タイガースの残存機も空戦から離脱し、高速でいずこかへ飛び去って行った。

●英国租界　キャセイ・ホテル前

龍之介は機を反転させると、そのまま道路の上を超低空で飛び、前方に見えて来た摩天楼──てっぺんが尖塔になっているビルディングの手前で、スロットルを全閉した。

パルルルッ

アイドリング。機首を起こす。

接地。

キュキュッ

ブレーキを踏み、前のめりの減速Gがかかっても。

膝の上の仁美は、声を出さなかった。

「お、おい」

プロペラを回したまま、機体が停止すると。

龍之介はパーキング・ブレーキをかけ、両腕で仁美を揺り動かした。

「おい、しっかりしろ。大丈夫か」

「──」

白い横顔は、目を閉じている。

桃色の唇は、半分開いている。

まずい、息をしていないぞ──！

「おいしっかりしろ、仁美」

龍之介は、Gで呼吸が止まってしまった、人工呼吸をしなくてはと思った。

少女の顎を摑《つか》み、唇を開かせた。

だが、その唇に息を吹き込もうとした瞬間。

ぱしっ
白い手のひらが、弱い力だったが龍之介の頬に当たって、止めた。

(!?)

少女が瞬きをして、目を開いた。はぁっ、と息をついた。

大丈夫だったか――

「はぁっ、はぁ」

「大丈夫か」

「はぁ、はぁ、調子に」

「え?」

訊き返す龍之介を、少女の眼は睨んだ。

「調子に、乗るんじゃないわ。無礼者」

●キャセイ・ホテル

上海市街が戦闘状態に陥ろうとしていても。英国資本のキャセイ・ホテルは通常通りに営業していた。

飛行服の二人が、回転扉を押して、倒れこむようにロビーへ入ると。

蝶ネクタイのホテルマンが、穏やかに出迎えた。

「いらっしゃいませ。表は少々、騒がしいようですね」

「こ、交渉の、席はっ」

仁美は、龍之介に横から支えられるようにして、初老の英国人ホテルマンに訊いた。

機を降りて、呼吸も整わず、ふらふらだった。

「わ、わたしは――」

「存じております。あなた様は満州国・第十四皇女。愛新覚羅群羊さまですね。もっともご本人は、このお名前はお嫌いだとか」

「……わかるのですか……?」

「一度お見えになったお客様のお顔は、生涯忘れません。髪を切られて、飛行服姿でも」

龍之介は、誇らしげに微笑《ほほえ》むホテルマンを見て、英国人魂か——と思った。

「両国の代表団の方々——いえ、ブリティッシュ・エイジアン・エンタープライズ社と昭和通商社、ならびに満州商事社の合弁契約交渉の席は、最上階スイート・ルームでございます」

ホテルマンは、上を指した。

「あ、ありがとう」

「しかしその前に」

「?」

「お召ものを、お替えになりますか。晴れの席でございますゆえ」

「つけ払いで、よいのなら」

「もちろんでございます」

エピローグ

●上海　キャセイ・ホテル
最上階　控えの間

「いかがでございますか」

英国人女性の試着係が、鏡を見やって言った。

「本当ならば、お腰回りをもう少し、お詰めになったほうがよいのですが」

「────」

龍之介は、タキシードなどというものを着るのは、生まれて初めてだった。

姿見の中に映る自分を見た。

ふだん帝国海軍の制服は着ているので、姿勢はいい。

（でも）

何だか、自分じゃないみたいだ。

慣れぬ衣装を急に身につけるのも、仕方がない。

（あいつが、着ろって言うから──）

最上階の控えの間に、ホテルのブティックから人を呼び、支度をさせるよう手配したのは仁美だった。

皇女が公式の場に出る際は、誰かにエスコートをさせるものだ。

仁美はそう言って、龍之介にも正装をするように強要したのだった。

たちまち、何人ものスタッフにメジャーでサイズを測られ、予科練の制服よりもずっと上等のつるつるした生地でできた、黒いタキシードを着せられてしまった。

パタン
続きの間の扉が開く音。

（……？）

見ると。

青いロングドレスのスカートを、両手で少し持ち上げるようにして、長い黒髪の少女が早足で入ってきた。

「どうだ、龍之介」

「……え？」

龍之介は、それが仁美であることに気づくのに、三秒もかかった。

髪の長い、ロングドレスのまるで人形のような美少女——

髪の長い……？

「吊《つる》しのドレスだが、この色が一番似合うと、勧められた」

「それ」

「これか。かつらだ」

美少女は、艶《つや》のある黒髪に指で触れて、笑った。

その白い顔は、確かに仁美だ。

「ざんばら髪ではこのドレスに似合わぬからと、勧められた」

「……………」

「たまには、いいだろう」

それは、いいけど。

どうしてその格好で、男言葉なんだ……？

支度はまだ完全でないのか、英国女性のスタッフが三人追いかけてきて、仁美のドレスの腰の後ろと左右の袖《そで》で何か調整している。

仁美は、肘《ひじ》まで覆う白い手袋を両腕に通しながら
「さて、行くか」

少し照れたような視線で、龍之介をちらと見た。

「ちょうど時間だ」

「あ、あぁ」

龍之介は、試着係に持たされた白い手袋を握って、うなずいた。

仁美を警護するという仕事は、まだ続いているのだ。

●最上階　特別スイートルーム

そこはガラス張りの、天井の高い会議室だった。

見下ろす市街地は、ところどころ黒煙を上げ続けている。

国民党軍の空襲は、ひとまず日本海軍の艦載機の働きによって阻止されたが。

窓に展開する大都会――西洋建築が川沿いに立ち並ぶ上海の街は、日本の陸軍の援軍が間に合わないと、地上戦の戦場になるのかもしれない。

カツ
仁美が、大理石の床を踏んで、スイートルームへ入っていくと。

すでに円卓を囲んで着席していた正装の紳士たちが、一斉に立ち上がった。

（――――）

龍之介は、仁美の横で歩調を合わせ、一緒に立ち止まった。

この人たちが、英国と日本の使節団か……。

やはり、飛行服ではなくて、ちゃんとした格好をして来てよかったと思った。

「満州国・第十四皇女。愛新覚羅群羊です」

仁美はスカートをつまむと、一同へ膝を折るようにしてお辞儀した。

「本日は、父の名代として交渉に出席いたします」

「ようこそおいでくださった、皇女」

英国人の一人が、円卓の空席を指した。

「お待ちしていた。そちらの席へ。皇帝の親書をお持ちくださったとか」

「親書は、ありません」

仁美は顔を上げ、頭《かぶり》を振る。

つよい光の目で、紳士たちを見回した。

「このわたくし自身が、親書です。父の意志と満州国の意志を、この席で表明するために参りました。大陸の平和と、民の安心と、徳のある統治のために」

「うむ」

「それでは」

黒縁の眼鏡をかけた日本人外交官が、皆に宣言するように告げた。

「ただ今より、日英満・三国同盟条約締結に向け、第一回予備交渉を開催いたします」

＊　＊　＊

この日。

日本、英国、満州国の三国による秘密の交渉が、キャセイ・ホテルにて開始された。


その二日後。

山東省から海路駆けつけた日本陸軍増援隊数万は、南方海岸で敵前上陸に成功し、要塞を突破して国民党軍を背後から攻撃。海軍陸戦隊三〇〇〇名と協力して、蔣介石の軍勢を上海周辺から追い払うのに成功した。

市街地は、焼け野原にならずに済んだ。

しかし、後に〈第二次上海事変〉と呼ばれることになるこの戦闘は。大陸を巻き込んで展開する日本と国民党政権中華民国との全面戦争の、ほんの始まりに過ぎなかった。

鏡龍之介は、自分の運命をまだ知らなかった。

この作品は徳間文庫のために書下されました。
なお本作品はフィクションであり実在の個人・団体などとは一切関係がありません。

徳間文庫

ゼロの血統《けっとう》

九六戦の騎士

2013年8月15日 初刷

著者 夏《なつ》見《み》正《まさ》隆《たか》

発行者 岩渕徹

東京都港区芝大門二—二—一 〒105—8055

発行所 株式会社 徳間書店

電話 編集〇三(五四〇三)四三四九
販売〇四八(四五一)五九六〇

振替 〇〇一四〇—〇—四四三九二

印刷
製本 株式会社 廣済堂

ISBN978-4-19-893731-7 (乱丁、落丁本はお取りかえいたします)

徳間文庫の好評既刊

夏見正隆

スクランブル
イーグルは泣いている

平和憲法の制約により〈軍隊〉ではないわが自衛隊。その現場指揮官には、外敵から攻撃された場合に自分の判断で反撃をする権限は与えられていない。航空自衛隊スクランブル機も同じだ。空自Ｆ15は、領空侵犯機に対して警告射撃は出来ても、撃墜することは許されていないのだＦ15（イーグル）を駆る空自の青春群像ドラマ！